无垠的奋挣

火 竹 著

线裝書局

图书在版编目（CIP）数据

无垠的奋挣 / 火竹著. -- 北京：线装书局，
2019. 12
　　ISBN 978-7-5120-3958-2

　　Ⅰ. ①无… Ⅱ. ①火… Ⅲ. ①中篇小说-中国-当代
Ⅳ. ①I247.5

中国版本图书馆 CIP 数据核字（2019）第 295257 号

无垠的奋挣

作　　者：火　竹
责任编辑：程俊蓉
出版发行：线裝書局
　　　　　地　　址：北京市丰台区方庄日月天地大厦 B 座 17 层（100078）
　　　　　电　　话：010-58077126（发行部）010-58076938（总编室）
　　　　　网　　址：www.zgxzsj.com
经　　销：新华书店
印　　制：天津兴湘印务有限公司
开　　本：710mm×1000mm　1/16
印　　张：13
字　　数：160 千字
版　　次：2021 年 1 月第 1 版第 1 次印刷
印　　数：0001-1000 册

线装书局官方微信

定　　价：88.00 元

目　录

第一章　顾问课题

移通学院是本市邮电大学下属的民营二级学院，每周只去一次，晚饭前派小车接余枭去吃晚饭，然后安排在宾馆住一晚上，吃住都是移通学院付费。次日上午连上三节全校选修课《诗词鉴赏》，每学期只上 8 周，共 24 节，每次课时费 3 千元，一节 1 千元。这在当时全市高校课时费算是最高的了。

但是选余枭课程的各系学生高达五六百人，而最大的多媒体教室也只能坐 4 百人，校方只好将多余的一二百人安排在另一个 2 百人的大教室，只能看着大电视屏幕听他讲课了。一周只去一次，使余枭节省了固定时间，方便了他无法在固定时间内的社会工作；但也有弊端，上这种大课太费嗓子，虽然三个话筒，面对黑压压座无虚席的学生，只有大嗓门讲话才能使后排听得清楚，也才能镇住下面爱讲小话的学生。

八周课程结束后，学校规定每生写一篇学习体会之类作业，而余枭为了贯彻学以致用，就布置写一首命题绝句和千字以下的鉴赏短文。学校只要求打合格与不合格两种考核等级，登上成绩册即可。但余枭教学一贯认真，觉得这样对优秀生不公平，所以他对优秀的作业详加批改鼓励，并建议在校报上发表他们的诗词，或结集内部出版，以鼓励学生创作诗词；其余学生只挑出极少数不合格的，绝大部分就是合格。

这样一来自然增加了余枭的工作量，但同时也赢得了学生的高度评价。其余大半学期的时间，余枭就走出去作旅游课题调研，或为各单位作旅游文化讲座、或参与旅游项目的策划。

2012 年 2 月 6 日，委书记薄熙来的得力干将、原公安局长升任副市长的王立军叛逃到成都美领事馆，很快就被国安部押解到北京立案调查。3 月中旬，全国两会胜利闭幕，人们正在学习两会精神，突然听到时任政治局委员、重庆市委书记的薄熙来落马被拘留审查，紧接着，区委书记夏泽良因涉嫌参与谷开来谋杀尼尔伍德提供毒药，并贪污受贿被警察抓走等消息，大家奔走相告。

余枭在家得知，情不自禁地欢欣鼓舞，他早就看不惯薄王极左路线的做派，并庆幸曾抵制夏泽良重复编"经典读本"的明智之举，于是放下书本出门，见三五成群的老师都在谈论此事，却又观点判若冰炭。一些老教师和余枭一样兴高采烈，觉得乌云笼罩、酷寒栗冽的严冬终于被春天的朝阳驱散解冻了，仿佛积压很久的郁闷终于豁然全身贯通获得释放了，因而大快人心。然而一些中青年教师却似乎大惑不解地有一种失落感，他们说："这么有魄力有建树的京官，来我市三下五除二，使落后的城市焕然一新，你看现在轻轨、高速纵横，绿化日新月异，为什么突然就落马了呢？"

一位老教授说："你们只看表面现象，其实改变我市交通落后最大功劳的不是薄熙来，而是黄镇东书记……薄搞的唱红打黑，完全是文革那一套的极左路线呀！"年轻人说："可他给我们教师涨了工资，极左有什么关系？"

老教授说："你们没有尝过极左的苦头，当然不知道厉害关系：大跃进浮夸冒进饿死了几千万人，就是经济上的极左；文化大革命制造了成千上万的冤假错案，捣毁了很多文物，传统道德文化被扫荡得精光，至今都存在信仰危机，就是政治上极左的恶果。好不容易改革开放，出现了安居乐业的太平盛世，而薄熙来又要想搞文革那一套极左，祸国殃民，你能说极左和你没有啥关系吗？"

"挺薄"的人并不只是部分年轻教师，受表象蒙蔽的人还相当不少。据说有一伙人竟然打着挺薄的会标在朝天门准备万人集会，被武警驱散了。余枭在移通学院，碰到来自东北财大的一位中年女教授，吃饭时谈起薄熙来的事，两人就情不自禁地辩论起来。后来一位知情人说："别的不说，据我所知，只银杏树这一件事，就造成我各区县财政都是负债累累，经济学家茅于轼前几年就断言薄熙来搞的泡沫经济，恐怕几代市政府都还不清负债，现在不幸而言中……"那位东北财大的老师才不吭声了。

后来随着周永康的落马，薄与他勾结挥霍国家财产、阴谋叛乱的事浮出水面，"挺薄"的人群才渐渐觉醒，这当然是后话了。

3月下旬，国泰董事长张总请余枭为她湖北汉川亡父陵墓撰写墓志铭，她父亲抗战时曾为史良、鲜英等民主人士作小车司机，解放后任公交检修技师，文革中死于脑溢血，就地火化，88年迁葬于原籍湖北汉川。但《张氏家谱》一直未能修完，故让其侄陪同余枭乘飞机赴湖北老家考察《张氏家谱》，然后再写墓志铭。

余臬到了汉川，找到了尚未完稿的《张氏家谱》，帮其理清了世系，并作了记录，返回途中，参观了孝感董永牌坊陵墓，然后从武汉乘机返回江南撰写墓志铭交稿付之刻碑。

四月下旬，余臬在移通学院 8 周课已经上完，正好旅游顾问的本年度课题已经下达，让他承担《红色旅游的提档升级研究》。他就开始先在主城区进行参观访问调研：先后去了市中区红岩村革命纪念馆、八路军办事处、曾家岩 50 号、桂园、新华日报社旧址、宋庆龄旧居、特园民主之家纪念馆、中国民主党派陈列馆、中国抗日民主统一战线展览馆、史迪威将军旧居、解放碑、周公馆、人民大礼堂、湖广会馆等 10 多个景点；再去沙区歌乐山烈士陵园、渣滓洞、白公馆、松林坡、张治中旧居、陪都文化陈列馆、林园、磁器口等 8 个景点；北碚张自忠烈士陵园、梁实秋纪念馆、老舍旧居、自然博物陈列馆、卢作孚纪念馆、复旦大学旧址等 6 个景点；南岸王天行烈士纪念碑、土地垭战场、吕言慎烈士纪念碑、凉风垭战场、周均时烈士墓、黄山抗战遗址、王朴烈士故居、海棠溪解放战场、陈然烈士故居、挺进报旧址等 10 个景点。

这是根据 2004 年市旅游局制定的《红色旅游规划发展纲要》所提到的主城区景点。但经过调查，余臬又补充了市中区二府衙、打枪坝水厂纪念塔、国民政府军委政治部第三厅旧址、大韩民国临时政府旧址、苏联大使馆旧址、沈钧儒旧居、十八梯隧道惨案旧址、苏军烈士墓、胡子昂故居、大轰炸纪念馆；沙区郭沫若旧居、冯玉祥旧居；江北区徐悲鸿旧居、烟墩山刘伯承六店旧址；九龙坡周贡植故居及墓、江北与九龙坡抗战兵器工业遗址群；北碚晏阳初旧居、北温泉抗战遗址；巴南区南泉革命烈士陵园、建文峰主战场遗址、东温泉抗战新村及复旦中学遗址、李远蓉墓、杨庶堪墓等主城区 20 多处，也进行了参观访问调研。就只剩下其他区县尚未调研了。

接着，余臬应邀参与彭水县旅游规划主题定位的讨论，针对彭水原先定位为阿依河爱情主题的观点，余臬在会上提出反驳道："爱情主题在各地用得太烂，何况彭水阿依河爱情只是传说，不足以成为全县旅游主题定位，彭水最具影响力的是黔中文化。"

此地战国楚威王时就属楚黔中郡，秦国、秦朝时属秦黔中郡，汉高祖二年，改黔中郡为武陵郡，辖 13 县，特别是唐玄宗开元时设黔中道，为全国 15 道之一，领黔、辰、锦、施、巫、业、夷、播、思、费、南、溪、溱、珍、充等 15 州，并置黔州都督府、后又升为武泰军节度（相当于大军区）。

黔中道跨今渝鄂湘黔四省市，面积约 29 万平方公里。仅黔州就领 51 羁縻州。彭水成为黔中道、黔州、彭水县三级治所，其政治文化地位远远高出当时的重庆府、夔州路，在巴渝地区是唐宋时最高的行政级别。宋代太祖、太宗时仍设黔中道和黔州，且黔州管辖的羁縻州比唐代还多。黔中道存在 254 年，黔州至南宋升为绍庆府，辖羁縻州 49 个，至明洪武四年才降为彭水县，绍庆府存在 144 年。

总之，彭水自立县至今长达 2160 年中，为州、郡治所 664 年；为黔中道首府 254 年，为绍庆府治 144 年，辖 50 羁縻州达 638 年。800 多年都是"黔中"政治中枢或分中枢地位。地域上融合了巴文化、楚文化、秦文化、夜郎文化、岭南文化；民族上唐宋"控临番十五种落"，而今拥有汉、土、苗、侗、瑶、彝、仡佬、布衣、壮、水等 30 多个民族。因此彭水不仅是历代黔中政治文化中心，也是黔中羁縻文化中心，武陵山区少数民族文化中心，此外他又是黔中盐丹文化、贬谪文化、山水文化、诗词文化都很突出的地方。所以，黔中文化才是彭水独具优势的主题定位……

这番议论如石破天惊，使在座的旅游专家深为折服，点头赞叹不已。

会后彭水旅游局文局长带领大家游览彭水部分景点，余枭每游一处就写一首诗，共得诗九首，合为《彭水景点纪游九绝句》：

郁山镇

玉山崖壁流银玉，郁水清波染翠微。安得涪翁神秀笔，重描黔郡画屏围。

彭水县城

摩围山势欲摩天，彭水古城二水牵。疑是巫彭传禹斧，朱砂显露涌盐泉。

神农谷

神农险谷鬼惊昏，钟乳洞宫美景存。飞瀑阴河争怒吼，未临底岸已销魂。

飞云口

谁劈断崖万仞高？飞云漫舞奏松涛。登临一览群山小，碧落罡风壮气豪。

锅圈岩天坑

天梯陡下如窟宫，环堵石墙鬼斧工。一洞斜通深无底，岩泉圣水柱充隆。

石林滚狼——林中林

突怒峥嵘气象森，衫林白浪涌石林。天生一洞穿山透，为接朝阳照地阴。

阿依河子母溪

群山拥挤成奇峡，夹岸幽篁绣翠衣。千级天梯空水响，百寻桥索觅阿依。

红岩洞

千山滚浪逐车奔，群洞壁岩溅血痕。笔挽清江书磬竹，难抒苗首悼忠魂。

苗寨风情

盘歌甩手三锣鼓，男女登场老少和。自古苗家多韵味，民风文艺壮山河。

晚上回到宾馆，文局长拿出文房四宝，请余枭用毛笔书写成九张条幅，他说将来刻在木牌上，立在各个景点中，就可以平添景点的文化氛围。为此他还给余枭发了润笔费。

因为本市被评为全国温泉之都，辽宁本溪市一位女副市长带队，前来江南旅游局"取经"，说辽宁也要力争打造"温泉大省"，本溪市准备与省旅游局联合主办全国温泉高峰论坛。江南旅游局领导介绍了本市"五方十泉""两翼百泉"的规划，又拿出十位旅游高级顾问完成的各类旅游研究课题文本给他们看。他们看完后，女副市长拿出余枭那本《温泉旅游文化包装研究》说："这本我们最感兴趣，能否送我们一本？"

旅游局长说："没问题，就送你们一本！"她又说："我们还想邀请这位余臬顾问，能出席我们本溪十月将召开的全国首届温泉旅游高峰论坛做嘉宾，我们回去就发来正式邀请函。往返机票、食宿等费用都由我们负责，只是麻烦你们这边到时能派车送他去机场，可以吗？"局长慷慨答应，并吩咐办公室主任记住安排此事。

自去年3月到今年6月初，市文史馆组织编写的《中国地域文化通览》本市一卷基本完成，余臬担任副主编，并撰写古代文学、易学等部分。而今整个6月，除为市检察院撰写《山水检察赋》之外，余臬就到远郊东西各区县调研红色旅游景点。

他先到江津参观调研了聂荣臻元帅陈列馆、聂帅故里、陈独秀抗战时旧居、烈士陵园和他新补充的白沙聚奎中学、李市镇漆南熏墓、福乡冉均墓及江津中学；再到潼南县调研杨闇公烈士故居、杨闇公陵园、杨尚昆陵园；到铜梁县调研邱少云纪念馆和新补充的陈达三墓、刘雪庵公园、郭汝瑰故居；去合川调研他新补充的卢作孚故居、陶行知育才学校、赵君陶战时幼儿园；去綦江县调研他新补充的红军将领活捉张辉瓒的王良将军故居及墓、石壕村红军烈士墓；去万盛区调研爱国慈善家刘子如故居陵墓、刘子如文化园；到酉阳县调研中共元老赵世炎故居及其陈列馆、红三军司令部遗址、烈士陵园、万涛烈士故居；到武隆县调研白马山战役遗址、芙蓉江红军渡遗址，红二、六军团会师遗址；赴开县调研刘伯承元帅陈列馆、刘帅农村故居、杨柳关红军战场、雪宝山红军墓；赴城口县调研苏维埃公园、红军战场遗址；赴万州调研烈士陵园、苏军库里申科墓；赴巫山县龙溪调研地下斗争纪念碑；以及到新补充的酉阳刘仁故居、秀山二野司令部旧址、云阳南溪镇述仙桥、石柱八圣宫八德会起义遗址、西坨红56师遗址、白岩洞起义遗址、城口红33军指挥部遗址等等。余臬所补充的全市共50个景点，大都是市级文物保护单位。至此，全市红色旅游景点的调研已基本完毕。

月底，应贵州道真县邀请，去为他们讲题为《道真民族文化与生态旅游》讲座，道真县的文化局、旅游局所辖的干部为主，县分管领导也出席听讲座。余臬先对道真旅游的优势、劣势作了简要分析，然后讲了道真民族文化旅游发展思路：

1、首抓仡佬族文化，做大做强：因为道真仡佬族文化占有优势，占全县总人口数量的49.2%。仡佬族历史悠久，文化独特厚重。但是务川仡佬文化已抢占先机：08年就提出五年建成"仡佬文化中心"，三年中已打造龙潭仡佬丹砂古寨旅游区；开发申佑祠、罗峰书院、翁溪桥；栗园度假村、洪渡河漂流景区，以及仡佬旅游食品婆霉豆腐、冰糖大蒜、野生百合粉、山仙地牯牛、十八步度假村腊肉、豆腐干等走向市场；提炼推广高台舞狮、杀铧、打蔑鸡蛋、及大型歌舞《神沙仡佬》等，相比之下，道真已经落后。那么，道真仡佬文化如何与务川竞争呢？

他提出：集大成、求差异：你有我异，你粗我精，你无我有，你静观我动演，你豪华精雕我原始古朴……比如祭祖：务川清明祭九天母石，祭天朝祖：献财、献茶、献酒、祈福、放天灯；而道真就应除此之外还增添祭竹王、祭山王菩萨、祭神树；增添祭祀后摆"六合宴"，倡"六合七规"赞歌。又如建筑：务川着眼于本地现有的；我却把历史各阶段仡佬民居系列集大成展出，诸如仡佬巢居、穴居、山居、干阑、石磊、吊脚楼等。

练动演：结合以上系列民居，纳入民俗活动，组织居民排练演绎，动态再现。如：婚嫁中哭嫁；新郎黄昏派轿夫去女家"拦门礼"；花轿进堂屋强抱入轿；桥前两大刀手开路，吹唢呐放鞭炮；拜堂后新娘重新梳妆到寨中让宾客欣赏逗笑；婚宴三台席，咂酒坛插二竹管砸吸；旁有歌手唱《打闹歌》助兴。

2、强化展示道真历代名人、名物，建成"尹珍故里"、"尹珍文化中心"：尹珍（79—162）字道真。东汉牂牁郡无敛人，贵州最早走出大山叩问中原文化的著名学者、文学家教育家书法家。是贵州汉文化的鼻祖、传播人，是经学大师许慎弟子，累官至荆州刺史。无敛今属何县？历代方志众说纷纭，但民国时出土文物证明其故里而另立道真县，道真即尹珍的字。可见尹珍是道真县人而不是务川县人。因此今后应大张旗鼓宣传尹珍是道真县人：打出"贵州汉文化鼻祖尹珍故里"旗号，搜集资料尽快筹备争取主办"纪念尹珍逝世1950周年学术研讨会"或明年主办"尹道真文化节会"。

3、道真生态旅游发展思路：他提出了融山水田园为一体，保护与开发并驾齐驱，森林草场旅游风格多样化，细部文化包装见奇异等四点建议，并作了具体诠释。

这是余泉第一次受外省邀请所做的讲座，他的演讲非常成功，赢得了全场经久不息的掌声。散会后不少领导和当地学者都围着他请教，刮目相看的赞誉不绝于耳……

　　暑假期间，最热的时候，余臬夫妇去川北德阳、绵阳等地调研，顺便避暑。余臬在江院教过的几位学生，而今在德阳市文广局、党校、文联任职，有的在全国小说期刊上发表了几篇小说，甚至成为军队小说作家，出版了长篇，都各自卓有成就。他们热情接待余臬夫妇，自驾车陪同老师参观了著名的广汉三星堆博物馆、年画村、孝泉镇姜孝祠、罗江县白马关庞统墓祠、绵阳东汽厂地震遗址、飞机螺旋制造军工厂等处。余臬参观考察后，写了三首诗：

游孝泉镇姜孝祠

　　三姜孝德动乾坤，跃鲤偷粮万古尊。可惜当今多啃老，世风何故下沉昏？

庞统墓祠怀古歌

　　罗江县，蜀西川，鹿头山隘白马关。古柏森森谁墓主？昭烈军师庞士元。凛然天地风云变，怀古神思怀建安。群雄逐鹿中原乱，白骨成堆葬烽烟。颍川司马知人鉴，南州庞统士林冠。初谒荆州刘府尹，貌寝只封耒阳令。区区百里屈大才，终日醉眠未废政。张飞纠察县巡行，庞令大鼾犹未醒。公堂传讯欲鞭答，民安息讼无由惩。

　　诸葛飞书荐凤雏，召谈纵论起宏图。先主大奇委重任，入蜀二刘相会涪。取川三策经权论，夺关川将命呜呼。分兵两道进围雒，军师马失前蹄落。皇叔白马送军师，暗淡将星未察觉。张任伏兵射白马，千虑一疏奈若何！出师未捷身先死，从此留名落凤坡。造物忌才大限定，龙凤岂容一主罗！

　　凤死龙孤蜀力困，只能无奈鼎三分。诸葛离荆委关羽，关羽骄矜先殒身。复仇翼德急遭害，伐吴先主命归阴。隆重决策全盘变，荆襄一路化空云。一龙肝胆贯长虹，六出祁山尽孤忠。上方谷内烧司马，人谋胜负在天公。鞠躬尽瘁积劳疾，五丈原灯殁秋风。蜀运皆随凤雏转，一人影响国衰隆……

　　忽闻鼓板竹琴腔，梦回眼下古祠堂。八旬老道唱庞统，一曲道情音绕梁。庙宇悲风四面起，阴云凝固亦断肠。游人屏气欷歔叹，山河肃穆送残阳。

参观东汽地震遗址

昔闻东汽厂，今观录像屏。龙门山脚下，绵延十里城。九州重企镇，三线大工程。举国龙头业，四海皆闻名。车水马龙接，街衢通纵横。大厦摩天立，店行夹道迎。五星酒店伟，百卉公园馨。广场歌舞盛，剧院百艺呈。小溪夹岸秀。垂柳婆娑情。十里画廊地，数万稠人町。一朝地震毁，满目血泪倾。

皇天何震怒，万民一何辜？山崩地裂陷，全厂变废墟。万余老中少，转瞬命呜呼。学生正上课，幼儿正欢娱，机关正办公，职工正忙碌。客商正交易，司机正驶途，情人正热恋，游客正相趋。蓦地皆冤鬼，惊魂共趑趄。存者狂奔号，满街乱象殊。警民齐抢救，掘地复凌虚。担架穿梭走，伤残运载输。医院亦遭祸，活医救伤徒。死尸垒山叠，万人坑里居。哭声震四野，山水同歔歟。

我来吊冤魂，时隔四秋春。群楼多塌陷，弥眼俱伤痕。唯有高水塔，巍然独完存。少数楼尚在，咫尺死生分。侥幸宁天命，劫难岂前因？瓦砾杂荒草，闾阎空无人。车间剩躯壳，店铺塞牌文。潺潺小溪水，哽咽似呻吟；瑟瑟西风烈，悲悼有蝉音。芦花飞白泪，垂柳默哀亲。残阳如血染，苍山托孤云。鸦飞起聒噪，愈加死气氛。游人频指点，死难某某人。排排亡灵照，累累多功勋。多数无名姓，死后葬坑坟。

我已肝肠断，酸风泪倾盆。北川不忍去，惨状更悲辛。默思此浩劫，旷古空前闻。地震警钟醒，预报必先寻。楼坍可再造，人命唯一珍。环保乃根本，地探宜紧跟。迩年气象乱，地质灾害频。人类尚争斗，开发俱竞奔。加速地球毁，无乃太违仁！非是杞人虑，亦知徒费心。人生如朝露，转瞬谢红尘。安得倚天剑，斩断灾孽根。永葆平安世，千秋泽子孙。安居乐业土，亿兆同欢欣。

一周的旅游考察活动，不但调研了历史文化、红色文化、民俗风情，获益良多；而且与阔别了二十多年的学生重逢同游，更是人生最大的乐趣。在离别的饯行宴上，余臬没有谢礼回馈，只赠了一本自己的《诗词文赋选集》，扉页上题了五首诗赠弟子共勉：

赠德阳王劲学弟

叱咤风云虎下山，巉岩骇浪敢登攀。有容乃大装天海，无欲则刚破峡关。道泽德阳山水秀，文沾蜀甸教科翻。赋诗岂为应酬故，心有灵犀刮目颁。

赠德阳傅三齐学弟

玉树临风青白眼，高才傲物竹林贤。当年彩笔悬河口，今日杏坛可复然？

赠德阳向晓霞学弟

清水芙蓉独静嫣，侠骨柔肠两相怜。未料慧心藏不露，文坛亮相识才妍。

赠广汉陈修元学弟

书生渐老贵童根，笔卷狂飙逐浪奔。谁谓官场功利重，丹心一片在诗魂。

赠绵阳张登高学弟

带笔从戎赴酒泉，报媒牵线结奇缘。腾蛟起凤风云涌，脍炙人口万古传。

回到成都，当年江南学院79级、80级的一帮弟子又以同学会名义邀请老师余臬夫妇到一家商业大厦聚会，其中肖生曾任泸州市长、现任川煤集团董事长；陈生现任四川省旅游局副局长，其他有任省府政研室和轻工局副厅级领导；有任高校教授；有的是公司老总，商报主任记者……。余臬为当年的"青青子衿"而今皆成国家栋梁深感荣幸和骄傲。师生在宴会上频频举杯，回忆当年的师生情谊……

暑假过后回到江南，余臬方知在他们离家去川北不到一周，本市发生了30年特大洪水，主城区水位高达186.8米，超出保证水位3.5米；江津10多个镇被淹，白沙镇大半城街道进水，有的淹到楼房第三层；永川朱沱镇街上可以划船……全市军民紧急救援，幸亏提前预警，没有发生人员死亡。当时有人传言说"这是世纪末地球将要毁灭的恶兆"，弄得人心惶惶。余臬有感而发，作《望海潮·特大洪水》词：

阴阳交恶，银河裂漏，洪峰泛滥横流。冲巷漫城，奔涛鼓浪，摧枯拉朽田畴。雷电破天喉，泥流垮坡坎，天怒人愁。气候乖张，倩谁神力主沉浮？　　休惊末日环球。借飞仙截水，盘古开沟。横断上游，分流北引，沙丘绿化西洲。南水北输献，水旱双赢策，于我何忧？天意人谋地利，全在一壶收。

　　9月开学后，余枭继续到移通学院每周上一次选修课，其余时间都在家里做旅游课题研究。早在2004年中央对"红色旅游"的界定是：从1921中共建党至1949年成立新中国，这28年间"留下的纪念地和标志物"；但在2011年6月全国"十二五"旅游规划中，对"红色旅游"的时间界定，又上溯到1840年鸦片战争开始的"爱国主义和革命传统的历史文化遗存"，纳入"红色旅游发展范畴"。

　　基于此，余枭在他的《红色旅游提档升级研究》课题中，第一章就探讨了"红色旅游的学理依据"。他从大量历史文献中考证了红色崇拜的本意来源：一是先民对女子月经的生殖崇拜，见于《老子》所称"玄牝"，《黄帝内经·素问·上古天真论》和《本草纲目》；二是红色代表吉祥、鼎盛。见于《尚书·大传·大誓》、《孙氏瑞应图》、《山海经》和《后汉书·曹褒传》等文献。

　　于是"红色"的引申意，后来就象征血与火的革命、战争。如中国西汉的"赤眉"军，东汉零陵蛮"红巾"军，金末"红袄军"，北宋方腊和南宋北方抗金义军都以"红巾"为标志，南宋末"红巾队"起义，元末刘福通"红巾军"，清咸丰广东天地会"红巾军"起义；朝鲜新罗末"赤裤军"起义，意大利"红衫军"起义，英国乔治杀死恶龙，法国三色军旗，奥地利红白红三色国旗，葡萄牙3/5的红色国旗，土耳其全红底的国旗；中国辛亥革命"铁血十八星旗"中红黑色代表血和铁；俄国十月革命工人武装"赤卫队"，德国"红色战士同盟"，中共根据地民兵"赤卫队"，捷共中央《红色政权报》，中共机关报《红旗周刊》后改为"红旗日报"，法共中央《红色人道报》等等。

　　因此，余枭提出"红色旅游"还应进一步扩大上限到农民革命战争，下限延伸到建国后抗美援朝、保卫祖国边疆自卫反击战争，以及为国为民抗灾抢险的烈士所留下的纪念地和标志物，都应纳入"红色旅游范畴"，才能符合"红色"来源的学理依据。

　　以下五章分别论述全国红色旅游的资源概况和发展概况，红色旅游提档升级的普遍性措施，红色旅游存在的主要问题，本市红色旅游资源研究，本市红色旅游的现状和不足。提出本市红色旅游提档升级的对策建议：应重新编制第二期规划草案，重新出台公布新增的红旅景区景点文件；尽量与绿色蓝色古色等旅游紧密结合；应策划编写故事、影视、剧本、歌舞，提高展演水平；优化管理人才，形成多专业精干团队；理顺完善创新管理体制机制，景区景点实行定期考核评定；学习枣庄等地经验，精心策划"走出去"的营销策略……。每天抽空在电脑上写一二节，积少成多。

由于世界旅游业理事会在本年9月17日在伦敦发布报告说：到2021年中国海南岛将发展成为全球顶级旅游目的地之一。江南市一家民营大老板从网上得知这个消息后，为了抢占先机，准备到海南投资旅游业，他联络了北京一个美国旅游专家，又点名本市浩建旅游规划公司曾总经理，并让她推荐一位知名的旅游文化专家，曾总就推荐了余臬教授，于是三人专家小组加上老板及其助理共五人于9月下旬乘飞机赴海南。

老板选择了无人问津的海南西部昌江县霸王岭热带雨淋森林准备投资，往返一共三天。三位专家的任务就是提供与当地政府意向性洽谈投资的相关参考资料和参谋意见，余臬负责旅游文化方面。他们用一天时间参观考察霸王岭热带雨淋森林。

据当地向导介绍，全球这类森林仅有六七处，而中国只有海南昌江和云南两处有。神奇的原始热带雨淋森林中，只有蜿蜒的山间羊肠小道，而且只能在边缘部分考察，因为深处可能会遇到虎豹巨蟒之类猛兽。这里植物、动物种类繁多，其中不少是珍稀品种，国家一二三级保护的动物就有20多种。

特别是长臂猿黑头白身，只有三四十只，繁殖率极低，两年一胎，每胎一仔；加上它们雌雄配偶特别专一，严格的一夫一妻制，绝无丝毫的乱交。一旦雌雄配偶中有一个生病死亡，另一个就终日哀伤，心如死灰，渐渐萎靡不振，悲伤过度，不久也随之死亡。人类对待爱情的专一程度远远不如它们。

余臬为此感动至极，写了一首《昌江霸王岭长臂猿》七绝以颂之：

头戴乌纱黑白身，婚情专一胜人伦。莫嫌长臂族丁少，德配霸王岭上珍。

在陡峭的山崖边上，有两棵大榕树紧密相依，柯枝交错如盖，犹如两把大伞；三条粗大的树根和无数分支根系盘曲纠结，将一块裂开两半的硕大巨石紧紧地纵横包裹捆住，据说几十年来，无数次暴风骤雨中，裂缝的巨石从未动摇垮塌过。悬崖下面就是一条较宽的土公路，车跑人行，仰望这包根石，人们只赞叹它的雄奇，从未担心会断裂坠落下来。余桌从中悟出了异类相扶相助，才能相依相存的哲理，犹如人类"两人同心，其利断金"一般坚韧顽强。于是灵感闪动，又写了一首《包根石榕树》七绝以寄兴：

三根扎地抱双石，两树参天连理稀。万物有灵非妄语，存亡只在共相依。

山中有一种奇树，俗称"见血封喉"，人若砍伐其干，折断其枝，树浆溅到皮肉上，顿时让你七窍流血而亡。余桌惊讶之余产生顿悟：这不就是"人不犯我，我不犯人；人若犯我，叫你亡身"吗？于是又写了一首《见血封喉树》以寓理趣：

古木桑科自卫神，人无犯我两相亲。斧斤若敢施威暴，见血封喉枉殒身。

还有一种"野荔枝"，高达30多米，被称为"万能造船材"。据说现在大家吃的荔枝，海南荔枝、福建莆田荔枝，巴蜀涪州荔枝，都是从野荔枝嫁接培育而来的，它是各地荔枝的祖宗。余桌写《野荔枝》以赞之：

枝繁叶茂隐山鲜，天下荔枝老祖先。可惜杨妃浑不晓，酸甜最在霸王巅。

大家走到山洼处，见一池塘碧波荡漾，岸边有一棵大树，枝繁叶茂，枝条上开的金黄色的花，一串串下垂宛如流苏，煞是美观。余桌问向导："这是什么树这么好看？"向导回答说："这叫华缨树，那下垂的金色花，很像金丝。"此时一阵秋风吹来，华缨花被吹掉散成碎片，宛若碎金小片漫天飞舞，然后坠落池塘水中，像铺了一层金毯。这瞬间的诗情画意使余桌灵感骤生，他迅速捕捉意象，吟成七绝《华缨树》以纪其景：

碧叶葱茏吊万鬟，黄金缕缕缀流苏。秋风浪子采香蕊，玉碎漫天嫁翠湖。

他将早已在文献、网上搜集到的儋州方志的风景名胜、黎族风俗人情、历代名人轶事以及当地土特产、非物质文化等资料，加上一天的田野考察所得，分类梳理出一份旅游文化的资料综述。如风景名胜就有长臂猿自然保护区、野荔枝自然保护区；黎族风俗，如蛙崇拜，船型屋，寮房及放寮谈情说爱，妇女头簪茉莉花，女性用鼻箫表达爱情，对唱山歌找对象，黎族丧歌，竹筒饭，捕鼠食，不吃猫肉，擅长挑花、刺绣、扎染、蜡染等；名人如蚩尤、苏东坡、黄道婆、白玉蟾、王马、符南蛇、王国兴、唐天祥等；土特产如山兰糯、人参、优质矿泉水、荔枝、菠萝、芒果、艺术石雕等；非遗如黎族"钻木取佛陀"绝技、竹排舞、打柴舞、竹竿舞、草笠舞、拉弦乐器"朗多依"、《我爱五指山》、《我爱万泉河》等音乐……并提出了景区景点文化包装的几点建议。供洽谈开发设想参考。

经过与昌江县双方意向性投资洽谈后，次日返回海口市，玩了两个小时就乘机返回江南。老板给三位专家每人酬谢1万元。

10月国庆节刚过，余臬接到市旅游局办公室张主任通知："辽宁本溪市来我市考察温泉开发经验，看中了你的温泉课题文本，并特地邀请你去参加他们主办的全国温泉高峰论坛作嘉宾，时间是10月11日，请你准备45分钟的ppt发言，并把你的身份证号报给我，他们好在网上为你预订当天8点的机票，到时这边我们派车送你到机场取票。"

到了那天，余臬提了个小旅行包，坐上旅游局派的车到机场取票上机，到太原转机再飞沈阳，12点5分到沈阳机场。一下飞机出站，余臬就发现有人举着"欢迎余臬教授"的硬纸牌，便上前打招呼，接站人是本溪市旅游局的王科长，还接了上海同济大学旅游学院的吴承照教授，寒暄了几句，就上小车，向本溪市奔驰而去。一个小时到了本溪，女副市长亲自出门迎接两位教授，吃完午饭，就到会议厅就坐等候。

下午三点，高峰论坛大会正式开始，辽宁省旅游局长、本溪市长先后讲话，日本驻沈阳领事馆总领事松本盛雄致辞，然后主持人宣布：请三位专家嘉宾演讲！

首先是同济大学旅游教授吴承照发言，他是"本溪市温泉旅游发展规划"的课题负责人，主要讲本溪温泉资源的评价，规划的主要内容和实施步骤，投资渠道及拟定的项目、营销规划及环保、安全等措施。

接着是日本温泉交流平台助理孙立敏发言，讲日本及欧美温泉开发的不同特色和功能，重在治病、疗养、养生；而中国重在旅游、度假、娱乐；温泉开发的硬件设施及软件设施等等。

余臬最后一个发言，它主要讲温泉旅游文化的包装策划建议，总体遵循个性创新、移植再生、精雕细琢、科学养生四个原则；科技文化包装：应根据地质勘探、理化医疗鉴定的不同类型的温泉、不同疗养功能，真实准确地显现在温泉大门入口照壁或屏幕上、各个汤池的标示牌上作简要介绍；生态文化包装：地方政府应制定温泉生态环保评价指标体系，进行组织评估，并在网上景区景点公布达标情况；文化设施包装：应因地制宜，不强求一律；洗浴方式包装，应在售票口就将治病疗养和休闲洗浴分流接待，进入大门口先引导游客观看四块醒目的告示牌：8 条泡汤步骤牌、8 条泡汤禁忌牌、9 条泡汤注意事项、温泉区设施布局图。

相关历史名人展：应宣传展示和深入挖掘，完全没有这些的可以积累、移植；地方民俗风情特色的包装展：仅以江南市为例，如会馆、行帮、码头、茶馆、劳动号子、巴渝情歌、川剧花灯、接龙吹打等，可用系列雕塑、舞台演出、小喇叭播放等方式展示。

诗情画意氛围的的包装，最为重要，以典型生动事例说明：植树养鸟呈现鸟语花香的汤池气氛，广立诗牌烘托诗情画意的园林意境，诗词楹联呼应使亭室生辉……用以强化视觉、听觉、嗅觉、味觉、触觉五官刺激，促进游客心旷神怡，宠辱皆忘，身心愉悦的泡汤效果……他各自分别举例，讲演具象、详实，具有可操作性，赢得了经久不息的掌声。

会后晚餐时，女副市长付给余臬 5 千元酬谢，并握着他的手说："你的发言最精彩实用，你的课题文本列举了那么多温泉诗词，花鸟诗词、亭台馆舍诗词和楹联，我们都可以现成借用，我支付给你 5 千元，是我们赚了！"说得旁边的人都大笑起来。

他们要挽留余臬多住两天，余臬辞谢说："我家里有事，最好晚饭后就送我到沈阳住一夜，明早乘早班机回江城……"她便吩咐王科长负责陪送到沈阳，安排住宿，次日送余教授上机再返回。

10 月 12 日中午余臬降落江南机场，市旅游局的司机顺利接站回到成均大学的家中。妻子雅梅告诉他说文新学院谢道通又出了丢尽颜面的丑事：

谢道通到别的大学去上三峡文化选修课，居然勾引上一名女大学生，把人家黄花闺女搞大了肚子。女生的父母坚持要向法院告状，女生怕丢了面子，今后不好找对象，就想让谢陪一笔巨款私了。但是谢嫌要价太高，就逃避不接电话。女生就想法找到了谢的老婆电话，说了谢如何用欺骗的许愿手段勾引她，又如何'霸王硬上弓'诱奸了她，往后就多次同居，现在肚子一天天大了起来，他却逃避不负责任。她父母坚决要向法院起诉，送谢进监狱；她考虑到名声劝阻了父母，想让谢赔款私了，但谢又不愿拿出这笔钱，嫌太多了，就躲避不接电话。"如果你不管，我只好让父母向法院起诉了……"

他老婆气得把流氓丈夫骂得狗血喷头，就出面与女方谈判，想降低赔款数额，谈了几次都未成功。女方就打电话给成均大学分管学生工作的副书记告状，副书记说："你必须明天到我校来写一份书面材料，我才可以找谢老师处理这件事。我保证为你保密！"女生答应了。可是第二天，女生并没有来，而是又给文新学院总支书记打电话告状，总支书记也约她来学院写书面材料，才好帮她处理。她也答应前来，但结果还是没来。

很明显，这个女生是想通过成均大学向谢道通施加压力，逼他赔偿巨款；但又不想露面。听说最终还是谢的老婆再次谈判，可能各自妥协让步，达成赔款私了……

余臬问："那到底赔了多少钱呢？"雅梅说；"文新学院传得沸沸扬扬，但具体赔了几万，谁也不知道呀！"

余臬就打电话给总支书记但永胜，证明了确有此事，但具体赔款数额他也不知道。他说："因为女学生是另一所大学的，我们不能只凭她电话告状，必须要有书面材料盖上手印，才能作为呈堂公诉的依据。但她又不肯露面，所以，我们学校和学院就不便出面找谢道通了……"余臬说："此人我早就觉得他不正经，刚调来就抱着一大堆他编的《秘书写作》破教材到资料室兜售；当图书馆长时，我市6所高校从北京图书公司采购书刊，其他5所高校都遵纪守法，唯有他一人违纪受贿吃回扣；现在又做出这种有败师德的丑事。真是名如其人！"但永胜问："老师，此话怎讲？"余臬说："谢道通，不就是邪道很精通吗！"但大笑道："果然恰如其分啊！他现在躲在家不敢露面，没脸见人了……"

从10月中旬开始，余臬就抓紧时间继续完成《红色旅游的提档升级研究》课题的最后三章，于12月20日终于写完，然后到学校服务中心复印、装订成册，次日将20本课题文本装上背包，坐上出租车送交市旅游局。

在车上，和出租车司机聊起反腐败的话题，司机兴奋地说："告诉你一条爆炸性新闻：一个妖艳的小姐，一连放倒了十来个厅官！龟儿成了反腐败女'英雄'，晓不嘛，喔！"余臬惊讶地说；"我还真不晓得！你快说说。"那司机故意卖关子道："话说这个年轻妖艳的小姐呀，那身段，那脸蛋，那技巧，简直不同寻常！龟儿男人一见了，管保你立马就会浑身麻，骨头酥，控制不住……"

余臬催他："师傅你就别卖关子，快说吧！"谁知你越催他，他却越想吊你胃口，慢腾腾地点燃一支烟，猛吸了一口，喷出烟圈，然后才讲出一段悚人听闻的真实故事……

第二章　著述结集

出租车司机说："话说本市一位搞古建筑的老板，龟儿养了一个小蜜，长得又白嫩又乖巧，水灵灵的能掐出一泡水来，对外谎称是他的外侄女，其实是他龟儿的摇钱树。龟儿老板教会她一些床上功夫，专门勾引男人的风流手段，啥子勾魂眼，扭屁股，摆腰肢……龟儿弄得你颠颠倒倒，她再拿腔拿调的吊你胃口，惹得你烈火烧身，她才半推半就，让你去脱衣服洗澡。她这边趁机在床头墙上安放好微型录像头，然后脱光衣服，对着录像头和你在床上颠三倒四，卖弄风骚。

"正干得起劲的时候，龟儿老板突然开门闯了进来，捉奸在床。上去就给小妞一个耳刮子，她就捂着脸假装痛哭流涕，说她是被这男人骗了。老板假装大怒，大声呵斥：'你他妈的色胆包天，当官的龟儿都是人面兽心，居然敢诱奸老子的亲侄女！她还是个黄花闺女，被你龟儿糟蹋了，今后哪个找对象嫁人？老子这就打电话向派出所报案，抓你龟儿坐班房！'赫得这位厅官立马跪地求饶。欸，你晓不晓得这位厅官是哪个吗？"余枭摇头。

他说："就是北碚区委雷书记呀！龟儿老板故意下了个套，雷书记不知是套，就这样被套住了。然后老板就说：'既然你怕我报警，那我们就私了，你搞了我的亲侄女，哪个赔偿吧？'雷书记被赫懵啦，龟儿当官的最怕丢乌纱帽，立马就哀求老板：'你就开个价吧，要多少钱？'老板说：'老子搞古建筑，不缺啥子钱；只要今后有古建筑项目招标，你龟儿多多关照我，莫来头，我就保证把今天这事一笔勾销！你保住了乌纱帽，我得到了项目，我们不就扯平啦！'

"雷只得满口答应：'好说，好说，我一定照办！'龟儿老板瞟了他一眼，取下床头上面的微型录像头，对雷书记晃了晃，说：'你龟儿莫要嘴上啥子都答应，到时候又推三阻四！看清楚啦，你的把柄都在我手里捏着的，你龟儿想扳都扳不脱哟！'雷书记这才知道老板早就下了套儿，录了像，只好听他摆布了。过了不久，果然暗箱操作给了古建老板一个大项目。他以为龟儿这事总算摆平了，谁知老板用他这棵'摇钱树'继续勾引别的厅官上钩，一个接一个都上了套，钱权交易，敲诈勒索。龟儿纸包不住火，终于被新闻记者揭露曝光。老板被抓了，供出了雷书记，还有其他局长、区长、主任，龟儿连环案爆发，十多个厅官落马，罢官，但都没有被抓；龟儿只有雷书记一个做了冤大头，被判了几年有期徒刑。"

余臬问："这个女子是谁呀？她被抓了吗？"司机说："你没有听民间议论嘛：龟儿赵红霞一人放倒了十来个厅官，她才是'反腐'的'巾帼英雄'模范呀！她当然也被抓了，但没听说判刑没得……"

余臬听了这段丑陋的新闻，沉思了很久，联想到近几年揭露出来的贪官，几乎都与色情相关，有的官员甚至有上百个情妇，还在每个情妇照片后面提一首打油诗；还有一个人同时与几个美女在床上玩'多样化'；甚至几个官员共享一个情妇……权色交易到了如此严重程度。要满足这些情妇的权利和金钱欲望，自然就要贪污受贿。可见贪官都有权钱色三者互为因果的共性。难怪孔子《论语·季氏》有戒色、戒斗、戒贪"君子有三戒"之说，可现在有多少官员真正在践行"修身、慎独"和这"三戒"呢！……他到旅游局交了课题结题文本，回到家里还在沉思此事。

2013 年元旦刚过，余臬应南岸区政协邀请撰写了《南岸赋》，载于区政协编撰的《休闲南岸》卷首。春节后开学，移通学院又将余臬所任的全校选修课压缩为 4 周共 12 节，这样一来，原来的《诗词曲审美鉴赏》内容太多，不好压缩，余臬就砍掉诗词，而将元曲适当扩展，变成《元曲新潮》，三月中旬就讲完了。他觉得如此压缩，也没有多大意思，所以改完作业就提出辞职，从此不想再让每周讲课拴住手足了。

两年一次的江城市社会科学成果奖的评审去年年底公示，余臬主编的《巴渝古代近代文学史》因为填补了空白，被评为二等奖，市政府发了奖金 4 万元，规定学校配套 4 万元共计 8 万元。余臬按照参编者所撰写章节数量，分配奖金。大家都很满意。

四月初，余臬又应贵州桐梓县邀请前往讲桐梓县旅游文化讲座，因为以往调研綦江万盛区有夜郎文化，故对此曾有研究积累，他就以题为《夜郎文化与桐梓旅游》为讲座题目做了 PPT 课件，考入优盘带上，在桐梓县的会议厅开讲：

一、古夜郎国在贵州：《太平御览》："《十洲志》曰：播州，播川郡，秦夜郎县之西南隅。"据《史记》汉武帝建元年间，犍为郡治、夜郎县治均在鳖邑即今遵义。又据《汉书·地理志》等文献，夜郎国都在鳖邑，即今遵义；夜郎氏即鳖人应龙氏，桐梓县离遵义很近，隶属于遵义市。再据《读史方舆纪要》，汉武帝置大夜郎县都尉驻地，在今桐梓县东20里。《后汉书》载"有竹王者兴于遯水，有一女子浣于水溪，有三节大竹流于女子足，推之不肯去。闻有儿声，取持归，破之，得一男儿。长养有才武，遂雄长夷狄以竹为氏。"

金竹夜郎王府就坐落在广顺郎山金竹大坡环抱，当地老百姓称古城池为夜郎王府，现有残墙断壁旧址。郎山下有被官军杀害全族人的万人坑，东南湖有箭厂及营地。民间挖出有金剑、方印、青铜匙及夜郎古墓。金氏夜郎家族自汉代至今，保存族谱。永乐11年第6任土司得珠病故后，由其四子分任四处土司。清代史学家郑珍认为夜郎县在今遵义府治左右。

综上，证明汉代夜郎国在今贵州遵义地区（包括桐梓）和广顺狼山一带。

但因唐宋时期先后在今贵州桐梓、石阡、湖南新晃等处均设夜郎县，而以桐梓时间最长，达478年。然而湖南新晃县2010年10月16日宣布：将投巨资50亿重建"夜郎古国"，包括4大景观共20个分主题景区，用地30平方公里，2011年已开工，预计2020年完工。他们有钱抢占了先机。渝黔高铁连接至广州，铁道部原计划在桐梓设夜郎站，因湖南提出异议，认为夜郎在湖南，贵州不能命此名。铁道部改定新晃设夜郎站，而桐梓为"夜郎镇站"。但桐梓也拒不接受，从而形成湘黔"夜郎之争"。

二、夜郎国的历史阶段和四部构成：据彝文史料记载，夜郎国分为武米、洛举、撒骂、金竹四个时期。夜郎四部：鳖部夜郎：以老鳖国为中心发展到多同夜郎、且兰夜郎等鳖人君长国。"夜郎"发音，汉字记作"仡佬""彝罗"，今仡佬族即夜郎王族，土家族即夜郎本族。彝部夜郎：今云南曲靖西北有汉代同濑县，县有谈虏山，山有谈指、谈稿、谈封等部。谈虏音转铜濑，鳖部夜郎时代与彝部联姻。汉武帝时，邛都国、滇国都广义上属于夜郎彝部，是夜郎国的外戚。苗部夜郎：九黎——三苗——楚人，皆苗部夜郎之祖。秦灭楚后，未汉化的楚人依附夜郎国成为苗部夜郎。苗族、瑶族即其后裔。越部夜郎：九黎支系——敢壮山布洛陀部族——尧舜禹时象国——周代牂牁、雕题、交趾等国——秦代象郡。牂牁国灭后，越人余部有勾町、漏卧、漏江等部，尊夜郎为王，形成越部夜郎，当今布依族、侗族、壮族、水族等是越部夜郎后裔。

三、桐梓在夜郎国中地位（与新晃比较）：1、周夜郎中心在鳖国，今遵义地区，桐梓属之；而新晃不属此范围。2、秦夜郎县在唐播州，今遵义务川，一说桐梓；而新晃只是夜郎管辖范围，不是中心地。3、汉犍为郡治、夜郎县治均在鳖邑即遵义；而新晃只是大夜郎的范围。4、晋夜郎郡治、县治在安顺，桐梓较近；而新晃距离较远。5、唐宋夜郎县在桐梓，也在新晃；但桐梓县治比新晃时间长得多。6、遵义桐梓属鳖部、彝部夜郎王族早期发祥地；而新晃属越部夜郎，是在西汉才加入夜郎联盟。7、秦始皇遣常頞劈五尺道通西南夷、汉武帝遣唐蒙通西南夷，所走线路皆由巴蜀入遵义赤水夜郎腹地；而新晃无此线路。8、今桐梓有蒙渡、蒙山因唐蒙得名；有夜郎坝、夜郎城、夜郎镇、夜郎驿、夜郎溪及播川县、鼎山县等遗址；而新晃县无。9、民国《桐梓县志》抄录雍正光绪两县志说，桐梓夜郎溪狮子山有竹王城；而新晃县无。

四、综上的分析、建议：1、新晃争"夜郎古国"虽历史依据大不如桐梓，但行动却超前实施；贵州虽有理有据，但行动滞后。桐梓应赶紧规划，迅速付诸实施，把学术变成旅游。2、桐梓夜郎旅游规划，不应去比规模，而应求实有据，规模适度而精，分期仿古，重点在夜郎坝方圆数里内。包括鳖部、彝部夜郎王城和郡衙、县衙、驿站、烽火台等。3、建议在今狮子山建造竹王城。将《后汉书》"女子遇三节竹"故事精细演绎，实景再现。在幽篁中塑"遁水圣母"手擎三节竹筒巨像，修竹木结构的竹王宫、竹王三郎祠等；开发竹筒饭、竹筒肉、竹筒汤羹、竹筒情歌、竹筒吹乐、竹制芦笙、以及有关竹文化诗词曲赋、楹联、歌舞、竹制工艺品等等，把"竹崇拜"挖掘展示得淋漓尽致。4、打造常頞通五尺道、唐蒙通夜郎的栈道、驿站、线路景观。5、塑造历代夜郎王的昭穆宗庙、塑像、牌位及生平事迹简介。6、发动媒体大力宣传造势。7、积极开展招商引资、融资活动。8、竣工期尽量赶在新晃2020年之前。深信桐梓的夜郎古国旅游一定比新晃更加火爆。

余臬的讲座得到了桐梓县四大班子的充分肯定，表示尽快付诸行动，下面掌声迭起。

回江南后，余臬就接到当年江南学院中文系87年毕业的学生，而今已是内江市副市长的庞勇来电话说："老师今年年底就满70岁了，我们年级的成渝两地学生，决定届时一定要为老师办七十大寿庆典，地点就在内江。我先提前通知老师……"

余杲打断他的话说："我一生从来都不过生日，你们千万不要办庆典！"庞勇说："这是我们全年级同学会的一致意见，希望老师不要拒绝。"余杲说："现在有'八项规定'，这样不好！"但他坚持说："我们又不借祝寿敛财，又不大吃大喝，不违反八项规定，只是师生集聚交谈而已。"不由分说就挂了电话。

文新学院但永胜也打来电话说了同样的话，看来他们已经商量好了。余杲这才想到：必须要将自己平生写的学术论文、鉴赏短文和创作的诗赋词曲骈文，分别编辑结集出版，否则年底过生日，用什么礼物回馈这些可爱的青衿呢？是啊，人生七十古来稀，是谓"悬车"之年，也该将散篇的著述编辑成册付梓，画个句号才是；我怎么就完全没有想到呢？

自己总以为来日方长，却不知不觉转眼就将到古稀之龄了。难怪孔夫子说："发愤忘食，乐以忘忧，不知老之将至云尔"。要不是学生提醒，自己不就是"不知老之将至"的人吗！屈原相反，时刻都有这种自觉意识："惟草木之零落兮，恐美人之迟暮"，"老冉冉其将至兮，恐修名之不立！"前贤这些名句，为何就没有想到自己呢！

又想到白居易65岁自编《白氏文集》藏于洛阳圣善寺，68岁以《白氏文集》藏于苏州南禅院，69岁又自编《白氏洛中集》藏于香山寺，他卒年75岁，却在十年前就着手编辑自己文集，预做打算。而自己认识的好几位同行教授，也都是60多岁就出版了自编的论文集……这些前哲、时贤晚年早早自编文集的事实，无非就是唯恐有朝一日大限期到，措手不及；而自己为何视而不见，充耳不闻呢？

原因只有一个，那就是没有"老之将至"的意识啊！人吃五谷杂粮，谁都难免生病患疾，特别是老年人，有的突然发病，溘然而逝；有的好好的，啥病也没有显现，突然坐化而亡。眼前所见所闻，这类事不胜枚举，可就是丝毫没有联想、警示到自己身上，岂非咄咄怪事……

余杲想到这里，耳边警钟长鸣，得赶快放下所有冗务，尽快着手编辑自己的文集。然而令他头痛的是：在江南学院的19年发表的学术论文、鉴赏短文和诗词创作，都没有电子文档，因为那时报刊杂志都还没有兴用电子文档，全靠手写稿笺；99年调融鑫学院任系主任后，系上配有专职打字员，论文、鉴赏文才有电子文档，但诗词曲赋仍只有手抄稿；直到09年退休后，才学会电脑，从此所有著述都是自己在电脑上打出来的。因此要编文集，半数以上的文字还得重新打字录入，工作量太大，时间也来不及。

他决定先易后难，比较而言，创作集《诗赋词曲文集》字数较少，先着手自己打字编辑这一本；而学术论文集文字最多，其次是诗词曲鉴赏集。他想花钱到街上文印店请人帮打字录入，但打了两篇，错别字很多，有的古文字又打不出来，校对起来更麻烦。无奈之下他打电话向在广州工作的儿子宇翔求援，宇翔又托他大学最好的同学、而今在江南某中学工作的邓斌帮忙扫描转换成电子文档。这样双管齐下，争取在70大寿庆典上能出版两本就不错了。

创作集包括从1979年读研究生游学时就开始写的诗词，直到2013年为止，共34年所写的诗、赋、词、曲、骈文和楹联6种文体，计有诗203首，赋80篇，词100首，散曲62首，骈文15篇，楹联52副。其中字数篇幅占得最多的是辞赋，好在绝大部分都是调融鑫学院之后写的，没有电子文档的只是在江院时写的几篇，加上其他五种文体。所以打字录入的工作量只有一半。在编校辞赋骈文时，余臬情不自禁地时时陷入往事的回忆和联想之中……

辞赋、骈文、楹联三种都是应单位邀请的命题作文，当初是为了将古典文学这一"坐冷板凳"的专业，应用于商品经济大潮的市场之中，使之能产生出社会价值的一种实践尝试。不料第一篇征文《绿色艺术广场碑》夺标刻碑后，就直接导致了市政府《迎龙门广场赋》对余臬等数人点名约稿的竞标，最后再次中标录用刻碑，这才引发了后来接二连三络绎不绝地邀请写赋的客户。

开始余臬并未定价，随便邀请单位给多少稿酬就是多少稿酬，绿色广场征义只给1千元，《迎龙门广场赋》只给了2千元，但那时尚未实行工资改革，余臬每月工资也只有几百元。往后工资逐渐增多，私人老板请写墓志铭，就给了6千元，工资改革后就给到1万元。从此凡请余臬写赋的单位问价时，他就说某某老板和某某单位都是给的1万，于是往后大家都给1万。又过了几年，教授工资已经普遍涨到6千多了，物价也跟着上涨。比较大方的单位或民营大老板，就给1.5万。直到此时，余臬都没有自己要价，也没有兴签定合同。

后来几位好朋友告诉他说："魏明伦80年代给深圳写的《金牛赋》就是6万，而零几年给隆昌县写的《隆昌石牌坊赋》要价12万，其实他的赋并不精练，平仄也不如你那么讲究，你为何收价这么低呢？"余臬笑道："我觉得他要价太高，所以很多单位都不请他写，而请我写的单位却越来越多，我是薄利多销嘛！再说别管他写得好不好，人家名气大，中国戏剧家协会副主席，春晚都写过朗诵词，我哪能和他比呀？"

朋友们说："你这人就是不愿炒作，而实际才能并不逊于他，看来你真是过于老实了！"余臬说："我写的赋从来就没有投过稿，刻碑就算发表了。前几年《中华辞赋》季刊不知怎么知道我好写赋，主动给我寄了一年多杂志，要我赐稿，我至今一篇也没有给他寄过，更不用说炒作了！"朋友问："你这也未免清高得过分了不是？"

余臬说："古人早就相信：身后名比生前名更重要。杜甫生前并不出名，《河岳英灵集》等当代选本没有选他一首诗，但死后的评价与日俱增，后代奉之为'诗圣'，评价甚至超过李白。时间和读者就是最公正的天平。"

友人说："但现在是市场经济，物价随时都在上涨，你还是要适当提高价格才是！"余臬说："从我退休以后，客户就已经自动涨到了2万，已经不少了。前年冬季，沙区书记接到通知，说胡总书记要来视察，一定要参拜烈士墓。而那里正在施工，环境脏乱差，又来不及清理，于是区委就请美院老师帮做了10多块高大的铝合金架子的展板，挡住脏乱差环境，准备在展板上展出红岩烈士诗抄。又派两位处长来我家里，请我在一周内写出《红岩赋》，只要三四百字，就主动给了我4万……但我这之后还是只收两万为限，直到现在……"

1天，余臬的创作集将要编完，正在作《自序》时，江南晚报记者来家要对他作一个专访，她问道："我们从网上看到，有一位化名叫什么'刀客'的评价说：'西南有余臬，辞赋始兴焉。'评价这么高。你自己怎么看？"

余臬说："其实这个评价我知道得很晚，因为我除了查学术方面的资料，从来没有查过自己的姓名。后来是一个春节，儿子和女儿都回家说：'爸，百度上有你上万条信息你都不知道吧！'他们打开电脑查出来让我看，我才知道的。上面也有人说：'看来他不会电脑'所以从来没有回应。'其实我就是让人家以为我不会电脑最好，不但省去很多麻烦，也节约了不少时间。至于什么刀客那个评价，可以说言过其实。西南在我写赋之前早就有人写赋，魏明伦、牛翁等人都写过。"

记者问："但他们都没有你写的这么多呀！你是咋个想到要写辞赋这种文体呢？"余臬说："因为文学史上就有盛世兴赋的规律，汉武帝收复南越，打败匈奴，完成了大一统的鸿业，要歌颂汉帝国的声威，所以才招募了司马相如、枚乘、东方朔等大批辞赋家'润色鸿业，日献月纳'；而且大赋这种文体，铺张扬厉，叙事言志，以美颂侈丽为宗；不像汉初贾谊、淮南小山等人以及东汉末蔡邕、赵壹、祢衡、王粲等人继承屈原骚体赋以讽谏怨刺为主。所以后人评司马相如的大赋总是'劝百讽一'。当今改革开放以来，中国的经济发生了沧桑巨变，综合国力大大提升，城市建设日新月异，交通能源、通讯、生态环境不断改善，人民生活水平大幅度提高。河清人寿的太平盛世，各行业单位蒸蒸日上的丰功伟业，必然需要歌颂。我这个'坐冷板凳'的古典文学专业，也就有了用武之地。所以我多半是有求必应，也是顺势而为，目的是使旧专业焕发新的生机，这也是我多年来寻觅探索的古字号的一条出路呀！"

记者又问："你说多半是有求必应，那就是也有不愿意写的时候，是吗？"

余臬笑道："你真会见缝插针！是的，也有不愿意写的时候。"记者问："譬如说呢……"余臬点上一支烟，边抽边答道："王立军当公安局长时，就派公安局一位宣传处的女副处长和一位新闻办的男科长来我家请我为公安局写赋，我就说最近身体不好，查出脑动脉血管有几个大斑块，阻碍供血不足，经常头昏眼花，失眠，便秘，腰肌劳损，坐一会就直不起腰，体检有三高，血脂异常，脑血栓随时可能发生……总之找了很多理由，说我不能写，实在对不起！我又推荐了师院的董老先生和一位曾任文联书记的蓝先生，说他们的赋写得都比我好，让他两去找他们……"

记者问："你真的身体有这么多病吗？"余臬笑道："当然是故意夸大其词，危言耸听啰！"问："难道你当时就看出王立军有问题吗？"余臬说："那倒不是，不过我不喜欢极左的领导，包括薄熙来。不但我不喜欢，很多老先生都不喜欢他们那一套！"

问："那后来他们就再也没有找过你吗？"余臬说："我以为是躲过了，谁知过了几个月，又找上门来了！他们说，董老先生等人都说你写得最好，所以还是要找你！我看躲不过去了，就提了一大堆条件，如不歌颂任何个人，不写虚假功绩，要参观你们打黑展览，收费很高……等等，谁知人家全都满口答应这些条件。我没招了，只好硬着头皮去参观打黑成果展。他们专门派一位讲解员为我一人讲解。里面照片、文字很多，诸如端掉了多少制毒的黑窝，活捉了多少武装黑帮，收缴了多少黑帮的枪炮刀剑，黑帮大白天在街上持刀杀人……简直恐怖极了！参观后回到他们办公室，我小声问女副处长：'攻打了这么多黑帮窝点，他们有那么多枪炮，有没有牺牲受伤的警察呢？'女处长似乎怕人听见，只摇了摇头。我又问：'一个都没有？'她又点了点头。我问：'那白天在街上持刀杀人的事是真的吗？'她低声说：'那是大肉霸与小肉霸分赃闹内讧，不是砍市民。'我又问'你们打黑展览是否对市民公开开放？'她摇头说'不，只对上级领导和外省公安系统开放。'我就明白了：这里水分极大。人家市纪委反腐败展览就对市民公开开放，公安局不敢，说明虚假很多……"

问："那你最后写了没有呢？"余臬说："不敢不写，但又不敢乱写，只是笼统写了我认为真实的事情，就应付差事交稿了。"问："后来用了吗？"答："他们拖了两个多月，说王副市长很忙，几次预定要上会研究，结果都因紧急事情没有上会。直到王立军出事，薄熙来倒台……"问："那你的稿费呢？"答："薄王倒台后，公安局大改组，我打电话问，那位科长说'赋是肯定不用了，稿费也不可能全给，只能象征性给一点。'我又催了两次，他说现在局里平反冤案忙得不可开交，你这点事根本提不到议事日程！'当时马上就要开两会，我就再打电话告诉他'合同写得很清楚，赋没有用，至少要给70%稿费，这可是你们再三主动上门找我写的，我不愿写躲都躲不过。现在你们不守信用，那好，两会期间我就找你们政法委刘书记讨个说法，他可是我的学生啊！等着瞧吧！'隔了半个小时他就主动来电话说'领导答应了你的要求，我们马上就将1.4万元汇到你的银行卡上……'第二天果然汇款的信息就在我手机上出现了短信。"

记者问："政法委刘书记真是你的学生么？"余臬说："不错，是我教过的函授本科学生，春节团拜会上，他还向我敬酒，向其他市领导介绍说：这是我的恩师！并主动给了我的电话号码，说有事可以找他。但我从未找过他，只不过拉大旗作虎皮，吓唬他们一下，结果还真灵验。"

记者又问："其他还遇到有什么麻烦而不愿意写的事吗？"余臬说："有，例如市烟草专卖局请我写《烟草赋》，我开始就不愿写，因为到处都在宣传禁烟，越来越严厉；而赋中又要歌颂他们为国家赚了多少外汇，为全市经济增加了多少GDP，这种自相矛盾的事，怎么写呀？但后来我反复思考想通了，实事求是地写。因为这是几百年的风俗习惯，只要还存在大量烟民，政府就不会用行政命令禁烟，而只能一面宣传提倡戒烟，一面继续生产卷烟。

"烟草从哥伦布航海自南美洲传到欧洲，晚明又从广东、福建、朝鲜等处传入中国，崇祯皇帝曾下令禁烟，但洪承畴上书说，军队已普遍抽烟，如果禁烟就会引起哗变，崇祯只好收回成命。二战时美国医学已经研究出尼古丁有害健康，并在烟盒上写上'吸烟有害健康'；但罗斯福总统还号召：盟国有钱出钱，无钱贡献烟草，我们丛林中的战士需要烟草才能提高战斗力。

"所以我认为：吸烟与喝茶、喝酒、喝咖啡，都是用来提神，促使大脑兴奋的，于是实事求是写了烟草的起源。烟草虽然有害健康，但不像鸦片那样属于毒品，且有提神作用和为国家赚外汇，传统习惯只能慢慢倡导改变，而不能用法令禁止。也如实写了烟草局为烟农扶贫，修水利，蓄水塘，开沟渠，铺管网，配烟机，建烤房，通烟路，育苗场，传科技，预灾防。慈善捐款，除暴安良。以及获得国家、市政府各种大奖荣誉…"

记者又问："你写了80篇赋，主要分布在哪些地区、行业？"余臬说："外省市有广东开平、四川南部、凉山德昌、上海浦东、云南昆明、湖北汉川等地；其余都在本市主城九区及下面二十多个区县；行业则有政府部门，如广东开平、四川南部、德昌、本市区县、市检察院、消防总队以及一些乡镇等；企业如寸滩港、重钢、移动、电信、博士农科园、巴国城、美利山、三峡旅投、打通煤矿、高速公路等；景点如迎龙门、通远门、大夏皇陵、统景温泉、东温泉、白帝城忠义广场、歌乐山、骑龙山庄等；学校如大学城、邮电大学、工商大学、工商学院、巴蜀中学、七中、巴县中学、清华中学、巴川、工业学校、万州中学、江津师范、人民小学等一批中小学校；医院如宽仁医院（附二院）、第三人民医院、瑞恩医院等等。"

记者看了余臬《自序》中一段："百岁光阴如梦蝶，转瞬间已近古稀。趁耳聪目明，将涂鸦之什，汇编结集，以了自家心事。时下乾坤污染，地球发热；水旱无常，怪病奇绝；假货横行，欺瞒猖獗。吃喝走住，阎王随时下帖；车机行旅，小鬼随身拿捏。天天祸至灾临，处处山崩地裂。原夫生老病死，本是自然法则。永别人寰，何惧心惊胆骇。只是尘未了，事未结，就上床与鞋履告别，未免太无情，太冷血！虽然悬车未悬笔，唯未雨绸缪，免措手不及耳……"就说："这段写得好幽默啊！只是你这书名叫'书剑斋诗赋词曲文集'，为啥称'书剑斋'呀？"

余臬说："那是因为我的一位学生傅欣，在师江院时就赠送我一副王羲之拓字条幅：'把酒时看剑，焚香夜读书'，从此我就悬挂在书房墙上，故书斋取名书剑斋，其实我并不会舞剑，但我的笔就是剑。"她进书房看了对联和两壁通顶的书架都装满了书，啧啧赞叹，随后就告辞。余枭送走了她，赶紧就将书稿用QQ发往作家出版社，然后着手编辑第二本《书剑斋古代文学论丛》。

他在高校从教三十多年，公开发表学术论文80多篇，就从中精选了52篇，已经将近60万字了。他将论文分为：文学史问题研究、诗学理论研究、诗文作家作品研究、戏曲散曲作家作品研究、小说作家作品研究等五个单元。因为新世纪以前的论文没有电子文档，全靠别人扫描转换为电子文档，其中边边角角常有一两个字遗漏或模糊不清，所以增添了校对很多麻烦，整整花了一个半月时间，至5月中旬才校对完毕。然后写了一篇几百字的《自序》：

兔走如梭，乌飞似箭。百岁流年如梦蝶，一甦屈指已车悬。回首散篇断简，毕生伏案；当初废寝忘餐，钝笔耕田。集篇庞杂，近半汰删。集腋成裘，而了平生之愿；纂编付梓，已成管见之言。

夫"三不朽"立言，悠悠垂范；两千年典籍，浩浩文渊。况逢盛世，举国创新搦管；且靠科研，八方争奖加冠。于是亿万争鸣，文星璀璨；人人踊跃，文海书山。大中小学教师，各业职称干办，薪职挂钩，考评兑现。薄积厚发，恐后争先。头领双肩，两赢称善。网络勃兴，搜资方便；点铁成金，复制粘连。谈天说海，一键五洲尽览；鸿文阔论，瞬间文翰见刊。是以期刊身价，层层升槛；EI核心，滚浪财源。甚而代笔有孔方魔力，妆幺有教授时迁。煌煌著述，赫赫大观。鱼龙奔竞，文运空前。

余才疏学浅，如沉舟侧畔。访馆藏，抄卡片，爬格子，绝韦编。断电则焚膏，驱炎以风扇。斤斤而句酌，兀兀以穷年。刊载但收稿费，稿投不纳版钱。只知守拙，不善周旋。人称迂阔，我本天然。但无愧良知，岂奢求流传！管锥之见，不啻坐井观天；时贤得览，或资批评衬垫。高山流水，遇知音以共勉；弟子宾朋，逢聚会为礼还。诚完斯心愿，可含笑九泉矣。

是以编分五类，类什若干。尝刊拙著专书，悉靠论文积淀。高楼大夏，须楹梁连贯；大坝长堤，由沙石夯填。故评论专书，见论文之长短；附文评二则，窥舆论之一斑。

感吾书斋虽陋，有王羲之拓片："把酒时看剑，焚香夜读书。"廿年悬壁，铭心肝胆；一室生辉，气冲坤乾。因以名斋，性与投缘云尔。

　　他先发电子文档给江南出版社，然后又复印一份纸质书稿，亲自去出版社与编辑交待。编辑室主任看了《自序》和目录，笑道："余教授序言虽短，却辛辣讽刺了时下文坛的歪风邪气，而颇幽默，有趣有趣！看你这目录，便知你的研究范围如此广泛，自先秦两汉，至唐宋元明清都有；而第一单元'文学史问题研究'9篇论文都是宏观研究；诗文戏曲作家属于中观研究；作品研究属于微观研究；而诗学理论单元有又属于古文论研究，其中《中国古典诗歌对日本古代诗歌的影响》、《周易对古典诗学的影响》、《律诗形式的文化意蕴初探》、《中外诗学意象论发微》，但看这些题目，没有深厚的功力是绝对写不出来的。哎呀，你怎么涉猎如此广博渊深的呀？"

　　余臬说："我们二本院校的古代文学教师，教学虽然也分段，但因课时压缩，只分先秦至唐五代，宋元明清两段，不像北大、复旦等名牌大学分段那么多，加上教育部提出"厚基础，宽口径"的通识教育，所以凡教授哪段都得教，特别函授很多个面授点，每年都是倾巢出动。要使科研与教学相结合，自然涉及的面就比较宽广。不像中国社科院文研所，他们研究唐宋段的研究员，基本上不熟悉元明清或先秦、两汉；研究元明清段的，也基本上不熟悉之前的各个阶段。

　　"一次在郑州开元明清戏曲研讨会，社科院文研所的刘世德老师对我说：'我去法国讲学，原定计划是一个多月，但半个月就回国了。'我问他为什么呀？他说有两个原因：一是住宾馆没有热茶喝，只有冷饮，不习惯；二是他讲完元明清小说戏曲后，人家还要让他讲唐宋诗词，甚至先秦的孔孟老庄研究，他说'我只能讲元明清，其他段都不能讲，只好提前回国了。'这就是我们二本高校的老师比社科院的研究员的不同：他们深钻有余而广度不足，是真正的专门家；而我们是广度有余，而深度不足，是教书匠，或者有点杂家了。"

　　余臬又交代了一些体例、排版等方面的琐事，最后希望他们尽量在元旦前能出书，好送给参加自己七十大寿庆典的学生人手一册，编辑室主任都答应了。然后就告辞回家。

　　接着就开始编辑第三本《书剑斋古典文学鉴赏集》，这是自1981年开始，结合平时教学心得，陆续撰写诗、词、曲、文鉴赏短文，有的是在《文史知识》等杂志公开发表，有的是在《成人教学》内刊登载供函授生阅读。后来仅上海辞书出版社先后出版的各类《鉴赏辞典》多次约稿，还有人民文学出版社出版的《元明散曲鉴赏集》，巴蜀书社出版的《苏轼散文鉴赏集》，吉林文史出版社出的《三李诗鉴赏辞典》，岳麓书社出的《历代小令精华》，辽宁大学出版社的《古代爱情诗词鉴赏辞典》，四川人民出版社出版的《元明清诗鉴赏辞典》、商务印书馆国际有限公司出版的《元曲鉴赏辞典》等都相继约稿，累计共有143篇。其中汉魏六朝诗20首，唐诗15首，宋元诗20首，五代宋词28首，元明散曲50首。绝大本分都是2000年以前写的，都没有电子文档，所以电脑录入工作量很大。余飖自己录入一部分，大部分只好付费请专业打字员帮他录入，直到7月底才基本录完。他在《书剑斋古典文学鉴赏集·自序》中说：

> 窃思鉴赏一道，较之鸿文巨著，难免雕虫小技之讥。然"海不辞水，故能成其大；山不辞土石，故能成其高。"摩天大厦，亦不辞椽栌砖瓦。治古典文学者，若不扎实过鉴赏关，则宏观高论作家风格、艺术特色，或时代诗风，流派分野，其结果必然是空中楼阁，呺然瓠落耳。试看学界前辈如闻一多、钱钟书、夏承焘、程千帆、沈祖棻、缪钺、叶嘉莹等人，无不是既精于鉴赏，又统驭宏观者。故余尝告诫研究生要力求具备阅读、检索、考证、鉴赏、分析综合、论文撰写、教学演讲、结合社会"八种能力"，尽量做到一专与多能、口头与笔头、著作与创作、微观与宏观、研究思想内容与研究艺术形式等"五个统一"。自己亦身教重于言教，既写论文专著，亦写鉴赏考证，复作诗赋词曲；且旁及地域文化，更与旅游实践结合。虽难望前贤之项背，然终身自励而未衰；至少不误人子弟，无愧于身教，斯亦心安矣。

8月上旬，他反复校对完毕，将电子书稿发给出版社，并殷切希望能在年底出书。

编完这三部书稿，余飖这才感觉到非常腰酸颈痛，于是便睡懒觉休息了几天。适逢首钢地产在江北的首金公司，邀请他为他们所建的美利山庄写赋，来车请他去采风，余飖正好借此机会去放松游览。

原来这个美利山庄是建在北部新区一座海拔400多米的山丘上的豪华别墅群，7百多亩的原生态树林掩映着数十幢豪华别墅。石壁山门巍然耸立，人工修缮而成石潭上面，10多米高的瀑布飘流而下，飞珠溅玉，冲入怪石堆砌的水潭中。沿着左侧有蓝色护栏的石磴阶梯蜿蜒而上，进入森林边缘，便是姹紫嫣红、芳香扑鼻的花卉园。再往上便是人工修的叠谷流溪，石渠中流水潺潺，清澈见底。沿溪进入山间林荫鉴湖，荷塘映月，蝉声蛙鸣，此起彼伏，平添了几分闹市之中的田园乐趣；清风拂面，垂柳婆娑，穿透林间的几缕阳光，给波光粼粼的湖面抹上了一层浮光耀金的动彩。几只白鹭从空而降，掠过水面又飞向树梢。

南宋时防御蒙古大军的多功城，还留下一段断墙残垣，仿佛向游人见证沧桑。这里曾是晚清江北旧县治遗址，而今尚存"学大寨"时代挖的水井、凿的石缸。经过几幢别墅，登上山顶，则是山庄公共的健身平坝广场，敷设有各种健身的体育器材。走到悬崖边上，下面是常青藤翠谷，保利高尔夫，汽博中心，兰湖加丽都，金科协信，棕榈龙湖……皆一览无余。远观铁山坪、铜锣峡，嘉陵江蜿蜒如带，真是美不胜收。旁边也修了下山的石梯，七弯八拐，旁有护栏……

采风之后吃完午饭，余枭便告辞回家，美利山充满诗情画意的风景仍在脑海回荡，他躺在床上，疲倦使他渐渐进入了梦乡……直到手机铃声响起，他起床看表，已是下午四点半。他拿起手机接听，原来是歌乐山松鹤陵园总经理打来的电话，邀请他为陵园墓地写赋，并约定次日上午来车接他去采风。

第二天上午，他就坐车前往，盘旋而上歌乐山东麓，到陵园大门，高大的牌楼上大书"松鹤陵园"四个大字赫然在目。负责接待的人介绍，陵园旁边的山涧名叫茅山峡，是嘉陵江的一条小支流。陵园背靠山峰，正面临江浒，左为茅山峡，周围都是高大葱茏青松翠柏的森林环绕，风水甚佳。内有两幢楼房，是陵园管理办公楼和职工住宅。其余都是墓地，分为黄埔墓园，是专门埋葬黄埔军校的将士；天颐墓园，是专门埋葬高寿老人的墓地；天然墓园是普通人的墓地；艺殡墓园，则是有艺术精雕的墓地。价格都不一样，任由死者家属选择。

这儿虽然风景清幽，山清水秀，但毕竟都是墓地，墓前到处都有魂幡、纸钱香烛之类，使人觉得有点阴森恐怖，不寒而栗。余枭看完后，签了合同，就想离开，他们留他吃完饭走，他都谢绝，于是经理仍让接他的司机送余枭回学校。

八月中旬，《美利山赋》初稿写完，对方提了几点意见，余枭再加修改后，对方满意，就定稿付费刻碑；他又赶快用 QQ 补发给作家出版社，请补上此篇。月底，《松鹤陵园赋》初稿已完，他发给对方审阅提意见，不料对方看了初稿就欣然同意定稿，付了稿费。恰在这时，合川希尔安制药集团公司打电话来约请余枭为他们写赋，于是又坐上对方来接他的小车赴合川采风。

希尔安制药集团，是一家民营企业，源出清代康熙年间伍宏宪所开的伍舒芳药房，时称"北有同仁堂，南有伍舒芳"。伍家世代悬壶济世，名声鹊起，历经 13 代人，直到解放后政府赎买，更名为国营国光制药厂。70 年代扩建，更名为江南中药总厂，下有百多个分厂，规模在四川省第二，江南市第一。新世纪后，随着国企日益衰落式微，中药总厂也难以为继，最终就被一家新崛起的民营药业董老板收购，又连购几家药厂，成立希尔安药业集团，跻身于全市民营企业 50 强，于是又在合川征地六百亩，拥有两个产业园区，规模仅次于太极集团。曾荣获国家级、省市级多项荣誉称号和各种奖励。

余臬参观了药厂各车间制药工序，询问了一些问题。因为它有三百年历史，制造中西两种医药，所以他索要了一些厂史变迁资料，签订了合同，吃完午饭就打道回府了。

9 月初，《希尔安赋》初稿写完，等待对方反馈修改意见时，丙正旅游规划公司要到万州、南川考察乡村旅游的规划调研，聘请余臬作旅游文化顾问，参与该项目一同前往万州。听了万州郊区乡镇领导介绍情况后，就一起实地考察参观了万州长江倒灌城内所形成的湖泊，新修的环湖公路，自行车道，沿岸垂柳婆娑，湖面波光潋滟，水鸟翔集；沿途修了观景台，亲水岸，休闲亭阁，小卖部，以及柳荫下安放的很多石桌、木椅；码头停着大大小小的游船画舫……为万州城区平添了一道靓丽的风景线。

大家沿湖逛了一圈后，就去攀登近郊的天子城。

这是一座长江北岸高耸入云的雄伟山寨，原名天生城，三国蜀汉刘备为报关张之仇，曾起 70 万大军讨伐东吴，沿江东下，在此练兵，故又称天子城。南宋淳祐二年四川制置使余玠建立了川东山城防御体系，抵御蒙古大军南侵，天生城就是其中之一。1275 年，蒙古军统帅杨文安攻打万州，南宋守将上官夔率领军民在东西南门顽强抵抗，尸横遍野，血流成河，最后退守天生城寨。杨文安军重重包围，多次进攻不能下，就围而不打，想困死宋军。但天生城早已囤积军需物资，又有百亩良田耕种备战，双方对峙了一年多。最后蒙古军摸清地形，半夜从城南"暗潜勇士攀梯登城，斩关而入，夔巷战而亡。"

现有《万州寨城石壁记》是元朝安抚使王师能撰写，记述了攻陷天生城的经过。明末清初，农民军夔州十三家之一的谭宏兄弟又在万州筑"万里城墙"对抗明朝官军进剿;清军入关后,谭宏兄弟又举起抗清大旗,占据天子城与清军对抗。抗日战争时期,国民政府青岛海军军官学校迁到天子城下……

余梟等人在天子城顶上俯瞰滚滚长江东去,环视巍巍群山逶迤,江山形胜,历史烽烟激发起他心潮起伏,诗情勃发,于是情景交融,写了七律《登天子城》诗:

数百磴梯上寨城,万州山水尽收盈。一夫当口千军退,群岭环湖五水横。

遥想元舰瞵峰吼,恍觉炮声震耳鸣。怀古沧桑留胜迹,喜今机港起鹏程。

接着又参观了城郊久池乡泉活村,当地俗称黑松林,在一个山包上,松树林掩映中的农家乐。全是自己种的新鲜蔬菜瓜果,自己养的山鸡土鸭土猪,自己养的池塘鲜鱼,还有各种绽放的花卉,妙在都是森林缝隙中良田沃土和天然清泉。主人热情地现摘的草莓、李子、桃子等新鲜水果和花生瓜子,连茶叶都是自己种的山茶,茶水瓜果摆满桌上,让大家尽情享用。黄犬不断摇着尾巴向客人讨好,群鸡也不畏惧陌生人,在客人身边目中无人地寻砾地上的瓜子,好一幅人与自然和谐共处的生动活现的农家风俗图画!

过了一会儿,大嫂小妹们围着围腰,一盘盘山珍海味的美味佳肴端上摆满了方桌,又斟上了自己酿造的土酒,于是宾主举杯,开始大吃大喝起来。土酒甘之如饴,菜肴芳香爽口,有几位还划起了拳,吆二呵三,不断罚酒。余梟感觉这农家美味,胜过高星宾馆的高级大餐,琼林美宴。所有人或风卷残云,或细细品味,深得朵颐口福,只恨肚儿太小,再贪吃就会撑破一般,无奈只好强忍放下了筷子……

余梟吃完后,罕见的农家乐美味,瞬间就化作一首《久池乡泉活村》七律诗句:

谁见森林夹沃田?黑松林里九池泉。草莓蔬菜称基地,土味山珍隐舍前。

馥郁花香心肺爽,香甜瓜果酒肴鲜。任君吃遍神州宴,斯地不来也枉然。

大家拍手称好,丙正经理石总建议用毛笔书写成条幅赠送他们自己去裱糊挂在墙上留念,岂不是帮他们作广告宣传吗!众人都附和赞成。于是主人在桌上铺纸倒墨汁，余臬就提笔当场书写下来，主人感谢不尽，说一会儿就拿到城里裱糊。

考察团队下午进入山中幽谷，下榻在博云森林酒店，参观了山林峡谷的地形地貌，觉得这里也是开发乡村旅游的好地方。这个四层楼房的酒店虽然不算很大，但周围的环境却颇有特色：郁郁葱葱的绿色森林掩映下的酒店门前露出了几面红旗，颇有"万绿丛中一点红"的境界；周围三座大山云雾弥漫，隐约可见幽深的一条峡谷，羊肠小道直通山顶；峡谷两岸都是层层梯田，黄色的稻草成堆成堆地如星罗棋布，绿油油的豆类和蔬菜作物交错其间，金黄色的包谷缀满禾秆，正等待收割；山坡上还有白色的羊群正在吃草，林边有两处农家炊烟袅袅……余臬觉得又别是一番山中静谧的幽境，唯有这博云森林酒店是这寂静山区的标志建筑物了。

晚上，在酒店大堂开了考察座谈会，余臬特地写了一首《题博云森林酒店》绝句：

万绿丛中一点红，三山笔立抖雄风。白云深处酒旗展，百鸟争鸣迎客隆。

石总招呼大堂经理对他说："我们顾问余教授，为你们酒店题了一首诗，你去叫你们总经理来，要不要给你们写成条幅挂在大堂，做个纪念呀？"他果然打电话，总经理来看了诗连声叫好，吩咐拿文房四宝，请余教授书写下来，说马上去裱糊后挂上。

次日离开万州，又去南川金佛山对面森林中乡镇考察，住了一夜，然后返回江城。正好希尔安集团反馈了赋的修改意见，余臬就着手修改成第二稿再发给对方。

国庆节后，作家出版社快递寄来了《书剑斋诗赋词曲文集》的封面设计和排版清样 14 万字，要求作者终校一遍就下厂印刷。于是余臬又花了几天，认真校对一过，再用快递寄回。过了半个月，江南出版社也快递寄来《书剑斋古代文学论丛》排版清样 59 万字，要作者终校，余臬又花了十多天才校对完毕，仍用快递寄回。唯有那本《书剑斋古典文学鉴赏集》因为交稿时间较晚，清样至今还没有寄来。

11 月中旬，《希尔安赋》第二稿又提了一些修改意见，说是文字需要压缩一些，否则预购的那块花岗岩刻不下。余臬只好耐着性子作第三稿删减压缩，并告诉他们：事不过三，这是最后一次修改了。直到 12 月 10 日他们才回信说可以定稿刻碑了，并及时打卡付了稿费。

　　秀山县旅游局打来电话，邀请余桌 12 月 21 日去秀山参加'川河盖景区旅游规划修改讨论会'，并提前发来了规划的电子文本。余桌是秀山县政府聘的旅游顾问，自然要认真履行职责，便开电脑阅读了旅游规划文本，准备了几条修改建议。于 12 月 19 日坐谕怀铁路火车到秀山站下车，旅游局的同志前来接站，又碰到了师大旅游学院院长罗教授，就安排住在宾馆三楼挨着两个单间。晚上，分管旅游的副书记、局长副局长等都出席了晚宴（副县长出差没有来），为两位顾问接风。

　　第二天，副书记、旅游局长安排几辆小车和两位顾问一起，先到酉水河、川河盖景区的黑洞、将军岩等景点，实地考察参观，以便次日讨论修改旅游规划更有发言权。有几处景点深深打动了余桌的诗兴灵感，一路得诗五首，合称《秀山五景》：

酉水快艇游

　　青山绿浪纵横游，酉水平湖荡艇舟。座座孤峰争洗浴，条条曲岔竟通幽。

　　歌飞银汉惊牛女，情寄河灯胜绣球。阅尽人间春色地，唯斯意境天上求。

石　瀑

　　石破天惊银汉漏，九霄直泻两屏泉。莫非娲补松云块，落地凝成石瀑联？

生命之门

　　石瀑双岩百丈悬，漂流黑洞一溪穿。出山顿悟厥功伟，生命皆从此肇先。

川河盖将军印

　　凌顶将军岩柱印，万山得令欲腾云。天公若不挥神斧，宁有奇观旷世闻！

金蝉求凤

　　月殿金蝉怎下凡？原因求凤结双酣。莫言妄想天鹅肉，金石常开为

34

丑男。

　　他每写一首，就念给同行的诸位听，大家都说写得很生动幽默，可以增加导游词的文采。

　　次日，讨论会上，两位顾问，本地专家以及县政府相关部门、开发方代表都提了不少金玉良言的意见和建议，最后分管副书记作了总结，让规划方按此进行修改。

　　春节前后，余枭的创作集、论文集出版的两种新书都已到手，唯有鉴赏集尚未装订。余枭就各自带了几十本书，包装成几捆。初五，但永胜开车载着余枭夫妇赴内江市参加 70 大寿庆典。来自成渝两地 83 级的同学共有四十多人，当年的班长庞生早已率领同学们在宾馆门前夹道欢迎，安排了老师夫妇住二楼大套间，其余同学都住底楼和二楼标间。

　　在底楼会议厅举行寿典仪式。请老师师母上座，庞勇代表全体同学致祝寿词，向老师献花，大家热烈鼓掌，欢迎老师讲话。余枭站起来向大家鞠躬，然后说：

　　"我平生从不过生日，因为前半生在厄运中拼命挣扎求生存，不可能过生日；后半生在事业的攀登中忙碌求奋斗，无暇过生日。而且我有一种或许是偏见，认为过一次生日就是离坟墓进了一步。所以今天是我平身破天荒头一次过生日，而又值古稀之年，子曰：'七十而随心所欲不越矩'，所以今天破例'随心所欲'来一回。对同学们不远百里、千里前来为我祝寿的热情关爱，除了衷心的感激涕零之外，无以为报，只有拙著两本赠送大家，聊表寸心而已。我在创作集的扉页上给每位同学写了一首藏头绝句，但事先不知哪些能来，哪些有事不能来，所以只写了一部分，如果扉页上没有藏头诗的同学，下来后我可以现写。现在就请主持人呼唤姓名，上来领书。"

　　于是主持人逐一呼名，每人发了两本书。大家迫不及待地打开扉页看诗，主持人点了王猛张英夫妇、庸生、航宇、永玲、秦勤、英姿等几位同学依次向大家念出自己的藏头诗句，最后念出藏头四个字：

　　王贡弹冠兴德政，猛宽相济播政声。张皇国学五津远，英迈芬华四海盈——王猛张英

　　庸绩古文薪火传，生根分蘖殖南山。后来居上何人接？劲草疾风再厉攀——庸生后劲

　　航天渡海敢追超，宇宙奇观在险遥。雄借鹍飚终必达，豪怡自得即峰

标——航宇雄豪

永任黉宫三乐事，琳琅润育万苗功。声传几代灵心涌，教化九州桃李红——永玲声教

秦青歌毕薛谭返，勤学尊师尔淑媛。尚齿仁风今盛会，友于义气漫庠园——秦勤尚友

英华文苑独芳妍，姿质须眉愧比肩。冰刃书山开宝玉，雪莲翰海照花仙——英姿冰雪

…………

典礼完毕后，师生就随意漫谈交流阔别之情，桌上都摆满了水果、花生、瓜子、糖果、茶水。"假小子"胡航宇第一个笑着说道："余老师！弟子不争气，当年你搞口试抓阄答题，我不及格！先生还有印象么？"余桌也哈哈大笑道："怎么不记得，你是出了名的假小子嘛，怎么，还在记恨我吗？"

她笑道："哪敢嫉恨老师！没有你这魔鬼式的训练，我哪有后来补考的好成绩呢，我感谢师恩还来不及呢！"众人都大笑起来。

王猛说："假小子说的不错，要不是余老师当年的魔鬼式训练，我们古典文学就没有现在的功底。那些要求我们强记背诵的诗词，我至今都能倒背如流，还在工作中经常引用呢！"张波说："可不是嘛，不光是促使我们博闻强记，就连分析鉴赏，不看教案出口成章，我现在教学中都一直在效仿老师的这种硬功夫呢……"

在内江住了两晚三天，师生同游了圆顶山上的大千园，这是纪念"五百年来第一人"、著名绘画大师张大千，整合了大千纪念馆、美术馆、大千故居、西林古寺而成的风景名胜区，欣赏了他的敦煌摹壁画和其他名作，真是大开眼界。还参观了号称"中国第一禅林"的圣水寺，始建于唐代咸通年间，不仅有佛教等多重雄伟殿堂，还有60多米长的石刻67龛，450余尊大小佛像。师生或合照，或分照，或单照，留影纪念。这种旅游式的聚会祝寿方式新颖别致，大家留下了铭刻五内的印象，余桌夫妇回江南后都念念不忘。

正月十六大年刚过的第二天，但永胜又组织了余桌教过的、现在江南市区工作的部分历届毕业本科生、研究生约30余人在成均大学再次为余老师祝寿聚会，也有个别从成都、秀山赶来的。上午赠书，由余老师逐一简单点评，中午聚餐，下午游校园后散会。在上午赠书时仍然仿照内江的方

法，先点名让得书的同学念出扉页上的藏头诗：

陶青安乐：陶情冶性襟怀敞，青眼天光云影开。安得遨游天下扫，乐郊挥墨涤尘埃。

卫东儒雅：卫服边城贾贸新，东君爱惜与先春。儒商不与奸商伴，雅量高标在净神。

黄琳高足：黄卷青灯苦读研，琳琅锦里视频编。高凌玉垒传媒靓，足节凤鸣播蜀川。

雪梅冰玉：雪月交辉异众芳，梅枝疏影暗输香。冰封冷寂偏持久，玉洁迎春遗韵长。

余霞含敛：余音袅袅韵多娇，霞散成绮更妙嫽。含蓄虚怀容乃大，敛才藏瑾品最娇。

…………

第三章　旅游中外

"悬车"一词，古人年七十辞官家居，足不出户，故将马车悬挂不用，后称七十岁曰悬车。如蔡邕《陈太丘碑文序》："时年已七十，遂隐丘山，悬车告老。"但也有年逾悬车而不休者，如唐代司空李揆"及逾悬车之年，奉绝域之使。受命即路，视险若夷。"历史上 75 岁尚未退休的官员也不少，如南北朝徐陵父子兄弟三人、高允、江总，唐代吴兢、苗晋卿、王缙、颜真卿、于邵、阎济美、李益、杨巨源、柳公权、罗隐，宋代欧阳炯、徐铉、乐史、祖天择、文彦博、韩维、苏颂、吕陶等等，都是悬车不休之人。

2014 年 3 月，浩建旅游规划公司接受了贵州修文县龙场驿、即明代著名哲学家王阳明贬为驿丞之处的旅游规划项目，请余臬为他们提供相关的文化背景资料，余臬是该公司聘请的顾问，自然欣然接受。他跟随项目组去贵州修文县龙场驿站周围游了一圈，又广泛查阅了王阳明的史传、文集、年谱及多种方志等古今资料以及当代网络的相关文献，写出了《贵州修文县龙场驿项目相关文化背景资料综述》：

阳明洞来源：明正德元年，因宦官刘瑾任意逮捕大臣数人，六部九卿等 20 人官员纷纷上书弹劾刘瑾，其中包括六品兵部主事的王阳明，结果 107 名大臣被廷杖。王阳明被贬谪贵州龙场驿驿丞，时年 38 岁。

此地苗獠蛮荒无住所，就在附近天然洞穴居住，因在洞中玩味《易经》，取洞名"玩易窝"。不久搬到站南龙岗山腰一明亮洞穴，是谓"阳明小洞天"，即今之"阳明洞"。苗人以其阴暗潮湿，在洞右下方为他修了简陋房屋。阳明以"君子居之，何陋之有"而名之"何陋轩"；又在洞左上方建亭种竹环绕，名曰"君子亭"。因在此洞彻悟"致良知"、"知行合一"之道，遂成为阳明心学的发祥地。时任贵州提学副使的席书，曾来此拜访阳明，四次请教"朱熹、陆九渊哲学异同"。席书与贵州按察副使毛科便于贵阳为修"文明书院"，请王讲学。

三年后，李东阳、杨一清、张永扳倒刘瑾，王才离龙场驿调往江西吉安府庐陵县任知县（欧阳修故乡）。离时，贵州宣慰使安国亨亲笔书写"阳明先生遗爱处"刻于洞口崖壁，至今犹存。

嘉靖三十年（1551 年），阳明已去世二十三年，巡抚贵州的监察御史赵锦将"龙岗书院"改建为"王文成公祠堂"（阳明死后谥号文成公），王因平定宁王朱宸濠叛乱封新建伯。王的弟子及再传弟子主要有扳倒首辅杨廷和的邹守益、方献夫、霍韬，礼部尚书赵贞吉，专搞社会运动的何心隐，心学江右派兵部尚书聂豹，凤阳巡抚唐顺之，礼部尚书欧阳德，东林党领袖邹元标（聂豹弟子），大学士徐阶等。1936 年，少帅张学良"西安事变"后于 1938 年 11 月被蒋介石囚禁转到龙场驿阳明洞（距修文县 1.5 公里），陪同的有赵四小姐，至 1940 年 5 月才转走。

龙场九驿：明洪武十六年（1383 年），贵州都指挥使马晔无端侮辱贵州宣慰使职的少数民族首领奢香夫人，奢香上京告状，太祖召回马晔，以"开边畔，擅辱命妇"之罪下狱，并赏赐奢香金银及丝织品等物。奢香为报皇恩，愿开山通道以给驿使往来。

回贵州率各部披荆斩棘，并开辟了以偏桥（今施来县境）为中心的两条驿道：一条经水东（今贵阳东北）过乌撒（今威宁）达乌蒙（今云南昭通）；一条向北经草塘（今修文县内），六广（今修文六广镇）至黔西、大方到毕节二铺迢迢 5 百余里，史称"龙场九驿"。依次为：龙场驿、六广驿、谷里驿、水西驿、西溪驿（也叫奢香驿）、金鸡驿、阁鸦驿、归化驿和毕节驿。其中奢香驿是"黔西古八大景之一"。

奢香在此驿河边也建有行宫，每年冬季在此避寒。明贵州提学副使吴国伦《次奢香驿园咏其事》诗云："我闻水西奢香氏，奉诏曾谒高皇宫，承恩一诺九驿通，凿山刊木穿蒙茸……中州男儿忍巾帼，何物老妪亦青史……帐中坐叱山川走，谁道奢香一妇人！"

奢香夫人：明洪武八年（1375 年），年方十四，嫁与贵州彝族默部水西（今大方）君长、贵州宣慰使霭翠为妻。霭翠，彝名陇攒阿期，是贵州彝族默部德施氏勿阿纳四十六世孙，元末袭任八番顺元宣慰使，加云南行省左丞。奢香自幼聪明能干，好学深思，婚后成为丈夫的好辅佐，渐有摄政理事的政治才能。以贤能闻名水西各部，受到族人爱戴，被尊称为苴慕，即"君长"之意。

洪武十四年（1381 年），水东的宋钦死，由其妻刘淑贞代袭宣慰使同知一职。同年霭翠也病死，子尚幼，奢香亦代袭贵州宣慰使之职。她的主要事迹：

1. 审时度势，归顺明朝。洪武十四年九月，明太祖命傅友德为征南将军，蓝玉为左副将军，沐英为右副将军。率师 30 万，分川、湘两路，经贵州征云南。奢香以国家统一为重，积极让明军在水西境内安营扎寨，主动贡马，献粮，通道，支持明军伐云南。又借水西与西南彝族各部家族联姻关系，亲自出访乌撒（今威宁）、芒部（今云南镇雄）等地，向诸土酋宣以大义，晓以利害，进行劝说开导，使割据势力失去支持。明军顺利进入云南，一举消灭元守军，梁王自缢而死；又挥师攻克大理，土酋段氏就擒，实现西南边陲大明统一。

2、上京诉状，维护统一：洪武十六年，朝廷派封疆大吏都指挥使马晔到贵州，马晔以大汉族主义视奢香为"鬼方蛮女"。对其袭宣慰使政绩卓著忌恨，借口抓奢香到贵州，"叱壮士裸香衣而笞其背"，企图激怒她以扩大事态。奢香折断所佩革带，与宣慰同知刘淑贞"走诉京师"告状，太祖召回马晔定罪下狱，赐金帛以慰奢香"遣之归"，"命所过有司，皆陈兵耀之"。临行，马皇后为她饯宴，奢香终于扬眉吐气，消弭战乱。

3、开通龙场九驿，改善交通：率都"披荆斩枳剪蒿莱"，"凿山刊木穿蒙茸"，开辟出两条通道，岁贡马匹和廪积。今贵州黔西大方县有奢香墓。已有电视连续剧《奢香夫人》30 集（宁静主演奢香，吕良伟主演霭翠，王思懿主演女土司那珠（恨奢香），刘之冰主演格宗（霭翠二弟，谋夺位）。还有歌曲《凤凰传奇—奢香夫人》和茉莉广场舞《奢香夫人》。

阳明洞与王阳明心学：根据其《年谱》，"心学"是他在 43 岁时在龙场驿顿悟开始发轫的，后经潜心多年研究，成为哲学史上一大宗派。其主要论点为：1、"明明德"——"以天地万物为一体"；2、"亲民"——是达成"天地万物一体之用"；3、"至善"——是"明德、亲民之极则"；4、"致良知"与"知行合一"；5.、阳明心学四句总结：王守仁晚年总结其哲学体系为四句话："无善无恶是心之体，有善有恶是意之动，知善知恶是良知，为善去恶是格物。"（以上五点都有深入浅出的阐释）

阳明心学的现实意义：阳明心学的核心是用"知行合一"而"致良知"，这就是"明德"（以天地万物为一体），而明德的极致就是"亲民""至善"。此即《大学》的三纲领。而要实现三纲领，就是"修身"，修身有"八条目"——格物、致知、诚意、正心、修身、齐家、治国、平天下。此即《大学》的八条目。"修身"是八条目的核心，故《大学》云：

"上自天子，下至庶人，一以修身为本。"修身的基础是前四条目：格物、致知、诚意、正心，修身的功用是后三条目：齐家、治国、平天下。故阳明的"致良知"就包含了前四条目，就是夯实了自我内在修身的基础，然后才能发扬光大"明明德"，实现外在的目标——齐家、治国、平天下，亦即实现"亲民"、"至善"这一"明德"的极致，而"知行合一"则是贯穿整个三纲领八条目的道德实践。

这是由内到外，由小到大、由个人到天下的一个系列过程。这对于构建社会和谐、稳定都有积极意义。故孙中山、陈寅恪都曾高度赞扬《大学》是中国最珍贵的政治哲学，这是任何外国政治家哲学家都不曾有过的经典论述；而阳明心学则阐明了《大学》的主旨及八条目之间的内在联系。

阳明心学与程朱理学的最大区别：程朱理学解释"格物"是"即物穷理"，阳明解释是格去私欲，召回良知，即"为善去恶"。前者是"穷尽物理"，后者是"穷尽人理"。因此阳明心学是"以人为本"的。理学讲究的是先天性的"天理"，认为纲常伦理制度是先天就存在的；心学讲究"宇宙即是吾心，吾心即是宇宙"，"六经注我，我注六经"。这就大大地有利于解放思想，革故鼎新。

"以天地万物为一体"的观点，涵盖了整个人类与自然，不但珍惜人类的生命，也珍惜一切鸟兽草木的生命，也珍惜一切无生物的生存，这又与当今注重生态环保的意识息息相通，构成了人与自然的和谐。而其认为"亲民""至善"是"明德"的"极则"，又与当今倡导"群众路线教育"中强调"关怀民生"，"为人民服务"有相通之处。

"知行合一"的观点，是指道德修养与道德实践相结合。当前我们倡导弘扬传统文化，核心也是道德文化。所以我们提倡社会主义精神文明、社会主义核心价值观，主要也是在道德方面。学习、思考、修养是"知"，落实行动是"行"，我们表彰各种模范、先进典型，他们就是"知行合一"的懿范。如果全党领导、全国人民都能落实道德的"知行合一"，而不是只说空话、套话、光说不干、马列主义对外，那么，实现中华民族伟大复兴的中国梦，就会很快实现。

王守仁《瘗（yì）旅文》简析：此文是阳明贬龙场驿第三年写的哀祭文。重点理解以下几点：

1、某吏目（知州之下设吏目一人，从九品，即小吏头目）带一子一仆万里迢迢来此赴任，不料一日之内，先后都死于此。仅此即足以说明此蛮夷之地的荒凉可怕，随时可吞噬人命；而阳明在此地三年，则其艰难困苦之状，从阳明在《与王纯甫书》中说自己"贵州三年，百难备尝"，在《寄希渊》中，又说"横逆之加，无月无有"等书信中可以旁证。因此"同是天涯沦落人"的共鸣，借他人的酒杯，浇自己心中的决垒。既是哀悼某吏目，也是在悲伤自己。

2、"与天地万物为一体"的"明德""良知"：其对一个"不知其名氏"，"不知尔郡邑"的陌生人，在祭文中顿足捶胸地连发六问、又涕泪纵横、痛心疾首地三次感叹"呜呼伤哉！"末二段复两致哀歌，真是一唱三叹，荡气回肠！其"怵惕恻隐"之心，"民胞物与"之怀，悲痛欲绝之情，即是其"明德""亲民"，也就是"良知"的表现，充分凸显了他的"与天地万物为一体"的思想。

3、"致良知"、"知行合一"的典型事例：对三个与自己毫不相干的陌生人之死，他却率童子二人为之挖三个坑埋葬，当童子"有难色然"时，他说"噫！吾与尔犹彼也。"又以一只鸡三钵饭为之祭祀，使之不暴尸荒野，不至葬尸于野兽腹中，并涕泪嗟叹，悲伤至极地亲写祭文哭诵于坟前，充分实践了"致良知"的精神，小中见大，本身就是"知行合一"的典范事例。

4、吏目是"尔容戚然，盖不胜其忧者；"而阳明则是"来此三年矣，历瘴毒而苟能自全，以吾未尝一日之戚戚也。"对比鲜明。故他能处逆境而不终日悲戚，豁达而能自我调适心理，又可见其能屈能伸的达观胸襟。孟子云："贫贱不能移，富贵不能淫，威武不能屈，此之谓大丈夫。"阳明正是如此。

项目规划建议：

1、在吏目坟旁，建造一个"致良知——知行合一"教育馆：将《瘗旅文》重新刻碑，树立馆内中央，四壁悬挂简析文字（见以上四点）、阳明生平事迹简介、阳明心学主要观点、阳明诗选、阳明画像、习近平关于学习阳明心学的讲话语录、社会主义核心价值观以及阳明心学与之有何联系等。

2、组织当地小学生在馆前场坝集体背诵"无善无恶是心之体，有善有恶是意之动。知善知恶是良知，为善去恶是格物。"或者配乐表演诵更好。

3、在山涧、田园等规划区步行道上每隔两百米立一诗牌，牌上书写阳明的写景抒情诗。

4、在奢香桥附近，建一个"怀奢香馆"，内塑其雕像，墙壁简介其生平事迹，歌颂她的诗、所修两条驿道路线地图，或模拟动态驿站的马车模型，以及电视剧《奢香夫人》剧照，播放其歌曲；在场坝可演习其舞蹈，在奢香桥附近设立诗牌若干，书写颂诗。

5、选择建造一段驿道中的悬崖栈道，供游人参观体验，缅怀、感受奢香夫人"披荆斩棘剪蒿莱"、"凿山刊木穿蒙茸"的历史功绩。

附录一、王阳明诗选22首：蓝字标题10首用于馆内，红字标题12首分散野外诗牌。附录二、颂奢香夫人的诗及影视作品：1、传说为奢香夫人作《回水西纪事》诗；2、明贵州提学副使吴国伦《次奢香驿园咏其事》诗；3、四川兵备参议监军卢安世《奢夫人》诗；4、清云南巡抚李銮宣《黔中杂咏》诗；5、钱青选《黔中杂咏》诗；6、黔西知州吴嵩梁《拜顺德夫人墓》诗；7、张琚《奢香驿》诗；8、大定廪生陈治的《阁鸦驿》诗；9、黔剧《奢香夫人》1979年公演、电影《奢香夫人》浙江电影制片厂、电视剧《奢香夫人》2003年出版剧本未拍、话剧《大明皇帝与彝族家女杰》作家出版社、30集电视连续剧《奢香夫人》已上映。

浩建公司项目组将以上内容有机地融入了规划项目之中。以至在贵州组织的专家项目评审会上，一致获得好评说："真没想到你们外省的同志对王阳明和修文县龙场驿文化的研究，竟然比我们当地人还要深透啊！之前北京、上海的规划文本我们都没有通过；而你们的文本却获得一致顺利通过。佩服，佩服呀……"这些话是浩建曾总后来告诉余臬的。

四月中旬，石柱县旅游局召开城区旅游规划讨论会，县政府各部门、开发商、旅游规划组参加，同时邀请了江城市几位专家顾问参加，帮助出点子，备咨询，余臬也是邀请的专家之一。会前，旅游局先带领专家们乘车去县城东16公里的三合乡游览考察万寿山秦良玉练兵场。

万寿山很高，海拔1500多米，新修的宽石磴路梯就有近千级，而最高处一段尚未完工，只有羊肠小路上山，又陡又滑。县旅游局的同志劝余臬还是不要上去，但余臬不服老，觉得没问题。他们还是不放心，就派一位年轻小伙子跟着余教授，随时可以搀扶。于是继续往上攀登，遇陡险处，小伙子就先上去拉余臬一把，或者在后推扶一下，终于气喘嘘嘘爬到了山顶。

　　万寿寨建有寨门，设有驻马关。东西长 1.5 公里，面积近 20 万平米，分为前、内、后三寨。南北皆是悬崖峭壁，东西两面有路进寨。有三座寨门，并砌有寨墙。中门以山脊为梯，宽仅一米，左右皆是百丈深渊，有"一夫当关，万夫莫开"之险要。门额"万寿寨"三字为秦良玉手笔，左右石刻门联："奇水奇山此间亦有奇杰，寿民寿国随在可为寿徵"。第二道门两旁有两座炮台，直对驻马关，飞炮径达，人马无法躲避。进半里就是内寨，是最高处，平坦宽敞，为当年秦良玉兵营。建有旗台、官厅、点将台、练兵场、军营和瞭望台等，今遗迹依稀可辨。三重厅堂，宽、深各二十多米。山顶有一眼山泉，"纵横丈八尺，泉涌而甘，冬春不涸，可济数千家"，供山寨军民饮水的"官井"，至今犹存。

　　当年秦良玉在山寨广积粮草火药、滚石檑木。在明末清初干戈四起、烽火连天的乱世，全赖此寨保境安民，使石柱土家免受生灵涂炭，是秦良玉"一柱擎天"的功勋。余枭想起自己从《石柱厅志》中看过万寿寨抗击来犯敌兵的记载：

　　那是顺治七年，秦良玉卒后六年，朱容藩勾结万县谭宏、谭文进攻石柱，攻克南宾（石柱县城古名），放火烧毁土司中厅和马氏宗祠。土司马万年（秦良玉孙）奋勇抵抗，退守万寿山寨，朱容藩数攻不下，就团团围住想困死山寨。被马万年用秦良玉生前教他的攻心战术和疑兵计，将数百双一尺多长的烂草鞋和数条事前准备的大活鲤鱼抛下山，表示勇士伟岸和食物充足；用松树抹上锅灰伪装一排大炮，彻底瓦解了敌军士气……

　　40 天后永历帝派大学士吕大器进入川东，动员涪州守将李占春驰援万寿寨，朱容藩兵败逃走，气病交加，死于云阳。确如浙江余姚史钦义诗云："兀然卓立中流柱，保障东川一世雄"。又有佚名诗曰：

　　石柱巍峨耸长空，万寿犹存良玉踪。三千白杆守山寨，朱军围困一场空。

　　想起这些，余枭心潮起伏，诗思泉涌，写下了七律《登石柱万寿寨怀秦良玉》：

　　悬车老子竟登巅，千仞霄梯欲上天。点将台崖云雾涌，阅兵垭口疾风搧。

　　恍闻金鼓刀枪吼，似见英姿铁马穿。浩气军魂今尚在，心潮逐日落苍烟。

　　下山后，又去游大都督府——太保祠：这是秦良玉在崇祯初年于南宾古镇狮子坝重修的土司衙署。晚年命名为"太子太保忠贞侯大都督府"。占地面积 2 万平方米，建有门枋、正殿、寝殿、后堂、玉音楼、柏子楼、坐隐楼、宾月楼、芹香亭和多个亭榭，大门高悬"大都督府"匾额，门联为："汉室将军甲第，明朝都督人家"。上句谓她丈夫马千乘是汉代名将伏波将军马援的后裔，下句指秦良玉被封为大都督。正殿悬挂天启皇帝钦赐"忠义可嘉"匾额。四周是文人墨客题咏碑刻。玉音楼五楹三层，正檐下挂"龙章四宝"匾额。府内主要楹联有：

合门武烈垂千祀，两姓忠良保一方。

秩显青官加太保，军雄白杆拜金都。

地列屏藩官崇宣抚，家传孝友世笃忠贞。

绩懋红颜兵强白杆，官居总镇爵列通侯。

以女性治军三十年为世界闺帷生色，退寇氛行道数百里保乡邦民族有功。

白杆壮军威两朝忠义存遗庙，丹青酬将略百战勋劳寓节楼。

然后游秦良玉陵园：在县城东回龙山上，前临龙河。相传为秦良玉发丧时，有 48 口棺材同时上山，分赴 48 个墓穴，埋葬 48 座坟墓。其中一支队伍赶赴秦良玉老家忠州下葬，其余 47 墓均在石柱回龙山上。真墓到底在哪座至今仍是千古之谜。

回龙山上还有著名的三教寺，建于明弘治八年（1495），原名回龙寺，为马千乘的曾祖父马徽的母亲陈氏创建，系儒释道三教合一的古寺，故名三教寺。崇祯十年（1637）秦良玉进行增修，共有山门、四圣殿、三清殿、玉皇殿、大雄宝殿五重殿堂。三教寺背后松林中所建的秦良玉陵园，一东一西两座，传说西墓是秦良玉真墓，而东墓更雄伟。秦良玉亲属及子孙近 20 人都先后埋在陵园周围。整个陵园共占地 320 亩，除秦良玉墓外，其兄秦邦平、其弟民屏、其子马祥麟、及其裔孙马光仁、马祐昭、麾下将官马德音等墓 20 座。东墓墓碑书刻："明上柱国光禄大夫镇守四川等地方提督汉官兵挂镇东将军印中军都督府左都督太子太保忠贞侯贞素太君墓"。墓联："勤王有名征巾帼一心饶将略，袭土符清懿锦袍百代仰官仪"，横批"勋名奕世"。

秦良玉衣冠冢前，有石佣、石马、石羊、石狮等石雕分列两旁，特别是石兔丝毫未损，当地人传说是天上下凡的玉兔，是秦良玉的化身。还有南明弘光兵部侍郎、永历大学士、四川总督吕大器题写的"万派归宗"匾额，明末观察使、明亡出家为僧的高作霖《过秦夫人墓》诗云："干戈百战称名将，香火千年赖比邱"；著名高僧破山禅师《过三教寺示三客禅人》诗：

和门识贤者，野外语头回。避透安心旨，机投结念灰。

长松富一枕，短锡声三台。戏语益君省，怡然笑我侪。

最为可贵的是，秦良玉在张献忠攻陷四川，建立大西政权，各地望风而降时，她不但不为所惧，而且固守石柱，亲笔撰写了《固守石柱檄文》可见其忠贞气节和文翰才华：

为传檄布告我父老军士同心御侮事。慨自献贼犯蜀，石柱震恐，有议降者，有议迁者。呜呼！普天之下，莫非王土。我高皇帝以布衣提三尺剑，四征不庭，乃定丕基。今皇上神圣英武，独运庙谟；献逆虽狡，指顾成擒。我父老军士，奈何不详查虚实，妄听谣诼，滋长贼寇之威，挫馁军旅之气耶？本使以一弱女子而蒙甲胄者垂三十年，上感朝廷知遇之恩，涓埃未报；下赖将士推戴之力，思其功名。石柱存与存，石柱亡与亡，此本使之志也，抑封疆之责也。然有谓献贼善于用兵，战无弗利者，噫嘻！此实虎之伥，雉之谋（缺六字）也。夫襄阳乞降，熊巡抚受其绐；澧州溃围，左军门傲其志。若令其当本使，则其技立穷矣。往者播州之役，歼厥精锐八千；蔺州赴援，解严不越九日。他若重庆之捷，成都之捷，夔门之捷，均彰在人耳目。想我父老军士，共见共闻，非本使一人私言也。今者贼之前锋，已逾荆关，距石柱仅三日程耳。乃复盘旋如蚁，游移如狐，欲前复却，欲进又退，本使不知其何所顾忌而若此？虽然临事而惧，好谋而成，圣人之格言，兵家之要道也。本使国愤家仇，痛心交并，汉贼不两立，其势直不可以终日。然而不敢恃血气之勇，昧壮老之意，而学匹夫抚剑之态。其有盘洞硕人，泉石逸士，怀留侯之奇谋，隐淮阴之雄略，足以制贼之死命，而供诸本使前者，固当虚衷翕受，拱听明诲。即降至舆台走卒，或有一策可师，片言足采，本使亦无不乐与周旋，崇以礼貌。惟本使鳃鳃过虑，不得不与我父老军士约者，则以全蜀沦陷，群贼猬毛，其侦骑之密布，逻卒之四出，禁无可禁，防不胜防。是在各奋报国之心，共作同袍之气。毋惑妄论，毋听谣言，毋许越界，毋许私徙。临阵身必先，杀贼志必果。勿奸淫，勿劫掳，勿嚣张，勿浮动。遵所约则赏有差，悖所约则杀无赦。本使令出法随，虽亲不贷。檄至之日，其各凛遵！

石柱女土司秦良玉文武双全的才能和赫赫战功，在中国妇女史上堪称

"空前绝后"，这是石柱土家族的骄傲，也是重庆的骄傲，更是中国妇女的骄傲。余阒对秦良玉崇拜得五体投地，因而想起她两次万里援救辽东，勤王血战浑河皇太极，会同明军收复河北四城，建立首功的英雄事迹，天启、崇祯皇帝两次召见重赏，又挥师南下，平奢崇明土司叛乱，解成都重庆之围的功勋。特别是崇祯皇帝平台召见时，御笔赐诗四首：

学就西川八阵图，鸳鸯袖里握兵符。古来巾帼甘心受，何必将军是丈夫。

蜀锦征袍手剪成，挑花马上请长缨。世间多少奇男子，谁肯沙场万里行？

胡虏饥餐誓不辞，饮将鲜血代胭脂。凯歌马上清吟曲，不是昭君出塞时。

凭将箕帚扫虏胡，一派欢声动地呼。试看他年麟阁上，丹青先画美人图。

崇祯吊死煤山，明朝灭亡后，清顺治元年（1644），清廷大军南下，秦良玉以70岁高龄毅然接受南明隆武帝授予的"太子太保忠贞侯"封号，准备整军出征勤王，师未行而隆武已灭。顺治五年（1648），明宗室朱容藩聚兵十万，占领万州、临江、梁山等地。秦良玉因忠于南明永历帝政权，不赞成朱容藩乘机僭越自立为王的内乱，因而拒绝提供粮草，是年病逝。明末清初文学家董说《秦良玉赞》诗云：

追奔一点绣红旗，夜响刀环匹马驰。制得铙歌编乐府，姓名肯入玉台诗？

近代革命先驱、鉴湖女侠秋瑾《题芝龛记》赞秦良玉：

古今争传女状元，谁说红颜不封侯？马家妇共冼家女，曾有威名震九州。

执掌乾坤女总兵，将军才调绝尘姿。靴刀帕首桃花马，不愧名称娘子师。

莫重男儿薄女儿，平台诗句赐蛾眉。吾侪得此添生色，始信英雄亦有雌。

肉食朝臣尽素餐，精忠报国赖红颜。壮哉奇女谈军事，鼎足当年花木兰。

现代文豪郭沫若写了《咏秦良玉四首》赞曰：

石柱擎天一女豪，提兵绝域事征辽。同名愧杀当时左，只解屠民意气骄。

兼长翰墨世俱钦，一袭征袍万里心。艳说胭脂鲜血代，谁知草檄有金音。

平生报国屡争先，隆武新颁瞬二年。八月官防来蜀日，南朝天子又宾天。

崔苻满目咎安归？涨地胡尘接紫微。无复当年风虎意，空余白杆映斜晖。

余枭想起这些古今上自皇帝，下至革命家、大文豪对她的高度赞美，就觉得当今江南市、石柱对秦良玉的宣传非常不够：她是二十五史中巾帼英雄第一人，堪称空前绝后，她之前，正史上只有广东冼国夫人和她一样丈夫死后袭任总兵职务，《陈书》《隋书》均有冼国夫人传，但此人只是治军练兵有方，不曾带兵打过大仗，自然不如秦良玉身经百战的赫赫功勋；其他如梁红玉，只是助韩世忠擂鼓呐喊，没有独立带兵打过大仗；至于农民起义、辛亥革命的女英雄，如明永乐年间山东白莲教女首领唐赛儿、清嘉庆年间湖北襄阳白莲教女首领王聪儿、近代鉴湖女侠秋瑾，都难以与秦良玉比肩；中共红军中女将军虽多，大都是政工或后勤干部，没有独立带兵打仗的女司令员。所以秦良玉是空前绝后唯一的百战常胜的女将军。因而余枭在《咏史》组诗中写《秦良玉》赞道：

征辽挂帅抖长缨，平叛杨奢破纵横。一柱擎天家国卫，空前绝后立威名。

又在石柱的座谈会上，力主对秦良玉事迹要大书特书，并愤愤不平地质问：为什么秦良玉的电影、电视剧迟迟不能问世？为什么对中国古今第一女英雄品牌，却不能全力宣传塑造？石柱只要把这个品牌抓好了，何愁旅游不火爆……

五月上旬，浩建旅游规划公司又邀请余枭同去四川宜宾地区江安县，参与他们的"夕佳山乡村旅游项目"的策划考察。这是四川省前几年就树立的"社会主义新农村"的典型之一，因而很有基础。二层楼的红柱白墙灰瓦，显得特别整洁，家家门前坝院一尘不染，非常干净；四周绿树竹林环抱，青翠欲滴；田埂地头上的种的豌豆、黄瓜等蔬菜，都用竹竿搭了架子，红黄蓝白紫色的小花五彩缤纷，争奇斗艳；特别是成片的油菜花，宛如黄金地毯，铺遍了山坡，平地；小桥溪水潺潺，清澈见底，两岸幽篁茂密，竹叶婆娑。只可惜村里只有老人小孩，年轻人都外出打工去了。

在一座山包上，一大片茂盛的丛林中，栖息着庞大的白鹭群；旁有一座古老的地主庄园黄氏民居四合院，保存完好，有祠堂、天井、前厅、后堂、书房、药房、三代人的卧室、厢房、农具室、库房、厨房、磨房、马厩等数十间，门窗上精雕细刻了渔樵耕读的各种故事图案。黄氏古民居自万历年间修建，至解放土改充公，历经近400年，共计十一代人同居，却从未分家，这在中国历史家族史上都是非常罕见的奇迹。

余臬对项目组的人讲：唐代寿张县人张公艺，九世同居，修身齐家，父慈子孝，兄悌弟恭，夫唱妇随，婆媳相安，妯娌和睦，长幼有序。史载唐高宗泰山封禅路过寿张县，特地拜访张公艺，问他如何维系家族和睦而致九世同居，张公艺书写了一百个"忍"字，高宗旌表其门，赐其绢帛。这一百个"忍"字，就包含了"仁义礼智信""温良恭俭让"忠恕宽容之道，"家和万事兴"，这是"修身齐家"之道。

《礼记·大学》云："修身、齐家、治国、平天下。"每个人都修养好自身，才能整顿和睦家庭，整顿和睦好家庭，才能治理好诸侯国，治理好诸侯国才能平定天下，达到长治久安。所以"修身齐家"对于构建家庭和睦、社会和谐、国家稳定都具有重要意义。

因此他建议：在黄氏民居的祠堂中，墙上贴上十一代同居的家谱人名，贴上唐代张公艺九世同居的故事简介。或者在民居外专门修一个"十一世同居"馆展示。

他们漫步在庞大的以香樟树为主夹有银杏楠木的丛林，见一群群白鹭分散栖息在高树的枝叶上，时而又飞向田野、河边觅食，留在树上的白鹭不时掉下粪便，吓得女孩儿们尖叫不止，赶忙躲开。余臬告诉大家：白鹭喜欢水田、河岸、沙滩、泥滩及小溪流沿岸，成群进食，属于涉禽类。常去沼泽地、湖泊潮湿的竹木林捕食浅水中小鱼、两栖类、爬虫类哺乳动物和甲壳动物。白鹭白色的羽毛和长腿，给人纯洁、高雅的美感；栖息在银杏、香樟、楠木和翠竹之上，展翅云霄，似有清高凌云之志；喜欢海滩、江岸、溪流、池塘、稻田游憩、捕食，象征心存江海之上的隐士；在山水田园中徜徉，饶有诗情画意，似有诗人画家的雅趣。

因此他建议：在白鹭栖息最密集处附近建一个"白鹭观赏审美园"，屋外有宽敞的回廊曲栏，供游客观赏树梢上的白鹭，而有屋檐遮蔽，免遭鸟粪污身；屋内四壁陈列白鹭诗书画影（摄影），中塑白鹭仙子雕像。在审美中领悟白鹭的文化意蕴。

据老农讲，江安的竹林很多，夕佳山镇也不少，当然赶不上宜宾的蜀南竹海那样的集中规模；但江安本是宜宾地区竹雕的发祥地，因改革开放以来，很多竹雕工匠都被蜀南竹海挖了过去，所以江安的竹雕而今反而奄奄一息。余枭建议：应当想法恢复，在黄氏古民居附近建一个小型竹雕展览馆，作为渔、樵、耕、读、医、工中"工"的一个代表作。浩建曾总对余教授的渊博学识和金玉良言的建议，推崇备至，特地与余枭多次合影。

考察参观了一天，已是下午五点半了，于是打道回府，途经一个小镇时，曾总就让在一家江鱼火锅馆门前停车，让大家下车吃晚餐。曾总挨余枭坐下，她亲自点了两条共7斤多的钳鱼，又点了几盘小菜和南瓜饼、红糖糍粑等小吃，笑着问余枭道："我知道你喜欢吃糍粑，所以特地点了一份。"余枭也笑道："知我者，莫如曾总也。"大家也谈笑风生地吃了起来。曾总让余枭回去后提供一份夕佳山"渔、樵、耕、读、医、工"的传统文化故事和相关诗词的资料，供规划时参考。余枭答应一周后交卷。

回家一周后，余枭就将这份资料用QQ发给了曾总，曾总一看，列举了渔、樵、耕、读、医、工六类历代故事数十则，并作了文化简析：包含了儒家的安贫乐道、蛰居待时的上进精神；道家追求自由、淡泊名利、不满官场黑暗、宁愿全身远祸的隐逸精神；佛家的追求解脱烦恼、达到涅槃的出世精神；医家悬壶济世、不分贵贱的治病救人的仁爱精神；以及能工巧匠的发明创造精神。

提出规划建议：渔樵耕读医工，分别选择在适当地方规划建六个场馆，分别陈列上述相关的诗画故事。渔樵耕读，在黄氏民居的门窗有雕刻图案；医，在黄氏民居中有药房、诊室，且有两代人从医，为家人和百姓治病；工：民居古建筑、织娘楼以及竹刻木刻工艺都属于工匠。另外，在白鹭栖息最密集处附近建一个"白鹭观赏审美园"，屋内四壁陈列白鹭诗书画影（摄影），中塑白露仙子雕像。在审美中领悟白鹭的文化意蕴。

在陈列观赏中，设计了游客的参与活动。如让游客穿戴上渔翁的斗笠蓑衣服装，拿着钓竿垂钓；让游客扮演俞伯牙钟子期的知音故事；让游客装扮农夫扶犁耕田体验……等等。配合相关的渔歌、樵歌、农歌、牧歌等，有不同的活动布景展板映衬，可体验、照相、录音。导游可加入简洁的画外音介绍情景。将渔樵耕读医工、及黄氏民居的相关故事，编成歌舞、小品、曲艺、戏剧等，在舞台演出，供游客欣赏，双休日人多时演出。

最后附录了历代白鹭诗、田园诗、荷花、桃花、梨花、油菜花、咏竹诗词若干首。

曾总非常满意，立刻在电子信箱回信：你想得太周到了，太好了！再次衷心感谢。

1天，余枭正在校园散步，碰到了金融学院退休的方老教授，他已经82岁了，但身体非常好，耳聪目明，走路昂首挺胸，健步敏捷。他兴奋地告诉余枭："你能陪我去西欧旅游吗？国际旅行社我有个熟人，答应优惠，去西欧8国半个月才1万2。但对75岁以上的老人，要求要有医院开出的健康证明，子女写承诺书，保证责任自负，还必须有一位亲友或同事陪同。前两个条件都没有问题，但陪同人不好找。你知道我只有一个女儿，还要上班，她小孩正念高中，需要为他做饭，督促高考准备，离不开；同事大都去过西欧；我想来想去，就你最合适，怎么样？"

余枭说："我也去过欧洲，只不过是北欧五国。"他说："那不正好嘛，你去过北欧，但没有去过西欧呀，陪我去吧！"余枭说要回家与妻子商量后再说。

过了两天方老教授打电话来问结果，余枭说："夫人同意和我一起去。"方说："那太好了，过两天我们就去旅行社报名吧。"没有想到第二天夫人雅梅登梯子去立柜上层取行李，不小心踏空摔了下来，左胳膊甩伤，余枭赶紧跟她到医院检查，是手腕骨折，需要住院。于是打电话给方老，说老婆摔伤住院，不能出国了。住了十来天院，才吊着纱布回家休养。稍有好转，雅梅就劝余枭自己陪方教授去西欧旅游。余枭不忍独自去，丢下她一人；但经不住她再三劝说，余枭这才打电话，约方老前往旅行社报名缴费。

谁知交完费后，旅行社对方老说："你还要交2百元急救费才行。"方老大怒说："你们不给我超龄老人买保险，我已经受歧视了！我既然有医院健康证明，又有子女承诺书盖了手印，出了问题责任自负，还交什么急救费？真是扯蛋！"他把头一扭说"我就不交！"旅行社的人说："这是上面的规定，75岁以上的老人出国都是这样。这2百元是上交保险公司的，我们也得不着！"方教授气得硬是不交，双方僵持了半天，因为手续都办完了，无奈之下，旅行社只好代他交了2百元，才算了事。

回家后，各自准备了行李，6月15日出发，跟着导游上飞机，直奔芬兰赫尔辛基转机再飞往荷兰机场。下机后，导游早已租了一位匈牙利司机的大巴，让大家上车到荷兰利瑟小镇安排住下。当时才下午四点一刻，而镇上街道商店都已关门停业。

　　几个抽烟的烟友打火机早就在机场安检时没收了，街店关门又买不到，急得团团转；幸亏一家广东华侨开的饭馆虽已打烊，但未关门。大伙儿就进去借火抽烟，余枭热情地与老板搭讪，老板就把那用过的打火机送给了他，这才解了大伙儿的燃眉之急，回到宾馆，想抽烟的都找余枭借火。

　　次日就乘车去游荷兰扎达姆镇著名的风车村。从此就开始了荷兰、比利时布鲁塞尔、法国巴黎、德国法兰克福、罗腾古堡、瑞士铁力士雪山、琉森湖、玛特村、德国巴伐利亚新天鹅古堡、奥地利茵斯布鲁克市、萨尔茨堡、维也纳、意大利威尼斯、罗马、梵蒂冈、比萨、弗洛伦萨的半月游，最后到米兰机场。西欧八国数十个景点的旅游，往返15天自然是走马观花。每到一处景点之前，导游在车上就简介此处有哪些著名文物古迹、风景名胜景观；下车时就宣布：停车多少时间，几点几分在哪里集中上车，过时不候。

　　于是，一下车就抓紧拍照，赶紧游完景点，按时到约定地点上车。上车后，余枭就抓紧写诗，每个景点至少写一首，甚至两首。有时因规定线路无中餐馆，或时间来不及，就在早上宣布中餐自行解决，每人发给几欧元误餐费。于是各自携带食品，在休息时就蹲着就开水吃点干粮。

　　早餐一般都在宾馆免费自助餐，余枭发现几位同团旅客，在早餐时多拿面包、煮鸡蛋、香肠，偷偷装进随身背的小包里。他觉得这些人太缺乏素质，没想到方老教授也这样，出门后居然还问他："你为啥不拿一些做中餐备用？"余枭说："万一被服务员看见，岂不丢死人了！"方老教授说："你没看见好几个人都偷偷拿，所以我每次都背着个包，不拿白不拿，就你一个人清高……"

　　这方教授每次下车，也不管是不是名胜古迹，见着欧式建筑就拍照，还要余枭帮他照相，结果时间经常不够用。在巴黎，别人都是远远地拍比萨铁塔，他却非要到铁塔跟前去照相，结果大家都等他，余枭跑得满头大汗去找他，因为人太多也没找到，最后导游也跑去才找到了他，为此足足等了他半小时，大家都有怨言。

　　次日，别人都去坐邮轮环游塞纳河，因为岸上景点都游过，所以余枭和方老就在塞纳河岸散步。途遇黑人女子，假装从地上捡起戒指，用手势说是你掉的；余臬知道这是诈骗，就摇手不理她；而她走到方老跟前又故伎重演，方老就伸手去接，余臬在前面大声喊道："方老千万莫要，这是诈骗！"方老这才缩回手走开。余臬对他说："导游刚在车上再三告诫，千万不能要黑人的东西，也不要买他们的东西，你怎么就忘了呢？她下个套让你钻，然后就敲诈你。千万注意：天上不会掉馅饼的呀！"

就这样，余臬每天车上写诗，生怕灵感瞬间溜走，十多天下来得诗 69 首，在返程机上，他反思这八国总体印象，觉得法国、意大利是文艺复兴运动最早的国家，崇尚自由民主，但现在黑人最多，秩序最乱，卫生也最差；相反，德国和奥地利相对保守，却秩序最好，黑人流民最少，环境最干净；这很发人深省。他就写了一首七律作为整体印象的总结，总共就是 70 首诗，作为诗体游记。回家后就用 QQ 信箱发给几位最好的诗友分享：

西欧旅游诗体游记（2014，6，15——2014，6，29）

1、赫尔辛基转机（15 日下午，星期日）

鹏飞搏宇万余里，千岛芬兰再度观。岂是无情多薄幸，回眸转瞬赴荷兰。

2、荷兰利瑟小镇（当晚）

平原北海滨乡镇，弥眼绿园气象尊。九点斜阳仍未落，四时商店已关门。

3、荷兰扎达姆镇（风车村，16 日上午）

小楼滨岸逶迤列，百舸迷津水市坊。谁解风车三叶转，圈圈对客诉沧桑。

4、布鲁塞尔大广场（16 日下午）

比国王宫巴洛克，教堂哥特刺云天。当年卡尔居何处？雨果鸿文著几篇？

（卡尔·马克思在此写《资本论》，维克多·雨果在此寓居写小说）

5、自比利时赴巴黎驱车途中（17 日上午）

麦田草地绿黄间，千里平原不见山。农妇牧民浑绝影，牛羊自主好悠闲。

6、巴黎协和广场埃及方尖碑（17 日下午）

方尖碑本在开罗，却坐巴黎耸协和。拉姆西斯泉下醒，心中激动意如何？

（拉姆西斯：埃及3千年前的统治者法老拉姆西斯二世）

7、埃尔铁塔（17日下午）

铁骨铮铮民族魂，顶天立地耀乾坤。当年反对兴斯物，孰料千秋旅业尊。

（当年建铁塔为世博标志时，反对者多，大作家莫泊桑曾带头反对）

8、凯旋门（17日下午）

赫赫威名拿破仑，军功彰显凯旋门。后虽一败遭流放，仍为高卢唤国魂。

9、凡尔赛宫（路易十四建，18日上午）

堂皇富丽帝王宫，艺术皇权两盛隆。若不奢华唯节俭，何来后世旅游风？

10、巴黎圣母院（1161年开工，历300年建成，18日上午）

神父心邪道岸然，钟人貌丑善心燃。正邪美丑常相反，留与游人探妙玄。

11、卢浮宫（路易十三前国王均住此，18日下午）

法兰西国旧王宫，艺术珍藏博物丰。相比故宫谁略胜，敦煌文物为何空？

12、游塞纳河（18日上午）

塞纳河滨景色嘉，舟车人浪沐朝霞。长堤百里无公厕，解放焉容遍地拉？

13、德国法兰克福罗马风格广场（19日上午）

法兰克福美茵河，二战狂轰弹雨多。今变金融心脏地，沧桑刮目更谁何？

14、保尔广场（市政府、纪念碑、保尔教堂）

二战残存卅六人，人资犹太半元薪。广场市政碑文在，纳粹千秋战罪因。

15、凯撒教堂（19日下午）

十位德皇加冕地，权威凯撒令名存。惊嗟二战废墟市，经济腾飞仗国魂。

16、罗腾古堡二首（属巴伐利亚，20日上午）

千年寨堡石墙横，古镇西方最典型。宗教皇权加外敌，不平历尽始昌平。

城邦公爵德皇宫，几度干戈城下盟。堪叹市民赔款赎，历经重建保古风。

18、圣乔治屠龙喷水柱（20日上午）

政教联军欲入城，市民英勇抗敌兵。议员兵败将枭首，救命全凭赌酒赢。

（联军统帅提利许诺：谁能将3.5升一大杯酒一饮而尽就赦免领导抵抗的四议员死罪，老市长饮尽使四人得赦。后人建此水柱纪念。）

19、城堡公园（20日上午）

古木参天林翁郁，群芳争艳惹禽飧。通幽曲径连深谷，摄影游人望断魂。

20、太迪熊故乡（20日上午）

儿童玩店彩缤纷，太迪熊乖喜客殷。马克夫人心慧颖，全球火爆盛名闻。

21、圣诞市场（20日上午）

素裹银装圣诞场，流光溢彩兴飞扬。每逢佳节千人会，童话世界入梦乡。

22、阿尔卑斯山途中车上奇观（20日上午11点）

日月同辉碧落蓝，飞机云路织天南。山堆苍翠田金毯，人立门墙粉壁龛。

（碧落：天空。几架飞机拖出几条航际云交织。路过的城镇拱门上站立无数人雕像）

23、瑞士铁力士雪山（21日上午）

悬空索道三千米，凌顶雪山一览收。山谷繁华英格堡，清流绿树映洋楼。

24、英格堡镇（21日上午）

四壁青山立画屏，一溪绿水绕周腾。五洲车辆如蜂聚，碧落飞人似巨鹰。

25、瑞士琉森湖（21日下午）

环山一市半城湖，小艇游船任尔租。最羡天鹅高雅洁，逍遥自在免钱拘。

26、垂死的狮子（21日下午）

雇佣瑞士延残喘，螳臂当车革命军。可惜雄狮悲剧运，徒陪路易作冤群。

（法国暴发大革命，路易十六收买瑞士雇佣军数百人保卫王宫，皆战死，路易十六上断头台）

27、玛特村宾馆（21日晚）

湖上高山景色新，稀疏别墅草绿茵。家家宾馆花园大，世外桃园返朴真。

28、【天净沙】德、瑞边境车上观景（22日上午）

白云氧气蓝天，碧湖绿野青山，古堡森林电缆，隧连成串，飞机拖线图刊。（航际云）

29、巴伐利亚新天鹅古堡（22日下午）

丛林山顶天鹅堡，路德维希二世宫。失去茜茜忧郁甚，装修未竣已宸薨。

30、奥地利因斯布鲁克市（22日下午）

茵河银浪穿城过，玛利亚皇街命名。耀眼黄金装屋顶，昆明金殿比输赢。

（昆明吴三桂为陈圆圆所修金殿）

31、日本亚洲餐馆（22日晚餐）

驱车数日中餐断，围坐狼吞一扫光。总啃干粮伤肠胃，一连牛饮半盆汤。

32、萨尔茨堡莫扎特故居（23日上午）

音乐大师世界闻，故居今日客纷纭。天才为甚夭折？异国游人吊念勤。

33、天主教堂及要塞（23日上午）

江岸教堂彩色鲜，古城堡塞耸云天。荒淫主教沧桑事，留与游人作笑传。

34、赴维也纳途中所见（23日下午）

窗含湖水荡清波，点点樯帆雪浪拖。老外停车闲裸浴，长空银燕划云河。

35、维也纳金色大厅（23日下午）

金色大厅好壮观，歌星向往梦魂攒。祖英金嗓虽嘹亮，昂贵专场谁买单？

36、歌德塑像（23日下午）

德人歌德大文豪，奥国钦崇亦折腰。艺术大师无国界，环球共誉万年骄。

37、霍夫堡皇宫广场（23日下午）

欧根征土功勋震，卡尔兵赢拿破仑。跃马横刀英武像，千秋激励奥军魂。

（欧根：奥地利亲王；卡尔：奥地利将军）

38、玛利亚特蕾西亚女王塑像（英雄广场，23日下午）

卡特琳娜能治国，则天皇帝善权谋。奥王非但兴文艺，育女生儿世寡俦。

（她共生16个子女）

39、多瑙河（23日下午）

多瑙河穿维也纳，风流千古浪淘沙。兴衰多少沧桑叹，水自悠悠色自嘉。

40、莫扎特塑像（23日下午）

才貌双全乐圣家，一生作曲尽精华。天才命运何多舛，而立夭亡世代嗟。

41、美泉宫（24日上午）

奥国雌皇度夏宫，温汤沐浴出芙蓉。繁华盛世擎天柱，气盖须眉巾帼雄。

42、喷泉美女（24日上午）

喷泉溅玉飞珠旁，偶遇佳人坐一双。含笑明眸同合影，风情一照胜千张。

43、人首狮身雕塑卧像（24日上午）

正看高华美妇身，丰胸秀发正青春。谁知肢尾狮身状，人兽交融寓意神。

44、茜茜公主塑像（24日上午）

茜茜天性自由趋，岂忍王宫笼鸟拘？牵手奥匈强国史，夫皇巾帼展宏图。

45、自维也纳抵意大利威尼斯城（24日下午）

六国连游一路晴，忽然雷雨漫浇倾。莫非天也知人意，故遣龙王送水城？

46、威尼斯水城（25日上午）

泥沼打桩建港滨，巨轮游艇共迷津。一场大雨倾天降，水市淋漓恋水人。

47、圣马可广场（马可是耶稣的 12 门徒之一，25 日上午）

马可福音曾阅读，教堂今日拜真身。威尼斯港繁华盛，半靠圣徒骨骸珍。

48、叹息桥（25 日上午）

审判厅连死囚牢，两楼中隔一天桥。桥窗刑犯临终望，叹息阴阳路太遥。

49、穆兰诺（著名金银首饰店，同日下午）

水晶项链白金坠，五彩杯瓶工艺奇。马可波罗家族后，传承绝技令名驰。

50、罗马圣彼得大教堂（26 日上午）

米兰赦令认耶稣，彼得负荆传圣徒。君士坦丁罗马斗，分离政教国殊途。

51、梵蒂冈二首（26 日上午）

国中小国都中境，面积差当半故宫。权重位高难免俗，同操地产与金融。

双脚入门梵蒂冈，雷鸣雨骤夹风狂。吾侪洗礼天浇水，刚出大门出太阳。

53、古罗马遗迹废墟（26 日上午）

文明罗马史辉煌，堪比中华秦始皇。今看废墟唯断柱，犹如项羽火阿房。

54、罗马皇陵古堡（26 日上午）

罗马皇陵圆古堡，教皇避难肇藏窝。沧桑再变成监狱，今展刀枪博物多。

55、威尼斯宫（26 日上午）

威尼主教来斯建，马可福音罗马传。功任教皇登宝座，耶稣圣裔继先贤。

56、少女喷泉（26 日上午）

奥古斯丁找水渊，郊逢少女引喷泉。雕形纪念千秋意，许愿游人舍硬钱。

57、海神喷泉（26 日上午）

高擎海螺喷泉饮，海豚周围织水樊。水利生灵为上善，天人合一悟箴言。

58、罗马竞技场二首（26 日上午）

竞技场存断壁墙，回廊三叠百窗厢。当年人兽挣拼搏，换得凯旋死葬殇。

遥想斯巴达克强，神威力胜兽中王。群奴起义人权肇，愤怒狂潮葬帝皇。

59、离罗马返比萨途中二首（26 日下午）

丽日皱山翠毯绒，葡萄麦地绿油丰。金黄牧野群羊卧，东雨西晴七彩虹。

青松片片伞撑竿，笔柏排排塔耸端。原野微风翻绿浪，草包遍地似棋盘。

60、比萨斜塔（26 日下午）

学子天才伽利略，铁球轻重落同时。千年物理陈规破，斜塔成名四海知。

61、弗罗伦萨（27 日上午）

古国城邦今省府，曾为意大利皇都。大师艺术滋生地，文艺复兴火炬呼。

62、圣母百花大教堂（27 日上午）

圣母百花大教堂，庄严气势艺辉煌。仁慈博爱身心美，试比观音可颉颃？

63、美迪琪国王雕像（27 日上午）

横空跃马抖雄风，文艺复兴盖世功。推动艺师凌绝顶，至今市府住王宫。

64、海神及大卫雕像（27 日下午）

地中海国出航民，商贸流通敬海神。大卫美男风韵伟，心仪不仅是阴人。

65、但丁雕像（27 日下午）

但丁跨纪大师门，破旧萌新界线尊。《神曲》天堂和地狱，开欧后世史诗魂。

66、圣十字教堂（27 日下午）

教堂欧国满城多，谁葬米开朗哲罗？仅此一端堪刮目，犹如凤屋与鸡窝。

67、米兰机场（28 日上午）

退税机场列队忙，三时耗费渴无浆。米兰咫尺无暇逛，遗憾终生久
不忘。

68、回国机上曾双龙妙发摄黄山"莺熊松"请予配诗

黄山谁说绝熊鹰？唯是未逢意境征。奇妙今观天造石，熊姿松挺欲
鹰腾。

69、机上冥思旅欧印象

德、奥经营秩序延，巴、罗浪漫自由宣。异同未必皆由制，风俗尤因
积久传。

试看小偷多与寡，流观环卫丑和妍。管窥概可知全貌，借鉴尤须重
本渊。

（巴、罗指法国巴黎和意大利罗马）

70、凌晨重庆机场落地

心潮汹涌捲银河，昼夜难眠究为何？异国江山虽信美，蜗居白屋胜
金窝。

机场落地心花放，游子归家火箭驮。试看南山眉眼俏，魂飞魄跳泪
滂沱。

第四章　诗漫山川

　　旅欧归来，余臬为家人亲朋买了法国名牌香水、比利时巧克力和瑞士军刀三种礼物分送给妻子、女儿和好友。适逢新千年开办的二本双学位毕业生从全国各地回校感恩谢师，专门为等余臬教授特地延长了一天返回，几十个人都聚集在一个会议厅翘首等待。所以晚上余臬就出席了他们的谢师会。

　　余臬一出现在门口，他们就全体起立，热烈鼓掌欢迎。桌上摆满了糖果、糕点、水果、花生瓜子、茶水。待余臬坐下后，学生代表就热情洋溢地致辞，表示他们对当初余主任为他们开办二本、亲自上课，配备了最好的老师教学，争取到双学位的大恩大德，感激涕零……接着就赠送给余臬"德高望重，师恩难忘"的条幅、两盒长白山人参礼品；在掌声中，余臬也将《书剑斋诗赋词曲文集》赠送给学生人手一册，并逐一为之签了名。

　　大家畅谈了毕业后就业情况，好几位女生说她们不是靠第一专业商科找的工作，而是靠二本中文找到区县政府、人大政协、局办等公务员，或公司的秘书、助理之类的工作；还有男生说他们在搞策划、做营销中，也运用古典诗词来装点包装，收到了很好的效果。散会之后几位女生送老师回家，路上还意犹未尽地说了很多感恩和赞美的话，最后和老师紧紧拥抱告别，竟然热泪盈眶……

　　旅游局早已下达了今年的顾问课题，但不是余臬在年初上报的《渝东南特色文化研究》。过去基本上都是自己申报什么课题，就批准下达什么课题；但今年新换了分管副市长，她要亲自修改课题名称，将余臬的课题修改为《江城市各区县核心文化研究》。这样一来，外延内涵全都变了："渝东南"最多只有6个区县，而"江城市各区县"就变成38个区县；原来是"特色文化"比较容易，现在改成"核心文化"就复杂得多。

　　余臬上网查阅，全国只有南京市、北京市两处各有一篇文章谈到"核心文化"，需要贯通古今，从大量自然与人文文化中精心提炼。余臬觉得这样大的课题，一年根本无法完成，8万元的课题经费仅调研也远远不够。

他请求旅游局追加经费和延长时间，他们都因副市长的指示，说没法更改。余臬无奈，只好将各区县请他写赋、讲座和参与策划、评审的机会，与核心文化的调研结合起来，这样可以节省时间和精力。即使在外省观光，也可作为参照系列。

暑假期间，余臬与雅梅到成都避暑，去年女儿在成都提前联系，在兴元绿洲买了一个40多平米的二手电梯楼房，余臬花了16万，距离女儿家很近，今年就从女儿家搬到新房去居住。这个小区在二环的边缘，属于城乡结合部，旁边有一个没有围墙的新修公园，空气新鲜，可以早晚散步；又有农民上午卖菜的早市，各种蔬菜肉类都比市区超市新鲜而价格还要低廉，自己做饭也很方便。

只要晴天，老两口或带着女儿，或两人自己就在市内或近郊、远郊到处旅游。先后游了四川省博物馆、浣花溪公园、百花潭公园、三圣花乡园、大邑县安仁古镇、新都县杨升庵故居等地。除了访问观光名胜古迹，欣赏自然景观外，也访问民情风俗，奇闻异事。余臬每到一处，带着本子和笔，总是诗兴大发，共得诗7首：

参观四川省博物院

天开井络西南罩，地接秦荆古蜀川。秦汉殷周逞博物，苗羌彝藏展殊妍。

书钦沫若杜诗草，画爱板桥兰竹娟。最喜锦城多织女，弘扬蜀绣敢超前。

游浣花溪公园

溪水浊清泾渭临，亭台雕塑古连今。幽篁古木有年辨，茅屋秋风无处寻。

悲昔流离诗韵冷，喜今游乐颂歌歆。花馨美景游人盛，堪问几人觅杜吟？

游百花潭公园

古径琴台金玉店，凤求凰嘴百花园。桂香阵阵迎眉宇，垂柳丝丝醉鸟喧。

邀宠群芳溜媚眼，卖龄银杏诉开元。巴金笔接汉唐翰，天府文渊一脉源。

新都游杨升庵故居

明代文豪慎状元，钟灵毓秀降湖仙。可怜忠谏遭廷杖，无辜长流困夷滇。

曲泣鬼神悲别恨，词惊天地诉冤迁。黄娥血泪诗笺透，千古官场醒世篇。

蓉城东郊三圣花香二首

荷塘月色

游人湖内任穿梭，不见轻舟却为何？万绿丛中红百绽，圆荷泻露舞婆娑。

麻柳树

繁柯碧玉叶梳鬓，摇曳婆娑待价沽。盛夏南风催卉发，黄金满树缀流苏。

游大邑县安仁古镇

商号逶迤块石街，茶楼酒肆古牌捱。无声剧院沧桑诉，有轨电车记忆开。

已叹收租刘氏院，更惊博物建川才。流连影视排场夥，汽笛声催唤梦回。

成都87级的几位学生得知余老师来成都，就邀请老师师母一起聚餐，席间，余臬赠送他们每人一本《书剑斋诗赋词曲文集》，并在扉页上题藏头诗一首：

题叶幼梅

叶茂枝繁石室中，幼苗几代栋梁充？梅香锦里春常在，妙发文翁教化功。

题张生

弓长不为射天狼，生发教魂井络昌。任彼苍黄君慎独，重逢永守四知堂。

题韩洪

韩信裔孙气度昂，宏韬伟略内心藏。传媒教授蓉城响，文避弓藏蹈未央。

题王刚

王者行行皆入圣，刚需无欲忍须容。跨科济世仁心本，医普践行道源逢。

题谢良坤

谢氏诗声自古神，升庵灵气又陶甄。堂宽尚待乾坤觅，喜望诗魂继火薪。

从成都回江城后不久，长寿区重新修复菩提山禅宗寺院，和菩提山旅游环山道等，景区管委会唐主任是余臬的学生，邀请余臬前往采风，为他们撰写《菩提山赋》，来小车接余臬夫妇前往，安排在长寿古镇的宾馆里住下。然后就陪同一起步行游览了长寿古镇，古镇虽然修得古色古香，但可惜是从云南复制而来，人工痕迹很重。然后驱车去菩提山。

高大的石砌牌坊山门，两旁一对石狮子蹲守。进门后就是莲花池，池中鱼儿游曳。旁有石桌，摆有棋盘。菩提寺依山就势，共有上千磴宽敞石梯直通山顶，六重大殿层递分布其间，全是崭新的红墙碧瓦，殿内供有佛祖、弥勒、韦陀、普贤、观音、达摩老祖，还有藏经殿等。山顶上有七级佛塔，巍峨壮观；更有铁杜高耸云霄，悬挂圣灯一盏。山的侧面有市民登山步道，沿途山壁，刻有达摩老祖来华经历的浮雕，如连环画次第呈现。

游完菩提山后就吃午饭，饭后乘车去游长寿湖，这是五十年代兴修狮子滩发电站拦截龙溪河筑坝蓄水而成的大水库，是西南地区最大的人工湖，面积60多平方公里。坐在游艇上，真有"凭虚御风"飘飘欲仙之感。湖中有很多岛屿，竹树葱茏，水鸟栖息。游艇开到团山堡靠岸，唐主任说下船登高可见奇观，于是跟着他下船登上高坡，他指着8个湖叉围合而成的9个岛屿，说："你们看，像不像一个繁体的'寿'字呀？"

余臬和雅梅仔细看了一会儿，突然惊喜："哇！还真像魏碑体的繁写'寿'字，怎么这么神奇呀？"唐说："这是前几年空中航拍时记者发现的，一位诗人还写了一首诗：水吐奇光气若蒸，山争秀色果成林。尝惊波影流巴字，更喜岛群幻奇文。"

余臬赞道："好诗，好诗啊！"他掏出小本，沉思了一支烟的功夫，也写了一首：

游长寿湖

凌波快艇御罡风，飞度银河上顶崇。阁瞰千山连天际，亭收百岛出龙宫。

鹊桥鸟语惊牛女，寿字天书耀水空。造化钟灵神圣地，长生奥秘悟无穷。

唐主任鼓掌称道："老师神思敏捷，豪气也更胜一筹。有李白豪放飘逸的风格呀！"余臬笑道："我要能赶上李白的十分之一，就是当代诗仙了。可惜差得远啦！"

接着又参观了央视寡妇清拍摄基地，余臬又写了一首绝句：

历代王朝巾帼宣，汗青列女万千传。女皇词杰齐彪炳，谁与巴清可比肩？

回到学校十天之后，余臬就写完《长寿菩提山赋》，用电子邮件发给唐主任：

飞凤尾端，大江北岸。重峦叠嶂，凤逸龙蟠。伏脉八龙脊拱，县城一凤尾牵。鹫峰突起，即菩提圣山；群山俯仰，如子息排班。森林覆盖，古木参天。花馨盈袖，亭阁流丹。潜隐镇山三宝，晨昏映日百妍。清代菩提山寨，金汤古堡雄关。莲教两攻退败，县城据守平安。灵井涌泉，寨中之圣水；终年不竭，清冽而甘甜。惜原始林逢厄难，大跃进遭株连。

夫山顶菩提寺，忆当年何壮观：山门苍松翠柏，垂柳池莲；云开山岫，鱼戏清涟。石狮守户，石桌奕盘。六重宝殿，依山就势造建；千磴石梯，进香络绎登攀。碧瓦红墙绿树，雕梁画栋飞檐。云蒸霞蔚，香绕烛炫。梵音讽呪，九天弥漫；暮鼓晨钟，百里回旋。释迦弥勒，韦陀普贤，观音大势，罗汉伽蓝，顶供达摩老祖，藏经狮座法坛。铁柱悬灯一盏，圣光普照八埏。山以寺兴名显，寺因山胜景添。乡贤戴锦，正德年间，曾游该寺，留题诗篇。长寿城郊八景，圣灯称冠；清季监生毁柱，民国复燃。迨川东解放，众僧逃散；牢房修建，庙宇摧坍。

然何朝建寺？向属疑团。或谓达摩游此，固野老传谈；或考《续高僧传》，载僧副入川。僧副达摩高足，金陵开善修禅。天监四载，萧侯赴任蜀藩；江峡百盘，僧副随行西南。蜀川禅法，自此得传。征文考献，史实信然。唯斯寺之兴建，虽难定于何年；然蜀川之禅院，有规律可助参。观嘉州菩提寺，大足佛禅龛，合川二佛寺，潼南定名院，凡此禅宗名刹，皆晚唐修殿；然则长寿菩提，当前后蝉联。嗟夫，我菩提古寺，已千载佛缘焉。

星移斗转，冬去春还。弘扬传统文化，文物修旧复原。经市区批准，募捐修建；爰招标设计，广纳群言；纠工庀料，破土轮番。年余告竣，新寺赫然耀眼；庆典开光，高僧枉驾临轩。虽布局外观如旧，而增藏特色内涵：阴沉木达摩像，沉香木如来颜，斯里兰菩提树，尼泊尔圣火源，檀木观音千手，佛经贝叶珍刊，泰缅请来舍利，神州刮目来瞻。佛塔增修七级，圣灯悬挂顶尖。人类太阳崇拜，佛光沐浴人寰。

追四禅以游宝殿，悟五蕴而净心田；登浮图以上七级，超三界而觉心宽。观达摩石刻，尤感慨万千：重洋远涉，不畏艰险；嵩山面壁，穷且益坚。乃悟天降大任，苦海无边；不历经磨难，怎行满功圆？逢雾漫阴天，或月残一线；忽圣灯闪亮，如日上三竿。尔时恍觉心中顿悟，正灵感浪翻；甫动思维理念，似得意忘筌。夫禅宗之妙谛，久寻味而无端。莫非邑人长寿，身心在此妙玄？

诗曰：长寿仙湖景，菩提圣寺情。九天随意逛，三界任君登。万世圣灯亮，千秋道统承。河清人寿久，极乐凤山鸣。

国庆节后，江城丙正旅游规划公司石总，邀请余枭参与他们万州太安镇的乡村旅游规划项目。余枭借此机会又可以下去调研自己的课题，一举两得，便与他们坐车一同前往。

这儿是山区，名叫凤凰村，大家登上高岗俯瞰：层层梯田，长满黄绿色交错的庄稼，优美如画，山下有河流蜿蜒流淌；山上有水井和大蓄水池，鲜花怒放，瓜果满山遍岭，缀满枝条，茶树垄垄连片；微风吹起，阵阵花香茶香扑人眉宇，沁人心脾，让人心旷神怡，宠辱皆忘，仿佛进入了世外桃源……支部书记指着周围的九座山说："这就是九凤山，像九只凤凰聚集。湖广填四川时，来了一个退休的官宦大家族，一看这地形，就觉得'九凤朝阳，风水吉祥'，于是就在此地落户安家，世世代代开垦出这一大片梯田。现在山路基本修通，基础设施有了基础，需要通过乡村旅游带动村民脱贫致富呀！"

余枭被这景象吸引得如醉如痴，灵感翻滚，顿时写了七律《游万州太安镇凤凰村》：

太安镇有凤凰村，九凤涅槃润子孙。俯瞰梯田翻锦浪，漫游茶岭涌诗魂。

蟾宫金桂千年降，仙谷花馨百里喷。南国辋川三峡醉，王维道子竞相奔。

他建议将此处山清水秀幽美的风景区，就取名"南国辋川"——凤凰村，众人称妙。

回江城后，他就把上次去万州城区近郊和这次去凤凰村所记录的资料加以整理归纳，存进电脑中，往后每次都这样积累。十一月上旬，市文史馆组织送文化下乡到巴南区，此前余臬曾为巴南区、巴县中学、东温泉、技工校写过赋，也曾游历过南温泉、东温泉、小泉、圣灯山、樵坪山、木洞杨沧白故居、一品河、南湖等地，所以对巴南区的旅游文化基本上成竹在胸；这次又跟随大家一起参观了丰盛镇、云篆山等地。下午召开讨论会，让大家为巴南区旅游出金点子，余臬在会上口若悬河，如数家珍，提了很多针对性很强的建议，使所有参会的人都惊讶不已。

晚上开笔会，让文史馆员现场作书画。余臬就将自己写的两首诗当场书写：

巴南丰盛镇藏头藏尾绝句

丰韵三潮鸣响石，盛名千载耸碉楼。古时商贸繁华久，镇享中华誉永留。

巴南东温泉藏尾绝句

热洞天然桑拿爽，陶甄摩荡百疴瘥。河鱼红柚虽甘美，难比销魂裸浴鲜。

2015 年 1 月 25 日，余臬夫妇在中国旅行社报名参加了新马泰十日游，雅梅是

第一次出国，所以倍感新鲜。他们乘机飞往曼谷，游了 4 天。

泰国的泰族，其实就是古代中国傣族。南宋末期，蒙古大军南下征服了大理国，又先后征服了傣族建立的后果占壁国，和勐泐国，于是导致傣族大量向南向西迁徙，建立了多个傣族王国：兰纳王国统治了今泰国西北部和缅甸东北部；素可泰王国统治了今泰国中北部；澜沧江王国统治了今

寮国大部地区；阿萨姆王国统治了今印度东北部地区。

元朝至正年间，湄南河下游的素攀太守乌通，率军到阿瑜陀耶，宣布脱离素可泰王国，建立阿瑜陀耶王朝，经数代征战，十七世纪时已控制了今泰国大部分领土，势力达到马六甲，东西柬埔寨也沦为其属国，直到清乾隆中叶才被缅甸灭亡。十六年后泰族才又建立了曼谷王朝，直到今天。

所以他们的生活习惯至今和国内傣族大同小异，语言也差不多。泰国是一个佛教国家，当地人很拥戴国王，因为他们全民医疗、教育基本不花钱，旅游业是其支柱产业。中日关系紧张，泰国人非常高兴，因为这样中国人去泰国的游客就会大量增加。余杲所在的旅游团参观了泰国的大皇宫、看鳄鱼、骑大象、远征军难民博物馆、芭堤雅"三合一"表演、暹罗湾海滩和月光岛等著名景点，他每游一景就写一诗，共写了7首：

泰国大皇宫

节基一世大皇宫，金碧辉煌气势雄。免费医疗和教育，臣民难怪颂皇功。

钓鳄鱼

沙塘肉饵下钓钩，群鳄乜斜伴睡瞅。游客休嫌难上当，俺从人类学滑头。

骑大象

排队长龙骑大象，象鼻倒卷解皮包。女娃惊叫求饶恕，全靠香蕉把祸抛。

金三角九三师异域博物馆

抗倭缅甸远征军，沦落难民数代存。两岸官方浑不管，毕生梦逐返家魂。

芭堤雅艺城看"三合一"表演

男女裸身演艺高，人妖难辨性征毫。雄鞭裰鼓雌飞弹，惊倒前排几座骚。

暹罗湾玩降落伞

快艇凌波吊伞飞，凭虚碧落御风威。老夫血压不偏高上，否则升仙乐不归。

月光岛沙滩

碧海蓝天印度洋，沙滩躺椅浴阳光。香蕉艇曳冲惊浪，回岸船翻落水狂。

其间，好多人都争着与人妖合影，但余臬夫妇都觉得这是变态，不愿参与其中。那个金三角难民博物馆，现在都还有不少难民住在极其简陋的木草棚房，大人没有正常工作，小孩不能受教育，日子过得非常艰辛，他们都是被抛弃的远征军第三四代人，大陆、台湾都不要他们，无国无家可归的难民，实在可怜！同游的人们为此感叹唏嘘，各自都为他们捐了点钱……

接着就到新加坡，在那里停留了一天一夜，在一个高坡公园中俯瞰香港电影明星们的别墅时，竟然意外地碰见了江南学院的小魏夫妇，异国遇故人，真是巧的很！他们聊了一会就各自随团分手了。

新加坡城没有什么名胜古迹可参观，因为它立国才几十年，是从马来西亚独立出来的。倒是马六甲海峡值得一看，因为它是沟通太平洋和印度洋的国际水道，是中韩日等国主要能源的运输通道，也是中国南北朝开始经唐宋元明历代与欧洲海上丝绸之路的必经之地。郑和下西洋就曾经过这里到印度洋，将部分华人留在北非和西亚繁衍至今；也是郑和奏请明成祖封苏门答腊落难王子为马六甲王国，才有后来的马来西亚。

此峡可与苏伊士运河和巴拿马运河比美，全长 1080 公里，最宽处 370 公里，最窄处 37 公里，属于新加坡、马来西亚、印尼三国共管。新加坡岛位于马来半岛南端，形如坐狮，故称"狮城"。余臬写了两首诗以记其事：

新加坡

四九邦龄不算长，无中生有起苍黄。中西谁是经纶手，峻法严刑怎抑扬？

（无中生有：新加坡无资源，但却有亚洲最大的炼油厂、宝石切割中心和深海鱼油等加工产业）

马六甲海峡

印尼王子马来王，永乐分封立国疆。西帝东倭接踵至，仍崇回教郑和航。

（郑和，云南回族人，明永乐时航海至此，回京后奏准成祖封马六甲王国，当地始信回教。后葡、荷、英、日先后入侵，殖民数百年，二战后独立。但却始终信奉郑和及其回教。）

在马来西亚游了三天，这里华人约占总人口三分之一。其历史悠久，二世纪就建立了奴隶制国家狼牙修，南北朝时期曾四次遣使到中国；6世纪吉打国脱离狼牙修独立；9——10世纪三佛齐取而代之；12世纪暹罗国（古泰国）统治了马来半岛北部；直到1405年在郑和奏请明成祖封苏门答腊王子拜里苏米刺为马六甲王国才成为封建制国家，打败了暹罗国两次进攻，逐渐统一了马来半岛，结束了长期分裂割据局面。共百余年传位八代，一直与中国友好密切。1511年以后，相继沦为葡萄牙、荷兰、英国殖民地，直到1957年才独立，1963年马来西亚联邦才正式成立，君主立宪制。余臬赋诗三首：

马来西亚二首

棕榈橡胶东革树，华侨印度马来人。九王轮坐君皇位，六百年来世袭宸。

（东革：东革阿里，与橡胶、棕榈合为马来西亚三大宝树。九王：马来人九个王轮流执政，世袭君主立宪）

不尚攻书普好商，服从习惯少阳刚。轿车房屋家家有，医病一元保小康。

（少阳刚：历次外敌入侵中多屈服殖民统治。门诊只需一元，医疗费用全由公费补助。）

皇家雪兰莪锡镴馆

锡镴手工精制品，琳琅满目艺超群。百三十载杨堃创，风靡全球令誉闻。

（杨堃，华侨商人）

云顶（海拔 1800 米）

吊缆空飞万壑悬，凌空直上绝峰巅。云蒸霞蔚疑仙境，厦立楼排欲破天。

娱乐赌场嚣达旦，电梯人浪漫无边。方知人往高趋理，不学川流地下穿。

雅梅喜欢吃热带的榴莲、红心火龙果，买了一些带着；余枭却不喜欢榴莲、芒果之类的味道。那位中年泰国女导游说中文十分风趣，每次停车时，她就吆喝："女士们先生们，赶快下车挤干你们的龙汤凤水，免得在车上憋坏了你们的宝贝器官喽！"她让大家都管她叫"郭媳"四川话这个"媳"字音是骂人的字眼，但她们泰国却是美称呢！

回国途中，余枭不小心患了感冒，随身带的药都吃完了还不退烧，幸亏同行的队友慷慨支援拿出感冒药给他服用，才通过了安检，否则就将被隔离回不了国，那麻烦就大了。

春节后，秀山县邀请旅游顾问去开讲座，这是合同上应尽的义务。余枭乘火车赴秀山，下榻宾馆。次日早饭后，旅游局安排小车送到县党校会议厅，余枭插上优盘中的 PPT 课件，开始了题为《秀山花灯及其转型升级》的讲座。

他首先分别阐述了川渝湘黔滇赣 6 省花灯的异同，探讨了花灯戏的起源，纠正了秀山花灯起于宋仁宗时的荒谬，在于混淆了花灯起源与花灯戏起源、花灯戏因素起源与花灯戏起源的两对概念，确证秀山花灯戏起源于清代中后期。然后分析了秀山花灯的优势和劣势，列举了全国剧团改革的经验案例，提出了秀山花灯转型升级的 8 条建议，受到与会者的热烈欢迎和认同。会后他就借此到秀山宋农土王庙、石堤、清溪、梅江三古镇和榕溪古乡调研，收获颇丰。

为纪念抗日战争胜利七十周年，《江南晚报》提前约稿，让余枭写一篇山城雄奇山川和抗日功勋的长诗。余枭经过酝酿构思，便写了一篇《两江山城颂》的七言歌行体，后来发表在《晚报》副刊上：

盘古开天山水绿，禹王涂后生巴蜀。仁人智者乐山川，故积山川天府蓄。巍巍喜马昆仑山，莽莽雪冰化百川。汹涌喧豗交二水，长江巴水汇渝关。渝关万仞号山城，虎视鹰瞵神鬼惊。二水环城为锁钥，山墙石柱顶天擎。六峡四山屏障护，九宫八卦金汤固。上游剑阁下夔门，山城中扼咽喉处。难攻易守古江州,巴国定都开古埠。山为铁骨水为魂,人杰地灵震古今。虎士襄周凌纣伍,蛇巴助汉定三秦。蔓子割头存国土,严颜拒跪允忠臣。王濬楼船渝港造,灭吴水健齐呼啸;蒙古旋风卷亚欧,折鞭上帝中飞炮。大夏国王重庆称,狼烟横扫定乾坤;巴渝明代十兵部,马革裹尸立伟勋。石柱擎天女总兵,援辽万里抖长缨;西蜀解围平叛乱,渝城斩贼靖妖氛。邹容年少擎云志,华夏雷霆惊大地,《革命军》吹辛亥飚,共和民主废皇帝。火城星火势燎原,红色风云卷巨澜。伟人叱咤神州醒,杨闇公同赵世炎;刘聂元戎帷幄运,红旗滚浪半边天。历史名城传统厚,军魂浩气贯天渊。卢沟炮火惊天下,血雨腥风卷华夏。金瓯破碎仗陪都,倭寇轮番狂滥炸。砖头瓦片血肉飞,火海硝烟瓦砾堆。何处难民荒野宿?谁家妇孺哭丧悲?英雄城市牟天罡,何惧枪林弹雨狂;烈火金刚经烤炼,威名远播大西洋。山撑铁骨川流血,铁骨铮铮何节烈;骨碎血干肉可摧,精魂毅魄难消灭!倭寇投降内战宣,山城雾网犬狼癫。铁窗烈士屠刀难,血染红岩化杜鹃。歌乐冲冠风怒吼,嘉陵溢泪悲歌久。北京礼炮太阳升,重庆红旗街巷走。太白休吟蜀道难,涪翁莫叹鬼门关。星移斗转沧桑变,重庆腾飞刮目看。神女惊呼眉眼笑,平湖高峡亮奇观!高速三环通八射,巨轮九港四洋牵。丝绸新路亚欧挽,万国商机齐聚趋。满天星斗落两江,新区璀璨明珠闪。五区定位统城乡,百业乘风破浪航。试看山城圆梦日,朝天奏凯更辉煌。

初夏,巫溪县举办巫文化节表演活动,邀请余臬、师大旅游学院罗院长等人参加,余臬就坐罗院长的小车一同赴巫溪,观赏了巫文化歌舞表演,开了讨论会,提出建设性意见,然后又组织参观了荆竹坝、岩棺、淋宫、灵巫洞、蔡伦纸厂遗址等处,最后还参与了漂流活动。余臬写了6首诗,合为《巫溪行》:

巫溪晨起二首

鸟催倦客推窗快,咫尺青屏扑面来。疑是巫咸施幻术,依稀昨夜梦神台。

四面青山立画呈,宁河两岸耸山城。人沿栈道河边走,车驾山腰树杪行。

剪刀峰

初疑盘古开天漕,倒插剪刀刺青霄。专剪雨丝云片落,滋润巫溪江山娇。导游摇头笑开口，历史传统永不朽。王莽追杀绿林军，刘秀败北落荒走。瞄准刘秀正拉弓，霹雳一声震天轰。天昏地暗雷电击，不见刘秀见双峰。原来织女听弓响，猛见光武遭落网。情急智生抛剪刀，化作双峰把箭挡。刘秀脱险逃沟底，八哥大叫"铧沟里"。群鸦鼓噪哇哇声，莽以不祥挥军止。光武登基赏功勋，白玉项圈赐鸦群。从此乌鸦白毛颈，黑白分明警世人。八哥助纣本该诛，割去舌头戒慎语。多嘴遭祸心胆寒，从此学舌效鹦鹉。我闻此说心悠悠，默然渐悟哲理稠。大宁河畔凝伫久，河水无语向东流。

游淋宫与灵巫洞

大宁河上两高峰，索道悬空一线通。两峰峭壁灵巫洞，东峰陡崖石淋宫。直上电梯入宫里，仙风仙气飘然起。幻境奇观弥眼生，神工鬼斧羞难匹。观音送子坐莲台，孔雀开屏惊八垓。瑶池王母流苏幔，醉酒龙王水晶阶。定海神针蠹天地，龙须凤尾翡翠饰。珊瑚玛瑙珍珠奇，罗汉仙女妖魔异。金宫银殿喷龙泉，玉户琼栏鸣凤轩。通幽曲径洞中洞，迷离幻境天外天。伟哉造化钟灵秀，淋宫钟乳叹奇观。难怪十巫降对岸，齐聚洞天号桃园。桃园又称灵巫洞，索道助我来圆梦。百仞悬崖半山中，十巫雕像赫然供。神巫之首曰巫咸，主筮神农与轩辕。制盐行医通百药，帝尧封之降灵山。巫彭神医炼丹古，八百高寿童颜辅。巫朌巫真与巫罗，巴族七姓三先祖。炎帝季女名瑶姬，未嫁夭亡葬巫溪。人称巫姑即神女，行云布雨化灵芝。楚王一缕高唐梦，骚人百代阳台诗。灵河灵山灵巫洞，巴族巴国巴人奉。巫巴文化五千年，源头摇篮堪歌颂。巫山源头在巫溪，楚郡秦县同有司。巫溪盐泉古之最，巫教丹砂肇于斯。君不见宁河栈道千余里，排排壁孔未断止。巫巴人类欲寻根，发掘奥秘从此始。夕阳催我速下山，峭壁悬崖临深渊。旱地雪橇单人驾，惊险不亚鬼门关。穿梭飞箭不畏险，只缘灵巫在心间。

荆竹坝怀古

上溯宁河古气敦，汉风神谷觅惊魂。岸龛濮族岩棺葬，竹坝蔡伦纸厂存。

遥想惊天崖吊力，漫嗟动地水车蹲。峡江神秘销凝处，滚滚心潮逐浪奔。

飘流大宁河

心花怒放水花扬，谷浪频颠恶浪狂。最是飞湍惊险处，英雄救美莫相忘。

从巫溪回到学校家中，江北区铁山坪风景区来电话，邀请余梟为他们撰写《铜锣峡赋》，来车接去采风。雅梅因为长途坐车晕车，所以没有去巫溪，而铁山坪在主城区内较近，她又没有去过，所以夫妇二人就一起前往采风，顺便调研。说到调研，雅梅也帮余梟的课题出了不少力，记录、整理资料，有时也帮打字，所以她也是课题组成员。

铁山坪已经是 4A 级风景区，近年来增加了很多花卉园，又修了登山步道、环山小路，双休日节假日游人如织，新婚夫妇常来这里拍婚纱照。江北要打造五 A 级景点，向马来西亚云顶、瑞士铁力士雪山比高低，而这两处都在乡村，铁山坪却在都市之中，因而更有特色。铜锣峡则是长江水路进入江城的门户和咽喉，历代兵家必争之地。

上午游完铁山坪铜锣峡等所有景点，他们招待吃完午饭，下午就座谈，从中了解到江北历代水路交通驿站送塘报等情况，余梟又索借了江北县志、厅志作为参考。直到太阳落山才坐车回家。经过消化资料，酝酿了十几天，就写出了《铜锣峡赋》初稿，又反复修改数遍，发给对方。

铜锣峡赋

昔大禹导川，劈山横断；万流争涌，一峡贯穿。圆石滚崖，状如鼓转；雷涛声震，酷似锣喧。故以铜锣名峡，于兹世代相传。怪石鹰瞵虎视，双峰雄峙摩天；夹岸猿啼瀑吼，二沱锁口扼端。壮哉奇峡，巍也雄关！

夫长江水道，铜峡必经；咽喉险隘，将帅必争。故巴子设关以报警，赵云扎寨而演兵。王濬造楼船，养孤而训水遁；赵遹狙蒙古，扼峡以退敌樱。明玉珍攻重庆，峡战而擒参政；廖永忠破铜峡，受降而俘明升；张献忠欲夺峡，叹天堑而退兵。倭飘东起，国府西撑。粤邕江造炮厂，迁峡藏以继盛；唐家沱造船滨，扩规模而扬旌。抗战军工甚伟，炮船彪炳称京。

今河清人寿，物阜民康。高峡平湖浩瀚，长江经济走廊。开放之渝城门户，贯穿而达海通江。两山舒畅，万舶竞航。登高凌顶，望大江滚浪；沐泉幽谷，追时尚纳凉。两江绿岛，养生舒爽；仁山智水，逸兴飞扬。两千年铜峡史，新世纪感沧桑。江峡峭岩无语，淘沙大浪悠长。

诗曰：高江急峡铜锣响，怪石雄关证兴亡。斗转星移天地变，倾江泼墨写辉煌。

6月下旬，余臬儿子宇翔在广州买了新房，邀请父母去广州住几天，正好儿子夫妇也休假，便一起同游肇庆府。这儿旅游搞得不错，湖光山色醉人心脾；名胜古迹流连忘返。余臬诗兴勃发，写了《广东肇庆游五首》：

端州鼎湖庆云寺

端溪石砚古今闻，问鼎参禅拜庆云。莫怨崎岖多块垒，墨香扑面漫胸薰。

七星岩

何时北斗降湖胸，错落参差化七峰？难怪漓江西子妒，瑶池蓬岛避争锋。

千年诗岩

星湖水挈端溪砚，骚客名流接踵来。笔走龙蛇光彩焕，满山文气沁心开。

（有唐李邕、李绅、宋包拯、明俞大猷及现代朱德、叶剑英等数十人题刻）

星湖喷泉

繁星落浒喷泉冒，刹那琼林化玉山。一柱冲霄千仞灭，升沉足醒世痴顽。

端溪戏水

端溪夹岸聚幽篁，鹅石清流沁骨凉。青壮孩童忙下水，濯缨浸足尽沧浪。

7月中旬盛暑到了，余臬和雅梅就赴成都避暑，住在新元绿洲的斗室。晴天就坐公交出游成都远郊古镇或近处景区，雨天就猫在斗室阳台上吟诗作赋（合川区瑞山中学、彭水县交通局等单位，都在暑假前邀请写赋），共写了8首诗：

郫县望丛祠吊望帝陵

不甘禅让尚知惭，魂化杜鹃亦不堪。此后王权谁肯让？病夫治国作笑谈。

吊丛帝陵

浮尸逆水忽还魂，治水丰功盖主尊。可惜儿孙难守业，膏腴天府让秦吞。

三伏游成都植物园

暑觅清凉景，锦郊植物园。林海无边际，古木竞参天。柯蟠林荫道，蝉鸣高树颠。车犬门规禁，人行洁净安。纵横宽窄道，木石铺其间。兰桂茶樱菊，栾樟松柏杉。桐槐杨竹柳，桃李橘橙柑。每类连成片，百花四季妍。三伏花开少，偶观红粉悬。三角梅正灿，美人蕉已篇。山林惜水少，几处小塘湾。圆荷滚宿露，残卉高擎莲。游人争拍照，物寡贵稀罕。仁山少智水，不得尽情酣。况复炎蒸暑，无水兴阑珊。草坪铺绿毯，婚纱曳白烟。何惧骄阳疟，新娘正拿班。昨夜大雷雨，今朝空气鲜。野梨满地烂，扑鼻味甜酸。纨绔谁家子，葡萄大串捐。暴殄天物惯，乞丐拾无缘。曲径通幽处，草亭笼霭岚。入亭岚不见，顿悟味诗禅。可望不能及，色空意缠绵。蓦听子规唤，夕阳已下山。立返奔车站，思绪逐车喧。

逛花乡波折

酷暑告退转清凉，友朋邀约逛花乡。闻说芙蓉城景好，姑苏园林并颉颃。四A景区吊胃口，网上吹嘘时已久。驱车直抵芙蓉城，门口保安拦阻守。云是高端住宅区，早年火爆旅游诱。顿悟个中受骗因，景点羊头房产狗。

驱车转向赴温江，玫瑰谷里补寻芳。进门眼顿生光亮，千亩玫瑰扑鼻香。五颜六色竞争艳，黄白赤橙夺目光。红粉皲衣娇欲滴，多情顾盼哇成行。游人意荡狂心切，好似游蜂和浪蝶。眼球紧盯采天香，不料浑身遭刺血。玫瑰虽美刺锋芒，不似群芳柔服贴。可赏焉能占有之，贞操冰雪尤刚烈。清水芙蓉不染污，带刺玫瑰自保姝。爱花君子持分寸，审美距离勿忽疏。

同行凝伫思量久，蓦地天昏雷震吼。山雨欲来风满楼，上车立马回家走。

兴元绿洲蜗居三首

四壁高楼拔地争，居中绿树水桥横。尤欣户外林坪阔，散步晨昏买菜行。

唯嫌摩托狗儿多，拥挤路途费琢磨。摩托嘟嘟狗遗屎，可怜静院闹脏窝。

三伏高温水电停，家家咒骂透窗局。收钱物管能催命，此刻装聋闭户听。

大雷雨抒怀

雷鸣电闪裂天开，卷地天风海雨来。横扫炎蒸三伏热，润滋干渴万民灾。

阴阳燮理纠偏激，水旱平衡正庚裁。乾道人和同法则，贪饕魍魉报丧哀。

此外还完成了《合川瑞山中学赋》和《彭水交通赋》：

合川瑞山中学赋

城合三川，校傍两山。庠序依山叠建，重楼凌顶摩天。三千年古邑，俯收弥眼；八百载黉宫，源长流远。宋肇养心书馆，奉濂溪以纪念；清替瑞山义学，尊孔子为祖源。两名书院，终曰瑞山。光绪卅载，小学新名悬匾；民国丁卯，作孚资助接盘。首膺校长，革新观念；广纳名师，垂范杏坛。甲申升格中庠，解放改弦公办；已丑创升市重，喜迎新肇发端。悠悠校史，渊源深远；赫赫周、卢，薪火承传。

原夫庠运，"诚"字为魂。"诚为天道"，孟轲所论；"五常之本"，周子有云。"作孚"二字，义为诚信；观其实践，名符实真。"忠实做事，诚恳对人"。平凡遗训，孕大涵深：诚实忠信，树人之本；欺虚奸诈，祸国之根。惟有求真求实，方能济国济民。故百代传统，似江流浸润；一"诚"贯道，如圭臬遵循。历沧桑以风雨，润桃李愈芳芬。

大道惟诚，教改举旌。正风气顺，制度先行。循循善诱，汩汩通灵。倡教风以厚师德，爱学子如育亲婴。青蓝携手，懿范传灯。外援内引，联袂共赢。芝兰九畹，不负园丁．高考登科重本，十年六倍递增。桃李九州遍布，栋梁四海令名：清华博导，奥运雄鹰，居官政要，董企大亨，专家教授，画手歌星。瑞中校友，彪炳汗青。

鹍飚怒吼，振翮远谋。辟新址以壮大，拓半壁而分流。开来继往，再上层楼。创神州名校，精神抖擞；圆中华美梦，瑞魂长留。

彭水交通赋

黔州彭水，绍庆中枢。郡道府州之治，武陵蛮夷之区。摩围、七曜，万仞高山险阻；郁水、乌江，九滩急峡险途。鹤飞难度，猿越愁图。庞统有溺儿之痛，长孙惧流放之虞。虽有盐丹之利，全凭水道运输。递水行舟，血泪纤夫何苦；羊肠小道，跋山涉水崎岖。蜗牛运载，百里短途背负；百姓艰辛，千年险恶尤殊。故涪翁贬此，有"鬼门关"之愁喻；而太白赋诗，发"蜀道难"之惊呼。清末民初，捐资疏浚彭涪；建国之初，拓江劈岸治乌。亦仅贯通航道，修建港坞；至于陆行公路，苦无通衢。

改革春雷，石破天惊。老少边穷脱困，唯交通引领；穿山越岭跨江，必桥隧先行。鲲飚起，伟略兴，大手笔，大工程。改天换地，戴月披星。江桥飞架，天堑连横；炸山通隧，快道连城。两小时彭水，八百里车鸣。渝怀铁路通车，渝湘高速建成。重庆当天往返，粤湘万里驰骋。务、丰、武、石、酉、秀、黔、彭，县际高速连网，村乡公路纬经。肇创乌江电站，通航供电提升。渝东南水陆联运，彭水支撑；水铁公立体交通，已具雏形。

于兹经济腾飞，强县富民。农林牧副，土产山珍，出关出省，经贸焕新。生产加工鹊起，页岩电矿升温。旅游开发，佳景撩人。摩围山雄峻，乌江水销魂。阿依河秀美，蚩尤城惊心。如画山明水秀，如诗苗寨风淳。并深闺秘养，初露青春；一朝开放，遐迩令闻。水陆四通八达，嘉宾商旅如云。林海高山酒店，碧江画廊水滨。仁山智水，古刹丛林。郁山镇古盐厂，巴寨妇丹砂坑，长孙无忌墓，山谷诗书亭，苗王古义冢，喋血燕双鹰。交通开放，名胜景区兴盛；寻幽访古，文渊吸眼夺睛。飙升旅游产业，交通充任引擎。虹桥跨壑，山野车声，上学山川无碍，就医急救便灵。公干出差开会，打工归里访朋，千里驱车便捷，万家举重若轻。运载厥功甚伟，交通光耀汗青。

诗曰：千年蛮夷崎岖地，八达通衢水陆关。试看梦圆彭水县，必将日月换新天。

成都避暑一个月回家，已是9月上旬，应市中区长江索道公司邀请写赋采风，这索道原是沟通南岸与市中区职工上下班的交通工具，而今创新成为火爆的旅游景区，余桌为此逸兴飞扬，只用一周时间就写完并修改数遍，发给对方《长江索道赋》：

两江环堑，叠邑依山。山城重庆，水国云间。昔江浒入城，登云梯而气喘；城郊往返，摇双桨以渡船。欲行江北，朝天嘴朝天浩叹；盼回南岸，望龙门望眼欲穿。

长江索道，应运肇兴。长安寺起，龙门浩停。跨江瞬间空渡，连天万众飞行。上下班便捷，洪雨雾照乘。省时高效，鼓翼鹏程。市民欢畅，索道飞鹰！万里长江，第一空廊彪炳；千秋伟索，双轮文物传承。及桥都崛起，索道冷清。转型兴旅业，蝶变冀新生。修设备，更技能，升服务，促销赢。昼凌空旅，夜俯瞰灯。鹊桥派对，索道放筝。首战大捷，客量剧增。《北京纽约》，《日照重庆》，红雷巩俐，黄渤范冰，络绎影屏外景，索牵大腕明星。

恍飞仙渡银汉，觉羽化穿云衢：双虹卧水，百舸争趋；遥思黄葛晚渡，回味海棠烟雨；龙门浩月流波，摇荡龙宫琼宇。南岸外滩，银花火树；彩虹布阵，灯影扶疏。必将逸兴遄飞，诗情喷吐：山城靓景，风韵特殊！

诗曰：名牌逐梦翔，展望起苍黄。市旅充前站，环球美誉扬。

然后，开始铺陈研究主城九区核心文化的相关材料，研究提炼每个区的核心文化，因为江北区与渝北区历来同是江北厅、江北县，后来分开时间很短，九龙坡和大渡口两区也是如此，所以就分别将它们合并为两个板块一起提炼。花了近两个月时间，终于完成了主城各区的核心文化研究。然后又着手离主城区较近的长寿区及渝西区县的材料研究。

从11月开始至年底，先后为两江中学、复旦中学、城投集团、江津中学等单位写赋，其中为城投集团写的《中国桥都赋》，因为主城区的几十座大桥都是他们所建：

何谓桥梁？空中津渡：山水悬空之路，人车离地之途。通天拔地之举，文明递进之需。倘无桥隧，人类群居，高速火车瘫痪，物流客运停输。虽地球照转，而生存堪虞。桥梁之伟，宁不大乎？

夫世界桥梁，远古肇端：跳墩之汀步，独木之横川，天生桥石，中外同然。然人工建造，唯华夏空前：殷商一拱钜桥，石梁首见；罗马千年后堑，石拱始盘。昔姬昌娶渭岸，肇浮桥百丈鍊；比波斯大流士，早同类六百年。李冰都江堰，悬竹索曰安澜；樊哙铁索桥，自汉中通关陕。千年而后，外国始传。宋伸臂木梁，隋赵州石肩，均早欧洲同类，明标桥史渊源。福建万安，跨海奇幻；潮州广济，开合巧连。五十三孔宝带，姑苏独占；八十九座廊桥，悉在庆元。金水桥雕刻精湛；卢沟桥青史名刊。盖近代以前，吾国诸桥垂范；仅道光之后，列强桥隧前探。洋务交通发展；九州次第漫延。改革狂飙，醒狮呐喊；神州崛起，破浪扬帆。崭露桥梁头角，震惊环宇坤乾。

吾四川盆地，巴国雄藩。喜马拉运动，喀斯特变迁。长江千里纵贯，支流数百纷繁。奇峡千寻深谷，惊涛万丈险滩。鸟难飞渡，猿畏跳攀。太白蜀道难惊呼，涪翁鬼门关慨叹。峭壁峡江栈道，山城野渡木船。千载临江兴叹，万人桥眼望穿。

改革春雷，直辖鹏骞。上游经济中心，求交通剧变；三峡库区城镇，需高速串联。主城区县，城投集团，宏规伟划，快马加鞭。全市桥梁超万，主城卅座桥悬。三环八射，城乡统筹试点；一圈三翼，惊飙地覆天翻。火车轻轨，线线穿山越涧；桥梁隧道，座座配套贯牵。立交桥棋布，缆车道登山。东西部枢纽圈，渝新欧始发站。故重庆桥梁，数量神州冠冕；技术水平，全球跨径顶尖：朝天、石板，东水、菜园，千厮、鱼洞，巫山、万县。斜、悬、梁、拱，诸种类型全善；雄、奇、峻、秀，造形多彩美观。桁梁装架，钢箱提篮，多箱隔室，桁续系杆，索梁锚固，缆索吊攒，均创新技术，破天下疑难。获国市金杯示范，詹天佑奖累颁。茅以升桥梁委，零五年评选；津沪宁杭渝汉，六大市争先。五比三赢取胜，桥都舍我谁堪？喜我山城重庆，荣膺中国桥冠。

渝人敢闯攻艰，激情奔放欲燃。桥梁提速，技巧超凡。翻模结合爬模，月灌桥身五段；挂篮技术创新，灌浆节段七天。戴月披星鏖战，宵衣旰食弥坚。不畏艰难困苦，敢迎风雨暑寒。同日多桥破土，同期工竣车填。造福山乡致富，蝉联经济翻番。一桥飞架，上学就医方便；多口立交，分流层路盘旋。流通客货，陆海空集散；出国出关，人车路平安。万民景仰，设计施工奉献；百世丰功，汗青彪炳凌烟。巴渝大手笔，蝶变大西南。壮哉，桥都光灿；伟哉，重庆新颜！

圣诞节晚上，几位年轻朋友约余臬老师到江边茶楼喝茶，问他为何年逾古稀，精神如此矍铄，到处作赋写诗？余臬即兴填了一首《江城子·狂夫自道》词作答：

　　悬车老叟少年狂。越山梁，涉河央。千仞悬崖，溜道下滑岗。敢坐飞檐斜壁驾，冲险浪，不惊惶。　　旅游顾问走殊方。履风霜，广胸藏。奇情壮景，一路赋诗忙。尤爱广场音乐起，鸾凤舞，逸兴扬。

第五章　超龄顾问

　　自 2007 年市政府聘余臬做旅游高级顾问，那时尚未退休；从 2009 年 1 月退休后，至今已经 73 岁了，还在继续当顾问。朋友们说："你应该好好颐养天年了，何苦还在劳碌奔波呀？"他总是回答："这叫超期服役，发挥点余热，免得老年痴呆嘛。"其实，他还有《区县核心文化的课题》没有完成，他之所以到处写赋，有求必应，也正是想借采风的机会搜集课题调研的资料，一举两得。

　　这不，刚过大年不久，梁平县又邀请他去参加评审乡村民俗旅游的一个规划，先让评委们参观了双桂堂，百里竹海、东山国家森林公园等处景区。余臬方知：东山原名南华山、高梁山，传说庄子曾在此隐居得名。山中有菩萨顶、破山堂、净水寺，皆为佛门隐居修道之所；百里竹海有观音洞，七棵三人合抱的巨大古松，传为"竹林七贤"所化。

　　余臬记得《梁山县志》记载全县有山寨 2 百多座，大都是为避明末清初战乱和嘉庆道光间躲避白莲教修建的；加上梁平竹帘、木板年画、梁山灯戏等非遗文化都很著名；又出了著名易学家来知德、破山禅师、怪杰竹禅、种菊轩主方炳南，全都是高人隐士；而"梁平"这个名称，就与高梁山和平坦的田园相关……这一切印象，在余臬的脑海中逐渐形成了一个概念："山水田园隐逸文化"，就是梁平县的核心文化。

　　他在参观百里竹海时，触景生情，觉得"竹"是龙的化身，故嫩竹、竹笋被称为龙子龙孙；竹又是西南夜郎、仡佬、苗、彝等少数民族的图腾崇拜象征；还是历代士大夫用以象征虚怀若谷、高风亮节的君子懿范……想到这些，他开始构思，到晚上，就写了一首《六州歌头·咏竹》的慢词：

　　仓箿远祖，龙种衍儿孙。壶仙侣，长房蕎，葛陂津，化龙奔。竹破苗彝现，临水岸，依山涧，篁海瀚，江南漫，笋青云。亮节中空，坦荡胸怀静，彩凤来屯。任风霜炎雨，常绿永青春。挺直坚贞，万年尊。　　令文同绘，东坡醉，屏山记，乐天文。元干谱，明王級，板桥筠，艺文殷。秾阮竹林聚，青莲辈，竹溪吟。苏武节，常山舌，岳王魂。更有严颜烈，文山血，史公沉。问千秋正气，硕德润群伦，竟靠谁勋？

上片写竹的神话传说及其虚怀若谷、坚贞长青的性格。《周易·说卦》说震卦云："震为雷……为苍筤竹"；晋代葛洪《神仙传》说费长房得壶公所赠竹杖骑着回家，竹杖在葛陂化龙的故事；《后汉书·南蛮西南夷传》又载夜郎王是从水中漂的三节竹中出生的，故今彝、苗、仡佬等族都奉竹为图腾崇拜。下片写历代诗书画家都歌颂竹的君子节操，并以喻英雄烈士的浩然正气；其中自然也包括了余臬自身的寄托。故他在评审项目的发言中，朗读了此词，并对梁平百里竹海的文化包装提了不少建议。

四月，合川区分管旅游的张副区长，让成均大学旅游学院王院长为他们作旅游行动计划，其中文化梳理策划部分，点名让余臬顾问主笔。并在他的行动计划之外，专门拨款 8 万为余臬的子项目经费，准备从渠江沿江岸修一条旅游滨江步道专线，直到涞滩二佛寺，共 50 公里。将合川所有的历史文化、山水文化、风俗文化、红色文化等集中展示在滨江路长廊上。

余臬根据这个指示精神，结合前几年在合川三个民营院校上课时的多次零星调研和几个单位写赋的实地考察采风，又广泛参考了《华阳国志》、明清至民国所修的 5 种《合川县志》、合川政协编的《合川文史资料精选》数本、《合川胜概》、自己编撰的《巴渝神话传说》以及网上搜集的相关资料，用一个多月时间，将体例分为"名人"、"名地"、"名事"三部分，力图将合川主要旅游文化基本囊括。

其中"名人"又分为"合川籍名人"和"寓居合川名人"两部分，共 80 多人，将历代为这些名人写的赞诗和精彩故事分别附录在相关"名人"传记之后；"名地"主要选择有游旅价值的山川峡洞、寺庙道观、文物古迹等类，共 29 处，历代咏诗和故事也附录在相关"名地"介绍之后；"名事"选择有旅游景点价值而又富于传奇趣味性的故事，共 35 则，而这些故事又不与"名人"、"名地"两项中已经分别附录的故事（24 则）重复，故总计故事 59 则。

"名人"、"名地"中某人某地的故事、后人歌颂的诗文，均在各条人名、地名后附录，使某人某地的故事、诗文相对集中，便于分别打造各个景区景点的文化策划展示更方便利用；而又不妨碍渠江 50 公里步道文化长廊的选择使用。例如名人邹智传记后就附录了后人歌颂他的 10 首诗；卢作孚传纪后，就附录他的精彩故事 7 则；'名地"钓鱼山"，整体介绍后，也附录历代写钓鱼城的诗词 30 多首，既有利于钓鱼山景区的策划利用，也可在 50 公里渠江步道长廊将钓鱼山的诗文、故事，像连环画似的集中展示在一段长廊中，从而避免散乱。

此外，他还提出了滨江文化长廊展示设计的 5 点建议：

1、以每个人物、每个景点、每个故事为单位，单位之间要有一定空缺距离，不能 50 公里无空缺连接展示，避免审美疲劳；二是人物、景点、故事要图文并茂，人物、故事可用雕塑、绘画或浮雕，景点可用照片；要文字与图画或照片交错，不能连片都是文字或连片都是图画照片。文字较长，可适当精简，但又不能削弱生动细节；涂料要能防雨、防晒不掉颜色。

2、特别重要的名人、名地，如王坚、张珏、王立、邹智、张森楷、卢作孚等名人；如钓鱼山、铜梁山、龙多山、沥鼻峡、涞滩二佛寺等名地，应与其他名人名地有所区别，可否用现代声光电动感艺术手段突出展示，使游客在品味审美中，能动静结合，调节感官情绪的的缓急节奏，效果更佳。

3、沿途还须配置田园风光、工业园区、亲水垂钓、座椅小憩等辅助浓缩型设施，以便多元化选择。

4、将 70 多位"名人"抽出来在合川城内建一个合川名人展览馆或名人广场。

5、将所有附录的 180 多首诗词集中起来，再加以补充完善（与旅游无关的个人抒情或赠答等诗此次未收录，文、赋太长亦未收录），修建一个"合川诗城"展示，也可将现存的江边飞檐翘角那栋大亭阁利用起来（现在空置没用），或加改造扩大，将历代合川诗词分楼层展示，可与书法结合。

张副区长看完后，当面赞扬了对这种体例梳理、条理非常清晰，又很方便操作，文字简练而又详尽，不愧是文史研究高手。他在嘉陵江边趸船上鱼馆请余臬和王院长吃江鱼，一面吩咐旅游局长按此意见尽快拿出具体实施策划的方案。

余臬从这这次为合川文化梳理综述中，提练出合川的核心文化定位：三江交汇的和谐文化。因为历代此地名称：垫江县、东宕渠郡、涪州、合州、合川，都是以其地江河流域特征命名的，而从《老子》"上善若水，水善利万物而不争……"的论述，以及《荀子·宥坐》载孔子答子贡问水的赞美，说明儒、道两家均以水比君子之德，而合州合川的"合"字，有收合、融合、聚合、交战（《孙子兵法》称交战曰合）等含义，故其地名就含有和谐之意；三江交汇联通聚集融合了陕甘川三省文化而构成和谐；众多名山与三江构成山水自然的和谐；钓鱼城 36 年的攻防战构成了军事和谐；众多寺庙和摩崖造像宣扬泯灭仇怨，禁戒杀生，安分守已，扬善惩恶，也是有助于社会和谐；还有许多名人则是地灵与人杰的和谐……

5 月中旬，铜梁文化局、旅游局，邀请余皋去给他们讲旅游文化讲座，余皋准备了一周，做好课件，为铜梁作了题为《铜梁核心文化与旅游》，他初步定位铜梁核心文化为："五名文化"：名山：巴岳山、毓青山、六赢山等。名镇：安居古镇 1500 多年，县治 247 年；巴川名镇获全国人居环境范例城市奖，建设部命名为全国首批 10 个国家园林县城。名教：铜梁的教育古今著名，百姓自发捐助办的书院、义学最多，宋元明清四朝考中进士80 多人，在重庆仅次于巴县，冠甲渝西。名人：古今名人 30 多人，不少是全国知名的如兵部尚书、嘉靖五子之一的张佳胤，工部尚书李养德，福建巡抚王恕、刑部侍郎、著名诗人王汝璧，中将参谋长、革命烈士陈达三，著名音乐家刘雪庵，志愿军一级英雄、烈士邱少云等等。名艺："中国民间艺术之乡"，"中华第一龙——铜梁龙"，首批国家级"非遗"，国内外闻名。

他提出以下四点建议：1、巴岳山虽有基础，但要升为名山品牌，应修复玄天观，重点恢复道教音乐。铜梁福果乡民间礼仪音乐：是巴蜀正一派中邱祖派的嫡传正宗，远溯起于晚唐五代青城山道教大师杜光庭（唐僖宗封蔡国公，王衍封真馆大学士）《道门科范大全》广成南韵，金元全真派工尺谱结合广成南韵为主的正一派音乐；近溯则源于清雍正元年邱祖派第 6 代传人亢朝向（真灵）——1981 年第 12 代传人亢鹏（阳开）"一唱四赞""八腔八调"及部分单支曲牌，吸收民歌山歌、戏曲等音乐元素，促成道乐地方化特色。

1986 年我市民族民间音乐集成办公室在全市普查了 16 区县 82 个乡镇，采集到民间器乐曲 2900 余首，其中道教音乐选录了铜梁福果道乐唱腔31 首、锣鼓乐 9 首进行录音、录像、整理、记谱，并撰写了论文多次参加国际宗教音乐研讨会。而今全国很少能听到正宗道教音乐，道教发源地巴蜀几成绝响。而铜梁恢复这一绝响最有条件，如能在玄天观演奏道乐，巴岳山的名声大噪将不可估量。可惜铜梁文化局因多次换了领导，而今竟然对此多感陌生，余杲建议迅速申报市级、国家级非遗保护项目。

2、毓青山的建议：一是将盛夏才27度的窝沱竹海打造避暑乐园；二是重点打造乡村旅游：拜佛修心，药材基地，花果林场，但须提升文化品位。如配以诗词、楹联、故事传说包装。并提供了历代各种花卉的诗词，让他们制成诗牌分类竖立在各类花卉园中。

3、巴川名镇的建议：现在很多地方都兴拜文庙，而我们主城区却无文庙。铜梁恢复文庙，倡导中考高考前后家长、学生参拜文庙，弘扬尊孔祭孔文化传统，使之蔚成新风。

4、关于书院和名人的建议：铜梁历代书院很多，多是民间主动聚资赞助修建的，要发扬这个传统，选择一所最好的书院开办起来。台湾有一个践行派，强烈呼吁大学中的文科统统取消，交给书院、私塾来办；大陆也有不少挂靠在大学的书院或私塾，我市一所都没有。铜梁有这个优良传统，何不抢占先机？铜梁名人在渝西名列前茅，与历代教育突出有关，应连同历代进士名录，建立铜梁名人馆，陈列其事迹、著作、诗画作品及相关遗物，并择其最著者姓名命名街道，以激励后人，增强城市文化氛围。

余杲曾多次来铜梁参加过旅游的研讨会、评审会，又正在研究渝西各区县核心文化，所以对铜梁的旅游文化资源非常熟悉，他的建议也正击中其薄弱环节，给在场的文旅干部们振聋发聩的感觉，他们以热烈的掌声表达了内心的认同。

余杲回家后数日，接到了河南嵩山打来的长途电话，原来是90年代毕业的江院学生赵强海："20年没有见面了，老师居然还能记得我的名字！老师当年上课时那种出口成章，旁征博引，信手拈来，绘声绘色的讲演才能，音容笑貌，我至今都记得，印象太深了！"

余杲问："这些年你肯定事业有成，现在在做什么工作呀？"他说："开始到深圳打工，后来在商界创业，现在又回老家河南搞教育。我为郑州大学创办了一所私塾，在嵩山与嵩阳书院比邻，我打电话就是想请老师来我们这里讲学，不知可有时间？"余杲问："好啊！就不知你要我讲什么内容呀？"

他说："老师精通古典诗词，最拿手，你在中州古籍出版社出版的《诗词曲艺术通论》专著，我都仔细阅读过，真是博大精深，就讲这个如何？"余杲说："那是2000年出版的，没想到你还读过，太好了！要我讲多长时间呢？"他说："上午讲半天，下午就现场批改学生习作诗词，你不是经常给我们强调要学以致用嘛，你觉得这样安排如何？"

余臬说："这样安排很好，但你想要我讲的主题是什么呢？"他说："我初步想了一下：可否就叫《诗学、鉴赏、创作》，又有诗学理论，又有作品鉴赏，还有写诗入门，名称就体现了理论与实践相结合，你觉得怎么样？"余臬说："正合我意，就这么定了。打算在什么时间？"他问："老师会做课件吗？"余臬说："没问题，本来就有自作的现成课件，但那是针对在校大学生或研究生的一门课程，作为三小时的讲座还得精心提炼。对啦，我必须知道听课的人都是什么层次，才好对症下药呀！"

他笑道："老师真是教育家的眼光啊！一般人很少注意这种换位思维。我们听课的都是成年人，有机关干部，河南省委宣传部部长，文化厅长也经常来听，有时央视的记者和栏目主持人也来，甚至中宣部的高官也都来过。还有企业喜欢古典诗词的老总、白领高管，文化企业的管理人员，等等。我们每次都要提前在网上发出讲座海报，简介主讲人和讲座内容。供听众选择。"

余臬说："哇！那我还真得认真准备课件，不可掉以轻心啰！"他说："一周时间够不够？"余臬说："够了，到时我先把课件发给你，你再根据实际情况，提出修改意见反馈给我再做修改，如何？"他说："老师认真谦虚，不过这样最好，因为我了解这些人的胃口，修改也是为了针对性更强。那就等我收到课件后，再打电话约定帮你网上订机票时间，我把 QQ 信箱发给你，你再把身份证号发给我。还有，听说你已经出版了创作集、鉴赏集，还有剩的没有？如有，就请各自提前寄来 40 本，我另付给你书款。"余臬说："有，我明天就把书用印书品打包寄去！"双方道了声"好，再见！"

次日，余臬就用手推车把 80 本书和 1 本论文集到邮局寄出，一周后又发去课件，强海看后非常满意，说书也收到了。就帮预订了机票，发信息给余臬航班号、起飞时间等。余臬准备停当，就提前坐轻轨到机场自动取票处取到机票，进入候机室。

一个多小时就飞到郑州机场，赵强海早就在机场出口大声招呼"余老师！"，接到车上，路上再次畅叙阔别多年彼此情况。到了嵩山下车，就安排到寺院客房单间。余臬还是第一次住寺院僧房，房间非常干净，一尘不染、蚊帐、被子、僧鞋、茶具等都是素色，房间也有电脑，其他卫生间设施、洗涮用具都跟宾馆无异。空气清新，环境静谧。他想起唐代很多士子游学都曾到寺院潜心读书，没想到自己也获得了这种环境体验。

赵强海带着余臬先去参观了讲堂，这儿供有孔子雕像，强海介绍说："明天上课前，老师要领着学生先拜孔子，上香，然后由我简介老师情况，你上台开讲。所有上课的师生课前都得换好白色对襟衣裤进教室，一会儿我就把衣服送到你房间。午饭后你先睡个午觉，下午我陪你到后面看嵩山，晚上少林寺和歌舞团要联合在嵩山脚下搞大型户外演出，我陪你去欣赏，这也是张艺谋导演的，很值得一看。现在咱们先去吃午饭。"

嵩山乃中国五岳之一，八十年代余臬曾到郑州参加过戏曲研讨会，曾与同行川师大万光治、南充师院赵义山，请了一天假专门同去游览过少林寺，但还没有到过嵩山太室脚下过。午后小赵指着对面那座山说："那就是少室，少林寺就在少室。嵩山是道教主流——全真派圣地，民间广泛崇奉的神祇，即中岳嵩山君神。这儿位于河南省西部，属伏牛山系，地处登封市西北面，是五岳的中岳。嵩山由太室山与少室山组成，最高峰连天峰1512米；东西绵延60多公里；东依省会郑州，西临古都洛阳，南依颖水，北邻黄河。地处中原，东西横卧，古称"外方"，夏商时称"嵩高"、"崇山"，西周时称天室山。公元前770年周平王迁都洛阳后，以'嵩为中央、左岱、右华'，为'天地之中'，故称中岳嵩山。

"嵩山主峰峻极峰位于太室山，最高峰连天峰位于少室山，高1512米。嵩山北瞰黄河、洛水，南临颖水、箕山，东接五代京都汴梁，西连九朝古都洛阳，素有'汴洛两京、畿内名山'之称。奇异的峻峰，寺观林立，故为中原地区第一名山。历代曾有30多位皇帝、150多位著名文人所亲临，更是神仙相聚对话的洞天福地。《诗经》有'嵩高惟岳，峻极于天'的名句。"余臬仰望太室，遥望少室，嗟叹不已，正想拿出照相机，小赵说："明天有专门的摄影师来，等你讲完课后，后天让他专门为你多照一些照片……"

晚上的野外演出精彩极了：从山脚到山顶，两边悬崖上都设了灯光装置，正前方有一座小桥，小桥后面是一座寺庙，灯光一打金碧辉煌，宛如仙宫；寺前是层层高低的平台，少林寺老和尚们分别在桥下沙滩的高低石头上坐禅；层层山崖上，有队队少林武僧棍棒武打表演；歌舞演员则在层层平台上婆娑起舞唱歌，时分时合变换队形，时而又在桥上、大树下对歌；旁边大洞中又突然出现一队男女演员，翩翩起舞走上山涧回栏；蓦地半山中又突现飞仙下降，仙女散花，煞是好看……

次日早饭后，余臬换好对襟纽扣衣服，来到讲堂，主持人呼喊："祭拜先师孔圣！"他就带头恭敬前往孔子像前礼拜进香，然后学生们依次礼拜进香，再鱼贯而回到座位。赵强海上台介绍说："今天，我们有幸邀请到我的恩师、成均大学二级教授、享受国务院津贴专家、传统诗赋作家余臬先生来给我们讲座，题目是《诗学、鉴赏、创作》，大家欢迎！……"

余臬走上讲台，按照屏幕上显现的PPT，先引述了《尚书》"诗言志"说，孔子"诗无邪"说，《毛诗大序》"化下刺上"说，白居易《新乐府序》"为君为臣为民为事而作"说；欧阳炯《花间集序》"自南朝之宫体，扇北里之娼风"说，张炎《词源》"簸弄风月，陶写性情，词婉于诗"说，田同芝《西圃词说》"词如美人，诗为壮士"说，王国维《人间词话删稿》"诗之境阔，词之言长"说；钟嗣成论曲"唵蛤蜊"说，何良俊《曲论》"蒜酪味"说，任中敏《词曲通义》"词之意隐，曲之意显"说。然后归纳诗、词、曲三种文体的区别如下：

题材：诗广阔、词狭深，曲博杂；容态：诗庄重、词妩媚、曲谐放；意境：诗隐显、词隐婉、曲直露；语言：诗雅健、词轻巧、曲俗辣。再分别举唐诗、宋词、元散曲同类题材若干首，分组比较鉴赏。又讲了诗韵、词韵、曲韵以及篇法的区别，意象与意境的区别等等。最后提问互动。

台下有人问道："平水韵106部韵，由于古今语音变迁，现代人都无法辨别为何韵母相同却要分出几部不同的韵，如一东与二冬；再如韵母同是an，却分出元、寒、删、先、覃、盐、咸7部韵。今天还有严格遵守的必要吗？"

余臬答道："你提得很有水平，我也觉得平水韵有些很难辨别：如："轩、宣"、"闲、贤、咸"、"前、黔""难、南"、"新、心"这五组中声母韵母声调都完全相同，但却分属不同的韵部，既然今人已无法辨异，就可以适当改革。我一贯主张律诗也可按古体诗一样，用《词林正韵》19部通押；但仍要分平仄韵，入声因为南方数省口语中都还存在，也应保留。古人编韵书，也是与时俱进的，例如上古声母中没有j、q、x这三个声母，都发音为g、k、h，中古才从中分化出j、q、x，而宋金时代编平水韵的人只遵从当时的语音，并未保守上古语音，就是与时俱进，同样的道理，今人为何不可改革呢？"

又有人问："有的人写律诗，只是八句，不讲平仄；写词也只是长短句字数相合，不讲平仄，却又标上《西江月》、《念奴娇》之类词牌，你觉得可以吗?"

余臬说:"《诗刊》的老主编臧克家先生早就批评过这个问题,如果不讲平仄,就只用内容标题,不要标'七律'或挂词牌,别人就挑不出你什么毛病了。如果标了'五律''七律'或挂词牌,就应讲评仄。当然,如果个别句子意思很好,平仄不合,那就以意为主。崔颢《黄鹤楼》就有两句不合平仄,但意思很好,仍然是一首千古绝唱的好诗。但不能因此作为不讲平仄的借口,毕竟平仄有规律的交错,才有抑扬顿挫的声情美,如果能与词情相配合好,才堪称声文并茂。闻一多曾说:带着镣铐跳舞更美……"

下午,大家就习作写诗词,也有人是之前写的诗词,请余臬修改。余臬有求必应,每个都认真修改,并说明理由。大家都觉得收获很大,一直交流到吃晚饭,还有继续交稿的,余臬就利用晚上给他们修改,直到完毕为止。

第三天上午,专业摄影师帮余臬在嵩山脚下各个景点拍了很多照片,说洗好后再寄去。下午,余臬就告别辞行,分别写了两首诗赠给董事长冯诗慧和总经理赵强海:

嵩山讲学赠冯诗慧女士藏头

诗缘幸识君,慧压众芳荪。留得芬华在,心旌照月魂。

嵩阳讲学留别赵强海学弟藏头

赵家皇业起中州,强裔经文效祖猷。海圳金融商浪滚,嵩阳私塾顶峰谋。

别渝廿载重逢谊,题讲三章付贵酬。寄愿挈云宏道手,诗谶圆梦汗青留。

小赵开车送余臬到机场,直到进安检时,师生才握手道别……

六月初,市委组织部将全市党员领导干部党课放到忠县党校去上,忠县党委组织部邀请余臬去忠县党校讲"忠义文化"。余臬准备了课件,他们派车接到忠县,约有3百人坐满了会议厅。余臬先引孔孟论"忠"是君臣双边制约关系,从董仲舒倡"三纲"到宋代程朱理学讲"天理"才变成臣对君的单方绝对服从,到明末清初黄宗羲作《原君》反对君主家天下和小儒的"愚忠";又讲了爱国与忠君的关系。然后讲了忠县的核心文化为何定位为"忠义文化":

1、唐太宗改临江州为忠州，取"意怀忠信"之意；2、巴蔓子严颜忠义精神在忠州彪炳千秋，巴王台、三月会、巴扎营、金鳞洞等可证；3、忠州忠义之士层出不穷，如魏晋甘宁、文立，唐代忠州"四贤"刘晏、陆贽、李吉甫、白居易，明代高倬、秦良玉，近现代秦氏一门四杰：秦家穆、秦希文、秦仲文、秦德君，还有吴恩洪、秦伯卿、吴毅、余永藻、罗广文等；4、忠州留下众多忠义名胜遗址……5、忠县柑橘城也象征忠义，伟大诗人屈原的《橘颂》，以橘树为比兴，高度赞扬它的忠贞不二、忠诚故土、外美内秀、正直无私、正义凛然的高尚品德和坚强性格。

当晚观看了水幕露天实景节目《烽烟三国》，声光电的屏幕与真景演员表演相结合，旋转座椅自动转换角度，确实好看；但编导以关羽为主角，他忘记了关羽从未入川，更没到过忠县，这是一个重大失误；巴蔓子、颜严、秦良玉都是忠县人，为何要舍近求远呢？

次日，他又调研了忠县神溪禹庙和皇华城等地，作为论证忠县核心文化的补充。然后打道回府，继续撰写他的课题内容。

7月上旬，已经延长了一年多的《38个区县的核心文化研究》课题，已全部完成。赶紧到文印店打字复印，加上自己已经打完的部分，一起装订完毕，共50多万字的文本，立即送到市旅游局结题。

其中如渝中区：巴渝中枢文化；江北渝北区：主城次中枢主门户文化；南岸区：辅郭休闲文化；沙坪坝区：教科文卫文化；九龙坡大渡口区：西郊门户文化；巴南区：近郊休闲养生文化；北碚：开拓创意文化；合川区：三江交汇和谐文化；江津区：山水与历史文化；永川区：渝西枢纽和休闲游乐文化；南川区：多彩养生文化；涪陵区：两江交汇门户文化；武隆县：南方卡斯特地理文化；丰都县：仙都地府文化；万州区：峡江商埠中枢文化；奉节县：夔州诗城文化；巫山巫溪县：三峡神秘文化；城口县：大巴山三省门户文化……

七月中旬开始进入伏天，余臬夫妇照例要去成都避暑一个月。其间去游了都江堰、黄龙古镇、平乐古镇等地，其余时间都在斗室写诗，或在公园散步。写了记游三首诗：

都江堰廊桥

岷江滚滚穿城流，跨水廊桥茶府楼。玉垒浮云排闼入，凉风驱暑去烦忧。

若非川主分洪策，焉有吾侪此胜游。安得二郎施法术，银河泻闸冷环球！

清晨登玉垒关感水患

破晓岷江盼日晖，索桥横浪颤巍巍。登高玉垒雄关险，眺远赵公岭翠微。

既供李冰恒保佑，何须宝塔柱劳威。皇天恼怒频开采，灌口阳侯肆虐非。

邛崃平乐古镇行

平沙落雁沫江滨，积久渐传"平乐"称。幽篁夹道浓荫拱，君子迎宾入镇门。白沫江流穿古镇，绿堆锦绣覆厚坤。西汉肇兴场集起，两千余载文明史。临邛一曲凤求凰，卓氏私奔司马匹。江水欢腾积沙滩，老榕蓊郁曲龙蟠。夹江两岸民居古，水楼翘角尽飞檐。酒楼茶肆连云举，店铺作坊老号传。特产佳肴名小吃，琳琅百货竞纷繁。殷勤叫卖招游客，佳酿饼糕皆家作。碗碗肉和罐罐鸡，殊方风味尝新乐。横街中轴有溪流，引水循环入江头。青石小桥跨水卧，依依垂柳媚人留。游人缱绻争留影，桥上河滩频选景。宽瀑叠层白浪横，牵童撑伞争先逞。美院学生坐写生，天然入画皆奇境。江中画舫若穿梭，游客欢歌逐清波。落日染红江水半，微风掠面柳婆娑。川西古镇饶情韵，平乐风光味最多。天晚驱车回锦里，梦魂犹唱平乐歌。

有感于时下一些不良的或过头的时尚风俗，他写了三首劝诫诗：

养狗时尚叹

成渝皆大市，人海车流川。中国人多患，犬族剧增添。街市多遛狗，人犬共壅填。四海土洋犬，百形竞奇观。身躯大小异，伟硕至庞然。或尾主人走，或系颈绳牵。通衢拉粪便，脚下"地雷"烦。空气被污染，草坪亦含冤。野狗无人管，任意纵横穿。惊孺闻尖叫，咬人狂犬癫。近闻大学生，家贫方弱冠。蹲街系鞋带，狗咬手指尖。当时未出血，未及就医看。当晚发烧痛，天明医院探。抢救为时晚，夭折正英年。又闻养藏獒，绳系铁笼关。夫妇出门去，婴女睡摇篮。藏獒脱绳网，弱婴供饱餐。传媒兹类事，惨绝警人寰。俗顽犹未醒，犬风更炽燔。视犬如娇儿，宠之情侣般。

92

出行如影伴，车上抱怀怜。洗澡梳毛垢，上床共枕眠。冬冷为穿戴，济楚狗衣冠。

　　噫嘻解放初，风俗何淳朴。农村偶养狗，防盗为守屋。山民养猎犬，打猎正常育。公安训警犬，破案在警局。都市长街中，何曾见狗族？夜无狗吠声，路无狗屎触。罕闻狂犬病，更无伤人属。自从国门开，洋风汹涌入。崇洋贵妇人，出行带宠物。始则大亨家，渐泛潮流逐。沐猴效衣冠，竞相富贵续。世风丕变多，怪相纷层出。宠物医院兴，狗食店铺酷。犬商犬大夫，专业增科目。配种大批生，犬丁倍增凤。大国十亿人，口粮自不足。多充进口粮，犬族又分谷。环卫清狗粪，修路狗分福。国家本缺水，狗浴加充腹，犬族约数亿，负担升纪录。人尚计划生，狗却不受束。经济学家多，何不算盈缩？

　　前贤有遗训，史鉴箴言深。玩物必丧志，逸豫可亡身。祸竟积忽微，溺爱使人昏。纣王溺妲己，庄宗溺优群。宣德爱蟋蟀，熹宗宠阉人。灭国亡身祸，玩物淹慧根。溺犬祸尤烈，祸及在全民。犬咬致人死，赔偿无钱寻。法规未限禁，民俗昧咎因。任其滋浇薄，媒体哑无音。吾闻丹麦国，税收独创新。奶牛放屁税，征收环保金。奶牛有贡献，犬族何功勋？养犬应征税，赔偿有资循。以此限其养，移风易俗伸。天公若有眼，雷霆震万钧。威令俗顽醒，利国利民殷。

凌波莲步叹

　　女人何代兴缠足？传说发源李后主。弓鞋一穿蹀躞摇，扭腰提臀潘妃步。帝王以此为美观，少女缠足成制度。两宋明清一脉传，清亡民国才废去。戕害女人上千年，精神肉体受摧残。助长男权凌弱女，金莲三寸变美谈。文人恋物成狂癖，妓鞋套杯行酒炫。选评花榜舒姿态，莲步凌波偏爱怜。

　　缠足国中刚废黜，高跟洋俗又传入。猛批缠足破陈规，普及高跟"美习俗"。时装模特立高标，女性增高相竞逐。商店高跟花样多，二十公分最叫酷。洋女个高穿较少，国人风靡爱妖娆。休闲度假皆穿上，足尖每日踩高跷。拱脚变形浑不怕，健康怎比美高挑！

　　历史换汤不换药，潮流时尚浑不觉。王朝陋习固应批，时尚洋风未必学。人身美丑贵天真，装饰前提不损身。丰乳整容皆类此，高跟缠足实同伦。相差被动与主动，奥妙此中贵探寻。男权主宰社交美，女性跟风无怨悔。可怜女权不自知，哀哉悲剧从兹垒。

阴阳变性戒

盘古开天劈地成，女娲泥草造人形。宇宙阴阳包万物，雌雄男女判分明。衣冠发式音容异，生理刚柔别职能。阴阳交合滋繁衍，男女肉身命定型。迩来怪相惊天地，混乱阴阳弥雾气。男人变性做女人，丰胸肥臀蛮腰细。堂皇婚配嫁丈夫，生育无能骒子器。硕胸无奶喂阿谁？只供夫当玩具戏。

天地椿萱赐命根，太监根断尚知存。拔根况又新开穴，以何谢罪祖宗魂？终年服注雌激素，以此性征方可固。甘受摧残何苦来？莫非天性趋轻负？现代女人家务轻，洗衣烘烤家电撑。缝纫清尘全免去，养家多靠老公承。变性无经无孕育，一生受宠喜盈盈。世上男子期变女，个中奥秘亦堪惊。或因天赋多阴性，教育后天堪纠正。培养阳刚重在心，熏陶日久终能定。何必非遭痛折腾，挨刀割裂玩生命？

男人天赋阳刚气，富贵贫贱不屈志。避重拈轻岂丈夫？盲从苟且何乖戾。世间倘若尽如斯，人类岂非绝子嗣？变性女人皆不生，母亲岂不虚名弃？违天反地乱阴阳，科技于人何意义？

阴雨天在陋室，连续观看梁冠华主演的电视连续剧，作《看"神探狄仁杰"有感》：

异地闲居消暑热，连观三部《狄仁杰》。狂飙恶浪伏杀机，动魄惊心呼叫绝。幽州刺史人皮面，十万灾粮资契丹。州县官员悉收买，哀鸿遍野孰申冤？幽囚突厥可汗计，挑拨仇唐启战端。十万唐军没突厥，蛇灵与契相勾结。崇州刺史是内奸，嫁祸忠良巧佞色。蛇首诈降归复叛，洛河放闸洛都淹。行凶刺客飞镖闪，刺驾三批寺庙愚。凉州地震饷银劫，蝙蝠杀人何诡邪。圣使黑衣玉女兵，天王卧底薇儿谍。江州水贼杀戮狂，过海瞒天换柱梁。真假薛侯迷雾幌，暗流涌动玄机藏。邗沟盐案尤凶恶，官匪奸商连网络。转运盐船到此翻，钦差奉查人头落。一朝首恶揭面纱，意外惊呼"竟是他！"悬念层层皆照应，案情历历不毫差。狄公神探经纶手，文武奇才稀世有。帷幄运筹走四方，临危受命长缨抖。深山微服访民间，毫末情由细节盘。案发现场寻线索，神明法眼洞毫巅。层层推理抽丝茧，妙算神机敌胆寒。千牛右卫大将军，武功卓绝震乾坤。走壁飞檐侦察迅，飞刀出鞘众归阴。孤身虎穴龙潭闯，腾跃劈空斩魑魅。赫赫威名震八方，惶惶奸

恶难逃网。一气连观公案毕，天风海浪心潮激。贪饕奸恶俱伏诛，老虎苍
蝇皆敛迹。百姓欢呼天日出，九泉冤鬼皆瞑目。我心痛快正舒张，忽又低
沉忧不足。朝中尚有武三思，州县奸贪多党族。法外逍遥有巨奸，根源隐
患仍潜伏。狄公死后会如何？反腐倡廉谁继续？彻夜难眠渐梦趋，雷鸣电
闪狂风肃。

　　9月回到江南学校，余臬又先后应四川广安罗渡中学等单位邀请写赋，
不久，市旅游局又下达了新的课题《乡村旅游文化研究》。他这几年暑假
在成都周边游览的古镇、农园，以及为浩建、丙正等公司参与的江安县夕
佳山、万州、南川、秀山等地的乡村旅游项目，都积累了不少典型案例。
还有前几年市政协组织到潼南、璧山、巴南等地考察三农问题，民盟总支
又组织考察过江津、渝北等地的一些古镇，余臬又为巴南二圣镇、合川大
石镇、云门镇等乡镇写过赋，顺便也做了乡村旅游的调研。最主要是调研
38区县的核心文化时，也包括一些乡镇的景区景点，从而为这个课题奠定
了坚实的基础。所以从11月至翌年5月这半年时间，一直埋头于《乡村旅
游文化研究》的初稿撰写。

　　针对目前中外对乡村旅游研究的论著，普遍都抛弃了古代乡村旅游的
渊源研究，而只着眼于现当代的现象，余臬认为这是旅游文化研究领域中
急功近利的表现。任何事物皆非"无源之水，无本之木"，现实的存在，
都是历史源流发展演变的结果。所以他设置了"中国古代乡村旅游的历史
溯源"专章。

　　一是论证了古代祓禊民俗是乡村旅游的肇始，引述了东汉应劭《风俗
通义》上巳日，谓祓禊起于殷商，成于《周礼》；《韩诗外传》、《初学记》
皆谓起于周公；《诗经·郑风·溱洧》记载三月上巳郑国男女在溱、洧两
河春游祓禊盛况；王羲之《兰亭集序》记载士大夫数十人在会稽兰亭修禊
"流觞曲水"之饮。并举重庆万州西晋凤仪禅院古碑载有"三月三日仕女
会者数万"，黄庭坚《南浦西山勒封院题记》也有"此邦之人，岁修禊于
此"，证明万州晋宋以来皆有修禊的民俗。这种风俗唐宋元历代皆有，如
唐代萧颖士《蓬池禊饮序》、元代宋濂《桃花洞修禊诗序》等均是。

　　二是古代旬休制度是官吏乡村旅游的常态，《史记·百万君传》："官
员每五日洗休归谒亲。"《初学记》载："休假亦曰休沐。汉律：吏五日得
一休沐，言休息以洗沐也。"唐高宗改为十日一旬休，如王勃《滕王阁序》
有"十旬休假，胜友如云。千里逢迎，高朋满座"，就是旬休游滕王阁。

王维《洛阳郑少府与两省遗补宴韦司户南亭序》也是旬休游京城郊外。直到 1910 年才定为星期日为公休制度。

三是古代节日是官民乡村旅游的的盛举，如《月令广记》、《秦中岁时记》等都载有清明节"踏青游冶"；《荆楚岁时记》载端午节"龙舟赛，游人如织"；宋代《文昌杂录》记载了一年 30 多种节假日，共有 76 天假，加上旬休 36 天，总计每年 113 天，此外父母在三千里以外者，每三年还有一次探亲假 30 天，比现代公务员休假还多。这些节假日，都可以到乡村旅游，历代文人各种泛舟、登山等宴游的"序"文皆可证明。尤其官民同游共乐的游记如欧阳修《醉翁亭记》，周密《西湖游赏》、《观潮》，袁宏道《虎丘记》、《满井游记》皆是。

古代乡村旅游产生了隐逸文化，从巢父、许由到山林巢居，颍水洗耳，到魏晋"竹林七贤"，陶渊明作《归田园居》、《桃花源记》，唐代王维隐居辋川，李白等"竹溪六逸"，宋代林逋"梅妻鹤子"，元曲中的"隐居乐道"，明代唐伯虎、文征明、袁宏道等人辞官归隐，徐霞客终身不仕，明末清初顾炎武、黄宗羲、王夫之、方以智、冒襄、傅山等大批遗民隐居终生，袁枚、郑板桥中年辞官等等，都是酷爱山水田园，厌倦官场的"独善其身"或"不事二主"，追求回归自然的身心自由。

现代城市居民的乡村旅游或乡村别墅，则为逃避都市喧嚣噪音，空气不良，交通拥挤，食品惶恐，工作压力而渴望乡村田园山水，身心放松，其实是对古代隐逸文化集体无意识的继承与发展。

余暴在该课题中还概述了中外近现代乡村旅游的发展，提出了国外乡村旅游的启示和借鉴，论述了国内乡村旅游的现状、不足与展望；强调乡村旅游文化的深度挖掘：包括宗祠中的族规家训、田园中的渔樵耕读、山水中的历史神话、松林竹海的松竹文化、四季花果文化、少数民族文化的挖掘。

例如潼南杨氏的四知堂，就出自其远祖杨震，《后汉书·杨震传》载：杨震赴任东莱太守途中，道经昌邑，遇见他曾经举荐的荆州人王密，现任昌邑县令。王密为感恩杨震举荐之恩，半夜怀揣黄金谒见杨震想赠送给他。杨震拒绝他说："我这个故人了解你，可是你却不了解我这个故人，这是为什么呢？"王密说："深夜没有人知道我送金的事。"杨震说："天知，神知，我知，你知，怎么说没有人知道呢？"王密羞愧而退出。后人遂修"四知堂"来纪念杨震一身正气、拒贿不贪的崇高品质。今潼南"四知堂"内还悬挂"杨氏家规"16 条。

但类似的很多大户民居如荣昌的赵氏宗祠，渝北龙兴古镇刘家大院，江津塘河镇的孙家祠堂，永川松溉古镇的罗家祠堂，綦江东溪古镇的陈氏祠堂，石柱洋渡镇的秦家祠堂，酉阳龚滩古镇的董家祠堂，后溪古镇的冉氏宗祠，等等，族规家训都还没有深度挖掘。

至于山水中的历史神话，如巫山神女文化缺乏挖掘展示，奉节八阵图军事文化湮没无闻，綦江神秘文化，大宁河的栈道文化都缺乏挖掘；松林竹海中的松竹文化，田园中渔樵耕读文化、四季花果文化等几乎都是空白。对此，余枭都分别列举了大量的故事传说和诗词赞颂。

例如渔、樵、耕、读、医、工的文化挖掘，渔类如：姜太公磻溪垂钓遇文王，严子陵七里滩垂钓拒光武，张志和"烟波钓徒"作《渔父词》，邢达辞官隐剡溪作《渔咏诗》，白朴《渔夫》"傲杀人间万户侯"；樵类如：俞伯牙遇知音樵夫钟子期，朱买臣卖樵被妻休夫，王质砍樵观棋斧柄烂，刘晨阮肇天台砍樵遇仙女，邢达《樵歌》无荣辱；耕类如：舜耕历山渔雷泽，诸葛亮躬耕南阳，陶渊明辞官耕田园，陶宗仪《南村辍耕录》，《礼记》天子躬耕藉田劝农等。

读书如：孔夫子读《易经》韦编三绝，苏秦孙敬刺股悬梁，夏侯胜黄霸死牢读书，王充家贫书摊博览群书，皇甫谧风瘫著《针灸》，车赢孙康囊萤映雪，杨时游酢立雪程门，陆佃千里步行求师。医类如：华佗发明麻沸散五禽戏，孙思邈为百姓治麻风病，董奉治病育杏林，刘完素治病虚怀若谷，李时珍毕生艰辛著《本草纲目》等。工类如：木匠祖师鲁班，毕生发明活字印刷，黄道婆发明脚踏纺车，徽州窑匠鲍四首创砖雕，宝庆府竹雕发祥地等故事。

从中提炼出丰富的人文精神：儒家安贫乐道、蛰居待时的上进精神，道家淡泊名利、全身远祸的隐逸精神，佛家追求解脱烦恼、达到涅槃的出世精神，医家悬壶济世不分贵贱的仁爱精神，工匠的发明创造精神等等。

再如松、竹的文化挖掘，通过引征古籍文献论述了"松"是"百木之长"、祭社"社主"、长寿神灵的图腾崇拜，以松比德赞扬青松忠贞不屈的节操，又是淡泊名利超尘拔俗的隐士象征，"松风"成为视觉听觉的审美赞誉；而"竹"是龙的化身，嫩竹、竹笋被称为龙子龙孙，又是夜郎、仡佬、苗、彝等少数民族的图腾崇拜象征，也是士大夫比喻虚怀若谷、高风亮节的君子懿范和厌倦官场、淡泊名利的高人隐士伴侣。

课题研究文本还提供了历代诗人赞美松、竹及各类花果的诗词，并提出了对乡村旅游如何进行各类文化包装的建议措施。余臬经多次修改，将10多万字的文本打印装订成册后，于暑假前送交市旅游局，完成了最后一次顾问课题。

至此，历经十年的市政府旅游高级顾问，超期服役八年（退休后续聘），终于彻底卸任了这副重担了。没有任何任务压在肩上，他感觉这是一种从未有过的自由自在的快乐。因为没有任务，就是没有外物的依赖，没有时空的限制，没有主观的期待，这就好像《庄子·逍遥游》所说的"若夫乘天地之正，而御六气之辩，以游无穷者，彼且恶乎待哉!"才是任随自然，顺乎物理，无所期待、绝对自由的逍遥游。

当然，绝对自由的逍遥游在现实中是不存在的；但余臬认为他至少已经是相对的逍遥游了。因为往后，也许还有单位请他写赋，请他讲座；但他完全可以根据自己的身体情况和情绪好坏，愿意去就去，不愿去就不去，没有人限制他、勉强他了，主动权在自己。这不就是相对的逍遥自由吗？

回顾七十岁之后中外旅游的经历观感，余臬写了七首《人月圆》词以为纪念：

黄钟·人月圆　周游七首

悬车老子三年路，环宇万邦途。欧罗诸国，南洋数地，两广川渝。风情万种，珍馐百味，贫富千殊。兴亡历史，盛衰现实，兼炼诗炉。

西方文化欧洲最，白种祖先魂。肇兴希腊，恢宏法意，拓境英伦。圣经天主，耶稣基督，炮舰军轮。共和立宪，先锋技术，彪炳人文。

扶桑岛国风光独，太阳最光明。街衢洁净，偷儿绝迹，花木芳馨。古城大阪，北滨驿站，首都东京。生鱼品味，寿司料理，清酒酩酊。

东南泰国新鲜甚，傣族起云南。神灵蛇药，人妖艳艺，泰武殊拳。梵宫佛国，驯良大象，海上空骞。僧师兴教，旅游富国，医免交钱。

川西天府风光秀，名胜古繁昌。青羊道观，孔明寺庙，诗圣草堂。锦江西岭，青城江堰，博物戎羌。黄龙街子，邛崃平乐，国色天香。

齐燕自古多名胜，避暑旅途来。泉城历下，秦皇岛岸，威海烟台。蓬莱仙境，沙滩沐浴，渤海开怀。炮台怀古，蒙羞甲午，吊念雄才。

少年闯荡边关赴，落叶住东川。兴隆老屋，沙坪坝院，城郭南山。锦城避暑，华阳访史，眉乐寻仙。对棋石洞，持杯酒肆，下笔诗禅。

第六章　抗病奋挣

六十岁以前，因为长期久坐伏案，余臬就曾患有腰肌劳损和前列腺增生，医院医生告诉他说：腰肌劳损没有断根的良药，只有每天坐一个把小时就得站起来活动腰肢，做些前仰后合、左右摇摆的体操，严禁久坐不起；至于前列腺增生，每天服一粒非那雄胺片，中文名称"保列治"即可。从此余臬每月去医院开保列治，每天服一片；但坐一个小时就起身做操，却经常沉浸在伏案写作之中就忘记了，一坐就是半天，老婆几次招呼吃饭都迟迟不起身，直到思维告一段落才肯起来。这时站起来往往就直不起腰杆，得佝偻几分钟方能挺直，这才发现腰痛得很厉害，颈椎也僵硬酸痛。

从此他尽量提醒自己半途起身做操，甚至把闹钟拨到一个半小时处让它响铃提醒。又听养生堂介绍说颈椎僵痛，就双手举起呈"十点十分"的角度，在平地仰头快走就可减轻疼痛，于是他又在半小时暴走时，穿插着这种姿势走数百步，果然颈椎痛减轻。吃了两年多保列治，体检时，外科医生检查后说："你前列腺已经不肥大了，不要再服保列治，老服用它有负面影响。"于是他就停止服药。但过了两三年，体检又说前列腺肥大，就又继续服药。当时也从未感觉尿频尿堵，而且从未疼痛过，因而并未怎么在意。

但七十岁以后，病魔就接二连三附体缠身。一次他走路急拐弯时突然感觉刹那间的头晕目眩，两腿麻木使不上劲，就去医院检查，做了CT，照了彩超，神经内科主任医师看了片子结果，说他动脉硬化，脑后血管有30%狭窄，还有三个斑块，阻碍了血液流通，所以导致头晕目眩，下肢短暂麻痹酸软现象。余臬问医生："这种病严重时，是否会发生脑溢血？"医生说："有可能脑梗、脑血拴，但多数是半身或全身瘫痪。"他给开了几种药，劝他戒烟，并坚持适度走路锻炼。

他回家后按时服药，早晚各走半小时锻炼，但戒了几次烟始终戒不掉，就尽量少抽。服用一个月后，走路急拐弯时仍有头晕现象。他又去看中医，找了名中医，挂号费1百元，开了二十味中药，回家熬药服用，服了一个疗程，稍有一点效果，但也不明显；而且熬中药很麻烦，也就停止了；但锻炼却从此始终坚持。每天早晚在平地快走各半小时至40分钟，自己心里记数，双步算一步，每次走1800——2000步。开始感觉很困难，多次想打退堂鼓，但因坚持锻炼，饭量明显增加，精气神也感觉明显增强，所以无论怎么累，始终不动摇坚持下去；晴天就在外面花园里走，雨天就在家里从客厅走到各间卧室，循环往复，从不间断，成了他每天必修的"日课"。

他又听养生堂讲，饭后不能马上坐下工作，必须站着或者走着活动半小时以后再坐下工作。他年轻时就得过胃炎、十二指肠溃疡，现在虽有好转，但消化功能不太好，吃得太饱就胃胀，而且常有便秘。所以他觉得这饭后走动半小时确实必要。但这一来，"日课"的负担就大大增加：每天早晚走半小时，三顿饭后又各走半小时，午觉再一个半小时，总共就耗费了5个半小时，那工作时间就所剩无几了。

再加上老年人血气渐衰，各种器官都在老化，诸如牙齿、视力、听力、毛发、面神经、腰椎、颈椎、骨关节等等都需要保健，例如叩齿、干洗脸、干梳头、干漱口、护耳操、鸣天鼓、垫脚尖、敲打膝关节之类，每天至少做一次。他常常为这繁重的"日课"奋挣感到烦恼，因为他舍不得放弃工作，而且旅游顾问的课题是任务，不能不按时完成；别人邀请他写赋或作讲座，又是他的兴趣爱好，人要是丢掉了兴趣爱好，精神会受到很大损伤。他不愿意做一个终日无所事事，只去养生的人。何况不动脑筋也容易得老年痴呆！

当时，江城各种保健品销售公司如雨后春笋崛起，通过传媒宣传、电话联系，朋友相告等方式，邀请老年人去听名医保健专题讲座。最早是区"粗粮办"，打电话给他，说对部分70岁左右的老人每月免费发放粗粮两盒，每盒包装精致，是20多种粗粮混合而成的细粉，重350克，在大米粥中参上一些熬着喝，增加多种营养。

发了几次后，就通知去听讲座，专门请了北京航天科技研究院的鲁博士研究员，莅临江城为大家讲座《壳寡糖的保健功效》，有40多位男女老人坐在一间小会议室，余臬夫妇也在其中。鲁博士是一位身躯微胖的中年女性，在掌声中上台开讲，对着屏幕上的PPT图文并茂的影像，说这是他们研究开发的一种保健品，专供宇航员食用的壳寡糖。说人体健康在于细胞的健康活跃，而人体中的自由基则是专门破坏细胞的杀手，壳寡糖就是专门清除、扼杀自由基的克星，经常服用可以保障细胞的生机勃勃，促进人体各个身理系统的正常循环运行，增强免疫力，达到益寿延年的功效……。

又以图片展示该成果荣获国家科技成果的各种奖项，说这是宇航员的专供品，市场上是买不到的；而且又与武汉等其他地方生产的同类产品用统计表做了比较，说明各项成分的达标率均优于武汉等地的产品等等。她的讲演朴实而又生动，赢得了阵阵掌声。

然后就挨个自愿排号，由她用仪器给大家免费检查身体中自由基的情况，并告知每人检查的结果。她建议每人服用多少疗程，根据各人经济状况，自愿报名购买服用这种保健品。余枭夫妇按照她的建议，每人服用一年的计量，共计花了 1.2 万元，粗粮办的服务人员立刻将两大包保健品包好，由对口服务的工作人员帮忙提着送你回家再交款开收据。

从此每几个客户就由送药的人固定成为专门的客户服务员，每月负责打电话通知你去免费领取粗粮、深海鱼油、或硒软胶囊等"物资"；逢年过节还通知客户去参加免费聚餐，吃火锅或中餐；有时还组织到金佛山去旅游住两天，顺便又请了北京某专家来讲某种疾病的讲座，热情服务周到，当然讲座后又让大家自愿购买另一种保健品。

学校退休的老教授、老干部在路上碰到时，也常常互相交流，某某保健公司如何免费体检、卖什么保健品、治什么病很有疗效之类的信息，其中一位退休的刘处长说他这几年他夫妇两买保健品已经花了 8 万多，觉得身体好多了，值得！这也影响了余枭夫妇。恰好晚报上又登了江北一家保健公司近日请到北京权威专家医生来讲专治心脑血管动脉硬化疾病，邀请相关的老年朋友参加，并可免费检查诊断的消息，余枭夫妇决定去参加听讲座并接受检查诊断。

那位北京来的专家，讲了台湾产品"心脑得宁"是数年前台湾研制出来的一种专治心脑血管动脉硬化的特效药。说"心脑得宁"，产于台湾高雄市一家生物科技股份有限公司，由牛樟芝等多种草本植物经预酵化技术萃取而成，组方巧妙，效果独特。白天服用以心脑养护为主，夜间服用清血排毒为主，清除血液、肠道垃圾毒素。并配有应急性芯脑得宁超浓缩丸，活血化瘀，理气止痛，用于预防气滞血瘀型胸痛、胸闷、心悸气短、运动量过大或情绪不稳引起的心脑突发等不适，预防猝死。适用人群：1、心血管疾病人群：冠心病、心绞痛、心肌梗塞、心率失常、高血压、高血脂、高血粘等；2、脑血管疾病人群：脑血栓、脑栓塞、脑溢血、脑萎缩、脑中风后遗症，如：偏瘫、麻木、失语、因血管堵塞引起的耳鸣失聪、半身不遂、四肢无力、视物模糊等。

又讲了芯脑得宁改善周期：第一阶段：肠毒在排出，大便通畅，便秘改善，失眠缓解，头晕耳鸣、心慌气短、易疲劳、健忘等症状明显缓解。第二阶段：血毒在清除，感觉心胸舒畅，神情气爽，体力充沛，精神、食欲、记忆力改善。第三阶段：血栓逐步分解，头晕眼花，心慌气短渐渐消失，心绞痛明显减少、心肌缺血改善、心肌梗塞等猝死危险大大降低。第四阶段：血脂逐步下降，因脑血栓而偏瘫的肢体逐步恢复知觉，中风后遗症得到较大改善，面部红润光泽，老年斑不同程度淡化。

这位专家还讲了芯脑得宁主要原料牛樟芝是取于台湾当地已经枯死的樟树中生长的一种菌类，自然原料珍贵而又稀缺。后来又在椴树中移植培养这种牛樟芝菌成功，功效较自然生长的牛樟芝菌差不多，于是批量生产。消息一传开，西方发达国家纷纷订购；台湾也想用它和美国换取飞机大炮等军用武器。中国想购买他们都不答应，后来还是联合国教科文卫总干事（香港的某某女士）去说服台湾当局，这才答应卖给大陆一些，通过大连总经销。开始只是供中南海高级领导服用，现在国家领导为了全民健康，打破了这种特权供应，而让全国人民共同享用，所以来之不易。

他还在课件中展示了该产品屡次获得台湾当局的不少奖励，说这是货真价实的心脑血管病的神奇克星……在他讲座时，同时就按听众先来后到分别到另一位助手那里去照彩超，等讲座一完，他就强调："下面我们就按先后顺序号，逐个看片子进行病情甄别，凡是病情很严重的我们治不了的，就只好抱歉由病人自己另找医院救治；凡病情很轻的，不需要付昂贵费用在此购买芯脑得宁的，我们就劝其到医院或药房买点普通药服用就可以了；只有病请在中等而需要救治的，我们才留下诊断开处方用芯脑的宁给与医治。大家先吃午饭，饭后再宣布三类名单。于是工作人员开始发给大家免费盒饭，吃了起来。

吃完饭后，宣布了前两种人的名单，他们就或失望，或庆幸地走散了。剩下二三十人，按顺序叫号进行逐个诊断。轮到余臬夫妇时，专家医生就说，你两夫妇都有心脑血管动脉硬化，不过余臬比妻子更重一些。他指着彩超照片对余臬说："你看，你的后脑血管中这三个斑块，有一个已经钙化，其余两个在血管内壁，幸亏都是长方形，不容易脱落；要是圆形或椭圆形就容易脱落。一旦脱落，就会壅堵血液流通不畅，形成脑梗阻，那就严重了。目前你说偶尔头晕，只是供氧不足。服了芯脑得宁，板块就会逐渐淡化，血液流通就会得到改善。你看这一段血液是蓝色较多，必须红色才是正常的。"

余臬回忆起前几年在医院做 CT 时，医生只告诉三个斑块，也说一个已经钙化；但并未说长方形斑块不易脱落，也未说血液蓝色、红色的优劣。由此他认为这位专家说得透彻实在可信，就欣然同意开了芯脑得宁。医生又看着片子对妻子雅梅说："你的脑血管血液流通比你丈夫要好，没有发现斑块，你看主要是红色血液；但你的心脏却不如你先生好，所以你是心血管动脉硬化；他是脑血管动脉硬化……"

于是就给他两各开了一年服用的芯脑得宁，每人花了 8 千元，说这还是国家老年健康工程给了 35% 补助，不然更贵。并发给了夫妇托管证，说隔半年后还要来免费做彩超检查，一直托管负责到底。老两口满意地和送药工作人员一起坐车回家，家里的现金不够，现去银行取钱回家，共付了 1.6 万元，送药的小伙子开了收据才走了。

直到半年后又通知北京专家来复查，夫妇两再去做彩超，专家指着片子让余臬看，果然斑块小了，只有很窄一小条，而且蓝色血液也淡了不少，红色血液增多。余臬夫妇更加深信不疑，继续服用。

市中区一家某某国际保健中心直接打电话约请余臬夫妇去参加讲座，说他们在全国二十个省市建立了老年保健站，这次是集团老总陈某亲自莅临来为大家讲座。余臬夫妇开始还很惊讶：他们怎么知道我们要买保健品，直接打电话来约请呢？去了方才知道，原来他们从网上知道他两已经在前两处买过保健品的。

这位陈总穿着笔挺的时尚风衣，梳着大背头，神采奕奕地登上讲台，大厅有一百多人听讲。他自我介绍说他是学中西医结合专业的，他在国内外都有很多子公司，自己还有制药厂。说他一生致力于悬壶济世治病救人；他的母亲笃信佛教，最热心做慈善事业；他从小就深受慈母影响，笃信"众生平等，救人一命胜造七级浮屠"，他列举了很多他做过的善事，详情细节都使听众很感动。

加上他口若悬河，滔滔不绝，妙语连珠，而且口口声声亲热地称呼"爸爸妈妈们"，自称"儿子"；一再声明，他今天是专程来江城看望"爸爸妈妈们的"，不是来推销保健医药的，而是来送保健医药的。他说它带来很多"宝贝"，例如调节血压血脂的电子激光表，自动血压器，治疗腰椎、颈椎、肩周的量子波光仪，檀木佛珠……这些宝贝都可以送给"爸爸妈妈们"！但是佛教最讲究心地虔诚，所谓"心诚则灵"嘛，他作为"儿子"，只能送给内心虔诚的"爸爸妈妈们"，才对得起大慈大悲的观世音菩萨！因此只要爸爸妈妈们每人交两千多保健药品费，不但每月供应你心脑血管动脉硬化等高级保健品，足够你吃一年半载，而且还免费送给你几样宝贝。

他说："儿子并不缺这两千块钱，但这是检验爸爸妈妈们是否'虔诚'，是否相信儿子，以诚心换诚心；同时交这这两千块钱，就成为我们公司的会员，今后长期享受很多发放保健物资的免费优惠。我保证"爸爸妈妈们"会得到几倍甚至十几倍的回报。今天爸爸妈妈们可能没有带钱，没关系，只要先买二十元钱的卡，就表示你愿意报名成为会员，会后工作人员负责到你家送药时再收款，然后再凭卡赠送每位会员的宝贝……"

他的演讲带有很大的鼓动性，于是人们争先恐后地报名，或交 2 千元现金，或交 20 元买卡。当人们提着大包小包的保健品和宝贝离开大楼下电梯时，余臬就听见电梯里其他单位的人在小声议论说："你看这些老爷子老太太，今天又受骗了成千上万，心甘情愿给大骗子大把大把送钱，换取一批废品假货，还乐不可支呢！"

余臬也交了 2 千元入会，不但不相信这些议论，反而觉得他们太偏激了。

又一次，这个国际保健站的殷经理打电话给余臬，说今天是重阳节，公司集团总监来到江城看望大家，特地只邀请了20 多个客户代表到一家四星级宾馆参加座谈，并请大家午宴。让余教授和师母一定光临。

余臬夫妇到后，果然只有二十来人，坐在几张桌子并联起来的长方形盖有桌布的两边，上面摆满了水果、糖果、花生瓜子、茶水招待大家边吃边座谈。殷经理站起来隆重介绍公司集团的张总监，特地来江城与大家共度重阳佳节之后，就让大家畅谈服用保健品之后的身体感觉，以及对公司服务的意见和建议，不少人都说了很多歌颂的话。然后张总监就说："告诉大家一个好消息，我们公司在陈总的努力下，终于收购了专供给中央首长生产虫草地龙蛋白片的专利，本来是要到明年'五一'才投放到市场供一般市民购买的，但这次给大家带来了少量的产品，赠送给你们每人一瓶优先享用。但你们一定要保密，不然大批客户会员知道，那就添麻烦了。"

大家一听这么好的保健品，就七嘴八舌地要求多买一些。张总监面带难色说他说了不算。殷经理也跟着替大家求情，让他打电话向陈总请示。张总监无奈，只好说那就试试看吧，他拨了手机号码请示陈总，电话里传来陈总大声训斥的声音，在座的都能听见："这怎么可以呢？……简直是乱弹琴！"总监求情说："只有 20 多人，都是客户代表，他们是宣传我们公司产品的骨干，你看是否通融一下？"陈总说："如果传出去，那其他客户都要求买怎么办？你能付这个责任吗？"总监说："大家都发誓绝对保密，请陈总放心！"陈总说："那好吧，我只有把供给上海高干那批货截下一部分给你们；不过价格最多只能优惠 15%。"

总监再次求情："能否再优惠一些？"陈总又大发雷霆："你不要得寸进尺了！就这我已经是破例，谁让你们擅自答应他们的？不守规矩！"电话挂断了。

总监苦笑着说："你们都听见了，陈总把我训斥了一顿，才答应截下供给上海高干的一部分给我们，但只答应打 8.5 折，每盒就是 3 千元，每人 6 盒就是 1.66 万元。"

大家都说太贵了！能否打 4 折，还差不多！总监认为这太难了，"那陈总还不骂死我啊！不行，不行！"大伙又苦苦哀求，殷经理也跟着求情，总监经不起大家的哀求，只得再次拨电话："陈总你好！价格问题他们还是嫌太贵，说打四折……"

陈总大声呵斥："你干脆让我白送好了！乱弹琴，太不像话！"这时殷经理向大家使眼色，小声说："我们一起求情说：陈总，我们大家都很想念你！你就大发慈悲吧！"于是经理带头大家齐声跟着这样说了一遍，张总监也配合把手机对准大家，只听见瞬间沉寂，然后就听到电话里陈总的声音：

"爸爸妈妈们！重阳节好！儿子也很想念你们！既然你们苦苦哀求，我这菩萨心肠也拿你们没有办法。这样吧，我就破天荒给你们打五折吧！……"全场热烈鼓起掌声，总监这才关了手机。

于是，每人只须交 1.2 万元，就可以买到 6 盒共 60 瓶虫草地龙蛋白。张总监吩咐殷经理登记，两周后货到再付款领货。接着就上菜会餐，觥筹交错，宾主频频敬酒，吃了一顿丰盛的午餐，大家兴高采烈地各自离去。

两周后，余臬夫妇共花了 2.4 万元，买了 12 盒共 120 瓶虫草地龙蛋白片，可以吃一年。他们仿佛获得了仙丹妙药，憧憬着一年后身体健康将会发生显著的提高。

此外还有一家渝北的老年保健公司，也邀请了余枭夫妇前往听讲健康讲座。这是宁夏某研究所开发的羊胎盘胶囊，他们讲了羊胎盘对人体健康的神奇效果，说这是中外合资联合开发的最新产品，经过试验，救活了患有癌症、心脑血管病、肝病、肺病等各类绝症的病人，并列举了很多案列。如果购买了他们两个疗程的产品，还可以获得免费赠送一袋高品质的宁夏决明子和一袋宁夏枸杞。

不少人都争先恐后购买，余枭与雅梅商量，决定先买一份试试，又化了6千元，两人可以吃三个月，觉得配合虫草地龙片，一定效果更好。

另一家保健公司则是推销卖复达平和辣豆的，他们除了请医生来演讲这两种产品专治动脉硬化心脑血管的显著疗效外，还请了附近服用了这两种药的人上台现身说法，如何在街上晕倒，医院开的药如何无效，最后吃了复达平和辣豆才得以康复的实例，动员大家购买。余枭和雅梅也共买一份，能吃一个疗程，想试试效果。

过了一段时间，余枭觉得确实头晕现象没有了，但又不知究竟是那种药起的作用。第二次又应邀去他们那里活动，他们竟然说让大家共同努力，完成本年度销售额多少多少"任务指标"。余枭听了很不入耳，让我们客户帮你们"完成任务指标"，商人的急功近利这也太露骨了吧。所以从此就再不买他们的产品了。

最可笑的是另一家公司居然宣传"要培养百名百岁寿星"，让大家买他的保健品，就可以带着到广西巴马长寿村去疗养一个月。余枭觉得，人的寿命是先天性的遗传基因、后天性的生活条件、饮食起居习惯、心理性格、内心情绪等多种因素决定的。六七十岁的老人情况各不相同，现来"培养"就能成为"百岁寿星"吗？这种骗人的诱惑岂不是幼稚可笑了吗？再说，到巴马长寿村只疗养一个月，就能"延年益寿"吗？讲座尚未听完，他就和雅梅半途就退场走了。

就这样接二连三地购买，家里的保健品和各种治疗仪已经堆满了一间小屋；每天吃各种保健品，仔细计算着吃药时间和计量；夏天到成都避暑，或冬天到广州儿子家里过春节团圆，或者临时外出调研，都得带着一大堆药瓶，一日三餐谨记服用，添了不少麻烦。而且，一年之后，也未见出身体有什么明显的好转，每年公家组织的体检结果，各项超标的指标并没有明显的改变。

儿女和儿子也都认为这些卖保健品的都是骗子，千万不要上当受骗，余皋夫妇从此才开始有所怀疑，不再买保健品了。

直到几年后年从网上看到了一些卖保健品曝光的诈骗伎俩，大都是一些通用"套路"——盗用国家公益补助老年健康工程为幌子；以"免费礼物"当诱饵吸引老人上门；通过"上课讲座"的方式给老人洗脑；用"专家义诊"的幌子"诊断"出各种疾病；打"叫爹叫妈"等亲情牌让老人掏钱买保健品；通过花钱办会员证承若托管每月发放免费物资……等等诈骗手法。

余皋夫妇回忆这几年买保健品的经过，发现上述几家公司所用的手法与网上这些曝光的诈骗案例有着惊人的相似！甚至怀疑那次买虫草地龙蛋白片的小型座谈会上，那位国际保健集团的张总监与集团陈总打电话的过程，包括江城分站的殷经理帮忙为客户求情打折的那一幕，可能全都是他们三人事前设计好了的一场三簧表演骗局。而且那天只请了20来个客户，也是他们事前精心挑选出来经济条件较好的客户，不然，每人一下就肯化1.2万，怎么就没有一个人说掏不出这么多钱的？

还有，他们赠送的"宝贝"有的根本没啥用，如量子波光治疗仪，治疗血压血脂的激光表，或不起作用，或很快就坏；吹嘘赠送的"收藏金砖"其实就是第四套人民币，每盒只有一角钞票一百张，共十元钱，却吹嘘说过几年就将大大增值，结果没过几年，国家就通知第四套人民币将停止使用。最可笑的是他们在盒子里还装了正规发票：每盒买价是380元，结果到银行只能等价兑换，说就算到货币市场，也增加不了几块钱。

这么一想，这几年几万块钱全都被他们轻而易举地诈骗走了！余皋觉得自己还是一个二级教授，市政府顾问，居然毫不怀疑地一次次受他们诈骗，岂不可悲可叹！但是又一想，世上没有后悔药，权当花钱买了一次深刻的教训吧！

余皋和雅梅商量：今后我们不吃保健品，每天除了照常做好"日课"，适度锻炼之外，重点做好三点：一是保持平和乐观的心态，遇到烦心事情一定不要生气，不要激动急躁，不要埋怨，一切保持平静、淡泊、慢节奏；二是在作息上一定有规律，按时起床，按时午睡，午睡期间不接电话，晚上绝不熬夜，十一点一定按时睡觉；三是饮食上保持清淡，多吃粗粮新鲜蔬菜，水果，不吃动物下水，适当吃好猪肉，鸡蛋，鱼类，定时定量，不暴饮暴食。做到了这三条，身体就顺其自然，听天由命。

他两都觉得老百姓总结的"四能"很有道理：能吃、能睡、能走、能排（便），就算身体好。雅梅每天都要看北京卫视的"养生堂"节目，学到很多治病的偏方和饮食的营养烹调方法。例如睡眠不好，晚上就喝瓶酸奶；便秘就买葛根粉、或亚麻籽粉、或黑芝麻粉，用开水冲拌，再加点蜂蜜在里面，早上饭前喝下去，就有利于通便；不吃药时多吃萝卜也利于通便；多吃生洋葱可以不得老年斑，还可以降血压血脂；喝大米粥容易血糖升高，但如果参上小米或者玉米面就不会有负面影响；多吃红薯或南瓜稀饭，不但有利于消化，还增加维生素等营养；马齿苋、见肿消等野菜对人体好处都很多；前列腺肥大忌吃豆制品，豆浆最不易消化，肠胃病人最好不喝；鸭梨切块削片蒸冰糖吃可治咳嗽；秋天多吃鸭梨，冬天多吃酸楂；平时勤喝水，不要等渴了才喝；不要憋尿，对前列腺不好；要吃低盐、低糖食物，少吃膨化食品……

她还托北方朋友寄来山楂，因为不好保存，就做成山楂酱，每天早晨抹馒头上吃；冬天晚上睡前用热水加中草药泡脚，既有助于睡眠，又可保肾固原。按摩穴位可以缓解某些疾病；如便秘就按摩支沟穴、大肠俞位穴，或用干荷叶5克热水冲泡饮用，或用黑芝麻和杏仁粉混合冲泡饮用；高血压按摩涌泉穴、百会穴，辅助按摩太冲穴、昆仑穴，可降血压避免头痛；颈椎病按摩百会穴、风池穴、肩井穴；前列腺按摩关元穴、三阴交穴、足三里穴；腰肌劳损按摩腰眼穴、肾俞穴；肩周炎按摩肩井穴、三里穴、印堂穴；糖尿病按摩左侧胰穴、左右肾俞、脾俞、三焦俞，最后掐揪右手拇指两关节……等等。她经常提醒余臬，每晚看电视时边看节目，边做一些按摩，确实可以缓解一些疾病的痛苦。她俨然成了家庭医生。

余臬从实践中也总结了一些方法，例如早晚走步，往往走到一千双步左右，两个大腿胀痛酸软，实在无力走下去了，他就边走便用双手拍打腰臀之间部分，继续有节奏地走步，竟然马上就不胀痛酸软了；拍打着走2百步左右，双手累了，不再怕打，改为甩手继续走步，这样就能坚持走到1千八——2千双步了。走步时还可以边走边作某些穴位的按摩，如双手食指按摩耳垂后面凹陷处穴位，按摩5到10分钟，可以避免面神经麻痹，因为余臬中年时就曾患此病，所以还需防止。

天道酬勤，皇天不负苦心人。他天天早晚坚持走步，饭后也慢慢走半小时，虽然很麻烦，也很累，但明显感觉浑身有劲了，食欲好了，饭量也增加了，在平地或下坡走起路来，快步如飞，速度并不亚于青壮年；当然走上坡路就不行了，累得气喘吁吁，但可以尽量避免走上坡，宁可绕道多走一段平路。所以他经常陪妻子去买菜，背上个背包。

雅梅因为年轻时刚从北方来南方，夏天太热，看见别人开水龙头对脚冲凉，她也跟着冲凉，结果得了静脉曲张。晚年走路较慢，余臬就让她只提一点轻的叶子菜，重的东西自己用背包背着。到食堂打馒头，或去取快递等跑路的活儿，也都是余臬固定的任务。此外暑假最热的一个月，夫妇两总是把自行短期旅游与避暑结合起来，这也是对疾病抗争的一种舒展身心的方式。

2017 年暑假三伏天，余臬夫妇照样到成都避暑，因为受宜宾和乐山的几位学生邀请，就决定先去宜宾玩几天。宜宾有著名的蜀南竹海和李庄等旅游景点。记得二十多年前，还在江南学院时，余臬曾随中文系春游去过一次，但当天返回江南，所以竹海只是走马观花看了点皮毛；前几年随浩建旅游公司到江安县夕佳山考察乡村旅游，虽然距离宜宾较近，但也是当天返回，所以就没有去宜宾。至于雅梅和女儿晓蕾，都从未去过。

宜宾有江南学院 83 年毕业的周进、刘小芳夫妇，还有 87 年毕业的蒋德君，他们三人都是余臬的得意门生。前两人都是宜宾市机关公务员，现已退休，师生已经近三十年没有见面了；蒋则是宜宾学院文学院院长，刚卸任领导职务，尚未退休的教授，前两年他们年级开同学会时，与余臬才见面联系上的，他热情邀请老师师母一起去蜀南竹海旅游。所以余臬就从成都带着妻子女儿一起乘长途客车到达宜宾。

蒋德君到车站接站，安排在宜宾学院招待所下榻。次日他开车一起去游蜀南竹海，他岳父就是竹海景区内的一个村支部书记，还开了农家乐宾馆，所以就打算在他的农家乐宾馆里。

据德君送来的资料介绍：蜀南竹海位于四川省宜宾市长宁、江安两县交界之处，幅员面积 120 平方公里，核心景区 44 平方公里，植被覆盖率达 87%，7 万余亩翠竹覆盖了 27 条峻岭、500 多座峰峦，被誉为竹的海洋、翠甲天下，与恐龙、石林、岩棺并称"川南四绝"。素以雄、险、幽、峻、秀著名，集山水、溶洞、湖泊、瀑布于一体，有八大主景区两大序景区 134 处景点，其中天皇寺、天宝寨、仙寓洞、青龙湖、七彩飞瀑、万江景区古战场、观云亭、翡翠长廊、茶花山、花溪十三桥等景观被称为"竹海十佳"。蜀南竹海是国家四 A 级旅游景区，中国旅游目的地四十佳，中国生物圈保护区，中国最美十大森林，最具特色的中国十大风景名胜区，"绿色环球21"认证……

车刚进景区一段路，就见到沿着一条小河旁边公路上，葱茏茂密的幽篁两边弯曲靠拢交错覆盖，形成了一条长长的拱门通道，仿佛进入了一条竹林隧道，顿时使人感到浑身荫凉清爽，心旷神怡。余臬情不自禁地在车上吟成一首七言绝句《入竹海隧道》：

十里驱车入拱门，万杆列队俯迎尊。滨江两岸威仪仗，尽是苍龙嫡子孙。

进入大门，就是庞大的竹海博物馆，下车进入，见馆内陈列着各种各样的竹编竹器，琳琅满目，应有尽有。余臬平生第一次参观竹博物馆，顿觉弥眼新奇，目不暇接。还有《清明上和图》竹帛巨型壁画，都是与竹子有关的内容。唯一缺乏的是关于竹的神话传说和历代咏竹的诗词，馆内似乎没有涉及。半个多小时参观完毕，就出门上车，余臬就构思，利用游览中休息时写了七言歌行体《参观蜀南竹海博物馆》：

蜀南竹博一参观，眼界胸襟俱拓宽。郁郁幽篁君子韵，芸芸人类血亲缘。助吾猿祖竹弓箭，猎获兽禽肉食鲜。竹笋竹荪加竹蛋，山珍竹宴胜神仙。竹楼竹椅竹床榻，竹席竹帘竹箱匣。竹筐竹篓竹簸箕，竹筛竹磨竹拖扒。竹枪竹盾竹梭镖，竹造云梯城垛搭。竹甑竹笼锅竹链，竹简竹筒竹笔塔。工艺竹雕展览区，清明巨幅上河图。花禽人物山川画，栩栩如生境界殊。满目琳琅观不尽，神思飞动入云衢。

因思两汉书曾录，竹破天惊竹王出。夜郎王国据滇黔，汉遣唐蒙通款曲。浮舟竹筏竹桥通，飞山越涧鼓商风。竹笙竹笛竹箫起，西域南蛮皆弟兄。费氏长房竹杖神，腾空万里御风奔。一朝弃杖葛陂水，化作蛟龙衍子孙。龙子龙孙皆肇竹，龙传人类同竹族。中空竹茎有宽容，君子虚怀空若谷。竹节分明直不弯，高风亮节张风骨。凌空挺拔摩云霄，壮志非凡超脱俗。造福人间贡献多，不求回报偏幽独。

我心正欲纵神游，汽笛声催不敢留。缓步回眸追伙伴，忘忧谷里早忘忧。

接着又游了有溪流瀑布的忘忧谷，余臬写了绝句《忘忧谷》：

跳磴跨涧临飞瀑，石破天惊竹刺空。始悟知机须耐久，乾坤难阻蛰龙冲。

中午蒋德君就安排在他岳父家吃午饭，余臬从成都带来的礼物分两份分别送给蒋生和他的岳父。他岳父得知是女婿的老师，非常热情地接待，亲自下厨做饭炒菜，桌上的美味佳肴简直就是丰盛的竹宴：竹笋炒鸡蛋、竹笋蒸烧白、竹笋炖排骨、凉拌竹笋黄瓜、竹蛋炒肉丝，竹荪粉条酸菜汤、还有木耳炒肉片，以及新鲜时蔬等。这是余臬及妻女第一次品尝到的如此丰盛的竹宴，吃得兴会淋漓。饭后回农家乐宾馆午休后，下午继续游竹海登山，游了龙吟寺、观云亭、观海楼等处景点，又得诗三首：

龙吟寺

万绿丛中一点红，龙吟寺耸顶峰雄。天梯千级攀登勇，毅力原非为色空。

观云亭

拨雾穿云绝顶旁，双龙竞蓊起苍黄。百龟拜寿谁召唤，疑是朝天拜玉皇。

观海楼

盘旋八级上层楼，碧海三山眼底收。安得轻功云里走，竹林寻觅七贤游。

晚上仍在蒋生岳父家吃饭，余臬说："不能老是叨扰你岳父家，我们就在街上随便吃点就可以。"蒋生说："我岳父很好客，他吩咐了这两天都在他家吃中饭晚饭，你就不要跟我客气了!"拉着余臬又到他丈人家，一进门，就见人家早就摆满了一桌子菜了，他岳母就招呼大家入座，又是一顿竹宴山珍，还有鲜鱼。当晚就住在竹海农家乐宾馆。

次日清晨，刚洗漱完毕，蒋德君早就在楼下等着，接大家到街边小店吃早餐，有凉面、凉粉、稀饭、小笼包、芦苇叶糯米粑，鸡蛋，任各人选择。吃完后余臬争着付款，蒋德君不让，说："来我这里，我就是东道主，哪有让老师掏钱的道理?"结账后，又陪同一起在竹海中散了一会步。说今天安排游东山长城、流杯池和真武山，他已经按余臬提供的周进电话联系好了，与周进刘小芳夫妇汇合同游。

于是大家就收拾背包上车，离开竹海后在一个路口停下，就见周进刘小芳早在那里等着。他们同住一个宜宾市，这么多年来，因为相差好几届，又在不同单位工作，所以互相还不认识。周进夫妇迎上前来与余老师和师母女儿握手，余臬向他们介绍了蒋德君之后，他们都感慨万分说："同门师兄弟这么多年，咫尺天涯居然互不相识，今天幸亏余老师帮我们串联才得相见！……"

于是开着两辆车先游东山，沿盘山路上山后，就指着高耸的佛塔和一段宋元时期修的防御蒙古军的长城为老师解说，余臬灵感来潮，吟成一首《观东山白塔及长城》的七绝：

九层佛塔摩天笋，一里长城抗敌顽。遥想当年烽火炽，忠肝义胆壮河山。

然后上车下山，开往流杯池。这是一座小山，中间有一道很深的缝穴，山顶上两边的粗大黄葛树蓊郁交叉，浓荫如盖。沿着一条石磴阶梯走到缝穴下面，则是宽大的石洞，顶上一线天，太阳从缝隙洒下缕缕阳光；两边石壁上都是北宋大诗人、著名书法家黄庭坚留下的石刻书法；靠一边石壁下有一口泉，终年清泉溢满从不干涸；通过一条狭窄的石渠流到石洞正中地面，石渠呈连续的 S 形流出山下，又汇入长江。在弯曲的石渠两旁有对称的几个石凳，据说黄庭坚流放戎州（宜宾古称）时，曾邀约诗友在此作"流觞曲水"吟诗作书，故名"流杯池"。余臬对黄山谷一向崇拜有加，顿时兴会淋漓，作七律《流杯池》：

巨石中分一线天，穿庐洞底有方泉。流觞曲水诗兴雅，鲁直精书旷世传。

仰望榕枝荫顶盖，俯观云影倒坤乾。兰亭媲美孰优胜，造化钟灵在四川。

三位弟子看了，异口同声称赞："老师文思敏捷，夸这儿胜过绍兴王羲之《兰亭集序》的雅趣，对我们宜宾评价好高呀！"大家瞩目观赏了一阵石壁的书法，然后坐车下山后走了一段，再经盘山道爬上了真武山。刚一下车，一座威严的玄祖祠赫然在目。

余臬知道这是道教真武大帝庙，就快步入庙，只见香烟缭绕，真武大帝的塑像供奉其中，下面有跪垫，还有签筒，老道士正在旁边招呼香客。余臬从小因为看神话小说《封神演义》等书，又因为农业合作社会记余永寿的祖父就是道士，每年搞年终决算时，余会记都邀请余臬帮忙，长期的交往，余臬从高小时就跟着余会计学会背诵一段道教祈祷文。所以当下他就虔诚下跪，口中轻声念那段祈祷文字（唯不知文字是否正确）：

无形金针，无形奥妙。五减无增，禀天元气。气中有精，精光化药，百病回春。贯通血脉，沉病无惊。无形之妙，全在一诚。金光缭绕，万象丕真。一诚咏感，起死回生。太极变化，内藏妙文。启玄殿：一祈宗主，大发慈悲，赐下余枭有某某病，无形药品，无形药粉。

他起身摇晃签筒，掉下一签。老道士一直在旁边听见他念的祈祷文，便刮目相看，接过签一看，惊呼道："恭喜你抽到签王了！这是上上之上的签呀！"他念了一遍签文，说这是最高的吉兆，非大福大贵之人，是抽不到这样的好签的。余枭正在将信将疑之时，那道士说："你吃过鱼了吧？"余枭心想："昨晚吃鱼，他怎么会知道？"道士说："我看你肠胃不好，我帮你排解身上的淤毒！"余枭暗想：又让他说准了。

但见老道口中念念有词，双手比划了一阵，说："淤毒病气已排掉了，你今后大福高寿，官运亨通！我给你取个道名叫度航吧。"余枭说："我早已退休，哪来的官运呀？"周进马上说："顾问、学会之类职务也算官运呀！"又附耳低声说："老师，这个老道士一向很灵，前些时候给我一个亲戚，说得很准……"他掏出四百元，交给余枭说："赶快拿去感谢他！"余枭觉得太多，但出于对道教的尊重，就交给了道士。

老道高兴地接过钱，就立刻把一百元塞进自己的衣袋，其余三百元装进了化缘箱里。余枭马上叫管钱的女儿："晓蕾，拿出四百元还给你周师兄。"周进推辞了一阵终于收下了。余枭即兴写绝句《真武山玄祖祠求签》：

首次求签五内惶，谁知竟获一签王。不图寿久惟康健，谢赐嘉名晚度航。

上车下山就在街上吃午餐，周进夫妇争着请客，其中宜宾白肉切得像一张薄纸，很有特色，毫不觉得油腻。下午就开车到周进家做客，他们破开了新鲜西瓜，还有水果、瓜子花生糖果，沏上茉莉花茶，大家坐在沙发上，畅谈阔别以来的彼此经历。周进会做一手好菜，晚上他亲自下厨，小芳给他做下手，桌上摆满了美味佳肴：红烧江鱼、藕丁肉丝、清蒸糯米肉馅饼、圆白菜梗凉拌牛肉酱，还有皮蛋黄瓜汤。众皆交口赞誉，朵颐忙碌起来。

次日，周进、蒋德君开着两辆小车，载着余枭三人同游李庄。李庄在宜宾市浩荡长江的南岸，因镇境有一天然大石柱俗名"李庄"得名，从南北朝就叫李庄，至今已有1千5百多年历史，人口仅有1.2万人的偏僻小镇。但错落有致的木阁楼、青石板铺的狭长小巷、高大的木门槛和沉重的木门、一座座造型精美保存完好的古宅古庙，使它在全国早已闻名遐迩，成为首批省级历史文化名镇。在我国享有"东有周庄，西有李庄"之说。

看了景区介绍文字，加上周进的解说方知：因为1940年10月，日机疯狂轰炸昆明西南联大，造成重大的人员和财产损失，在昆明的中央研究院历史语言研究所、社会研究所和中央博物院等单位准备另迁他处，同济大学的建校计划立刻停止，一并迁往四川宜宾李庄镇。当时的同济大学就是今天的李庄中学，本是著名的慧光寺原名禹王宫，建于清道光十一年（1831年），由一主一次两个四合院构成，主院有山门、戏楼、正殿、后殿、魁星阁及厢房等建筑，其山门、戏楼均为重檐歇山式顶，檐下饰如意斗栱，整个建筑很有气势。

寺内有一个古戏台是李庄人的骄傲，它是四川保存最完整的古戏台之一，戏台台基上有单钩栏古代戏剧人物浮雕。台柱上挂了一块白底黑字木板，上书"四川李庄同济大学爱国荣校教育基地"。1942年5月国立同济大学35周年校庆就在这里举行，同济大学和江安国立剧专在这里联合上演曹禺的《雷雨》和《日出》。最感人的是建筑学家梁思成、女诗人林徽茵和逻辑学家金岳霖三人的感情故事，余臬为此写了歌行《宜宾偕诸生游李庄》：

东有周庄西李庄，神州古镇共名扬。李庄历史饶悠久，肇始南朝武帝梁。千四百年成镇史，青山环绕面长江。春秋僰国群居地，古寺街檐古色香。明代频征灭僰族，更兼张献横诛戮。蓬蒿遍野绝炊烟，湖广填川才起复。

倭寇烽烟遍地燃，东南华北半沦残。南京武汉迁重庆，同济名庠徙此安。中央史语研究所，亦徙来兹共克难。人口五千增万五，李庄从此变文渊。专家教授钟三水，学子英才遍八埏。傅李董陶皆泰斗，思诚思永天工手。第周元任岳霖伦，生语哲文居魁首。藏龙卧虎风雷吼，文史理工齐抖擞。汗青光耀照中华，六届青衿兰桂薮。

浪漫情缘最动人，才媛美女曰徽茵。建工美术通天巧，新诗更是妙超群。名流才子追求众，骚客志摩爱断魂。金岳霖公长暗恋，思诚梁氏竟偕林。岳霖情种追随切，古镇邻居相望热。甘愿喂鸡送蛋勤，不求回报情冰洁。终身不娶孑然身，坦荡友情林感烈："恨不分身处两难"，夫言"尊重妻权择"。三君情爱俱无私，磊落胸襟旷世稀。不似当今三角恋，情仇爱恨动凶机。三人雕塑连墙院，千载奇闻警后痴。友谊爱情皆义处，人间懿范共相依。

倾盆大雨从天降，江河汹涌波翻浪。友朋汽笛响频催，车上心潮犹荡漾。

在宜宾住了五天，最后一天游宜宾烈士公园，余臬即兴作《湖岸水榭留别诸生》：

十里平湖一鉴开，莫非织女掉妆台？山亭水榭青睐客，红日云霞弄影徊。

卅载师生情难尽，一杯茶酒意通该。夕阳西下无穷好，珍摄相逢互往来。

又将自己的《书剑斋诗赋词曲文集》分别题诗赠送三位高足：

宜宾赠书蒋德均学弟题藏头

德配功言三不朽，君临院系廿年劬。高峰笔到开迷雾，曲水文从探骊珠。

宜宾赠书题周进刘小芳学弟藏头臧尾扉页

进入戎州携隐流，芳馨竹海播川周。树犹如此相逢好，懿范逍遥比翼遒。

然后准备返回成都，周进夫妇说再住一天，他两也去成都与同学准备结队游俄罗斯，顺便同车返蓉城，但余臬说回成都明天另有安排。于是三位弟子送老师三人到车站，周进夫妇送了两瓶五粮液，蒋德君送了五粮液厂造的红酒，师生紧紧握手，依依难舍地告别。余臬三人登上长途大巴，在车窗频频挥手，随车飞驰而去……

在成都与北大荒老朋友汪伦斌全家聚会，他们现在都定居成都。老汪比余臬大两三岁，七十多岁还骑自行车全国到处跑；其子汪涛与余臬女儿晓蕾在北大荒就是发友，学美术，现在成都开了广告公司，事业有成。所以每次余臬夫妇到成都避暑，两家都要聚会。汪家二女儿凌燕找了个美国丈夫，已经移民美国；三女儿春燕也随劳务输出的丈夫，带着她的女儿——成都中医大学针灸专业毕业的大学生一起去美国谋生；只有大女儿海燕还在涪陵定居，原任电视台播音员，现已退休，她也特别能干，曾经自驾车去游西藏。余臬夫妇很佩服汪家子女都有一股子闯劲，敢于冒险的精神。

在成都休整了两天，因为余臬的学生84年毕业的黄梅现在乐山市党校任副校长，当年在大学时，非常崇拜余老师的才能，毕业后也经常保持通信联系，还给余臬寄过茶叶。这次又约老师师母去乐山游玩。还有在乐山职业学院任宣传部长的石建华，他妻子任中学教师的张立春，都是87年毕业的余臬教过的得意门生，他们也欢迎老师去乐山游玩。所以余臬夫妇和女儿三人又乘长途汽车到乐山，黄梅接站安排住在党校招待所。

次日黄梅就带领去游沙湾郭沫若故居及其纪念馆，余臬夫妇游完后方才知道郭沫若这个名字的来历：原来郭沫若是沙湾镇人，原名郭开贞，乳名文豹，号尚武。因为在兄弟中排行第八，所以母亲又称他为"八儿"。1919年，他在日本留学时，才取名"沫若"这个笔名。这是什么意思呢？"沫、若"，即沫水和若水，皆古水名，即今大渡河和雅砻江，是金沙江的两条支流，都在四川省西部。"沫水"、"若水"是流经郭沫若家乡的两条河流。他取此二水作为笔名，是表示他身在异邦、不忘家园的意思，也表现了他强烈的爱国主义思想。余臬灵感翻动，顿时写了七律：

沙湾郭沫若纪念馆及故居

天降文星沫若川，嘉州从此大名传。诗惊太白开新宇，史破诸家创绝篇。

井络英华多斩露，风云彩笔各争先。扬雄司马苏杨辈，泉下宁非刮目牵！

接着又游了黄梅的故乡西坝，这儿豆腐特别有名，成为"非遗"名扬中外，午餐就享用豆腐大宴，的确不同凡响。余臬的朵颐之乐，又促进诗兴大发，也写了一首七律：

西坝豆腐盛宴

西坝黄梅张特宴，周孃非遗蜀承传。蟹黄鸡爪加熊掌，麻辣灯笼酿腐鲜。

伦压僧筵诸素食，名扬中日港台宣。珍馐吃遍神州地，印象殊深独此筵。

次日又游犍为县文庙、罗城镇船型古街。文庙非常宏伟宽敞，保存完好，是全国四大文庙之一，冠甲全川；可惜名人塑像排序有些颠倒，墙上写的《论语》也有几处错别字；而船型古街创意奇特，是客家移民的杰作，寄寓遥深。余杲作诗二首加以褒贬：

犍为县文庙

不辞千里拜文宣，华夏四名蜀领先。天降斯人垂懿范，名闻万国润心田。

庑廊排序粗心误，论语刻墙错未悛。圣地瑕疵虽可叹，朝宗不废百流川。

游罗城镇船形古街

客家自闽移民此，建造船形半里街。桑梓何时归落叶，扬帆闽水扫茔阶。

次日，石建华夫妇开车前来同游乐山大佛、乌龙寺、尔雅台等景点，沿途师生畅谈，时而指点江山，怀古感叹，照相合影。余杲兴致盎然，作诗三首以记其事：

乐山大佛

佛身坐像等山标，交汇三江镇水妖。别看游人如蚁聚，多非信佛为奇召。

乌尤寺

观音百态化身尊，唯有乌尤最悚魂。变作鬼王来镇水，盛唐文物独今存。

尔雅台

郭璞斯台疏尔雅，赵熙考证壁文存。文星照亮山川秀，滚滚江潮涌翰魂。

午餐、晚餐都是石建华夫妇做东招待。晚上回到党校招待所，余杲分别赠送他们自己的《诗赋词曲文集》和《古典诗词曲文名篇鉴赏集》两本书，又拿出优盘中自己作的国学、文学方面的讲座课件，让他们选择考到自己优盘上，一来可以学习，二来也可以在当地讲座。他们感激地说："恩师送我们的大作和课件，使学生受教终生，这比任何礼物都更加珍贵啊！老师今后只要有空欢迎随时来玩，我们全包吃住！"余杲说："你们都是我最得意的门生，所以我也是终生难忘！这次总算了了这个夙愿。"当晚喝茶尽兴而散。

次日，黄梅陪同与余臬夫妇一同顺路去游眉山，游了东坡湿地公园、三苏故里、东坡读书楼等景点，余臬对三苏尤其是东坡一向敬仰崇拜，诗情涌动，作诗三首纪念：

眉山东坡湿地公园

东坡湖带岛回湾，栈道桥廊曲水环。音乐喷泉天幕影，亭榭坐凳地花圈。

白茅丛里偕渔隐，茶酒楼中话史闲。庆幸来游文藻地，诗情画意涌胸间。

三苏故里

步行纱縠寻苏府，百亩林园掩故居。竹木荷池流雅韵，高风亮节溢诗书。

八家唐宋膺三席，千载方馨泽万闾。莫怕迷津多困扰，峨眉山月照云渠。

东坡读书楼

六一文章轼楷觚，双雄绝妙若明珠。欧公微笑藏深意，师道青蓝韵味殊。

黄梅在一家著名餐厅招待余臬三人吃了一顿特色午餐，有东坡肘子、东坡红烧鱼、粉蒸排骨、东坡竹荪鸡汤等佳肴。临别，余臬特地写了《乐山赠黄梅学弟藏头藏尾》诗：

黄菊傲霜冠众芳，梅花斗雪独幽香。滋兰九畹嘉州放，育苑卅年琢玉光。

然后送行到车站，师生依依告别，余臬等人上车挥手，向成都奔驰而去……

第七章　天助巧合

都说人到老年，总好怀旧；但余臬只有晚岁才亲身有所体验，方知这话不但丝毫不差，而且别是一番滋味在心头悬念；不过余臬的怀旧，不仅是时时冥思苦想，而且是非常迫切希望能够与阔别多年的老朋友、老同学、老弟子们重逢会晤。下落不明的，他就多方电话打听；路途遥远的，他就和对方用电话联系，添加上微信聊天，甚至准备长途拜访；昔日有些属于君子范围内的恩怨误会的，他就主动电话道歉，冰释前嫌，表达希望有生之年能够会晤重聚。

他认为，常言道："人之将死，其言也善。"那么何必要到将死才说呢，趁现在大限未到，还能走动时重逢聚首，当面畅叙，把该说的全都说完，以免到时候来不及说，岂不更好？当然这要克服很多困难和障碍：譬如下落不明的老朋友，就得找他最好的亲友打电话辗转询问，顺藤摸瓜，直到落实目标的电话号码为止；路途遥远的，就得不怕万里之遥，不惜路费花销，不辞车马劳顿，亲自长途跋涉莅临拜访；至于过去发生过误会，或有些小是小非的嫌隙恩怨而中断联系的，就得虚怀若谷，有容忍海量，放下过于自尊的架子，主动高姿态向对方关心示好、赔礼道歉，动之以情，晓之以理，说明毕生友谊为重，祈求谅解，以和为贵，希望重归于好，否则死不瞑目，直到对方心悦诚服同意见面为止。

这三点，在余臬看来，就是古稀耄耋之龄、行将就木的老人大限之前的一颗拳拳之心，一件终身未了而又必须了却的大事，一种内心忐忑不安的心病。

他首先想念的是小学时期的同学，因为小学时期，都心怀一颗纯真的童心，很少受社会世俗的污染，没有城府机心，因而友谊最真诚纯洁；而且对余臬而言，初中只上了一年半，中途还休学一年，两个班的同学只有一年甚至半载的接触，不像小学 6 年时段较长，所以初中的同学除个别外，至今多半印象模糊。

于是他就打听小学同学中还有联系的陶加胜、李淑君等人：陶在乡下，已患病卧床不起；李在江城女儿家，尚很健康。从李那里得知小学与余臬同桌座位的张传珍的电话，方知她是在本市市中区一所中学任教，而今早已退休还住在市中区。果然，张接到余臬电话，非常高兴，想马上见面。余臬就建议和她两约定时间，一起回常安县回龙镇老家看望小学同学，她两都很赞成。于是她们和余臬约定初夏某日在长途汽车站取齐，一同乘车回老家搞一个小学同学聚会。

到了那天，余臬按时到站，发现她两早已买好三人车票在等他。李淑君，倒是余臬回江城后曾见过数次面，彼此都到过对方家吃过饭；张传珍则与余臬小学毕业后就从未见过面，双方打量了半天，半个多世纪的沧桑变化，而今都是古稀之年，自然有不尽的感叹唏嘘。于是上车后一路上各自倾吐经历的峥嵘岁月。

她父亲当年解放初就是回龙区区长，余臬原以为她的成长一定是一帆风顺，哪知她父亲后来历次运动也蒙受了不少屈辱挫折，自然也影响了她的命途多舛。余臬向她打听堂兄余辅贤，不料竟然是他姑父，哑巴堂嫂就是她亲姑姑。这真是"踏破铁鞋无觅处，得来全不费工夫。"余臬多次打听辅贤兄的下落都音沉信杳，谁知竟然是她的姑父。他马上记下了辅贤兄的电话，在车上就迫不及待地打电话给他，他一听是余臬的电话，也欣喜若狂，说他现在江北小女儿家住，盼望尽快聚首会面。

余臬打完电话，就对张传珍开玩笑说："老同学，这下你该称我为表叔了吧！"她笑道："各算各的，我们同岁，你莫想占我便宜！什么表叔啊……"

客车到了回龙镇，因为张、李二人早已通知了在老家的小学同年级同学，除了有病不能来的，还有退休后已定居在外省外县儿女家的没法回来外，其余都来了，也只有20来个。于是在饭店分坐两大桌。张传珍向大家说："今天我们56年毕业的故乡小学同学会，难得聚一次！由我做东。"接着就隆重介绍余臬说："他是我们历届回龙镇小学毕业的同学中，学历最高的文学硕士、大学二级教授，大才子余文星，现改名余臬！"大家就鼓掌欢迎，余臬也站起来先鞠躬，讲了几句问候老同学的话。大家就挨个自报家门，都半个多世纪未见面了，所以如果不介绍，余臬几乎大多数都认不出来了。

接着张传珍就宣布开席，顿时觥筹交错，互相敬酒，余臬已经近二十年滴酒不沾，只好以茶代酒。大家边吃边叙旧，因为他们彼此都经常见面，所以话题自然就集中在对余臬经历的询问上，余臬简要地讲了当年大旱灾年，如何辍学逃荒到北大荒，如何得罪领导被迫害打击蒙冤遭难，平反后如何坚持自学，考大学如何政审不过关，拨乱反正后如何斗胆考上研究生的事讲了一遍，大家都为他否极泰来祝贺。

有的说："当年你是我们全年级第一名，经过几十年周折，现在你还是我们回龙镇第一名！"有的说："天道酬勤，有志者事竟成，你又为这句经典名言增添了一个典型的实例。我们家乡都以你为荣！"于是众人都再次敬酒祝贺，并殷切希望今后多回家乡来看看。席间，余臬问起没来的的几位同学，方知有的早已驾鹤西归，有的已卧病在床，那两个姓张、姓陈的"班花"，一个在西安儿孙满堂，另一个老年痴呆，不认识任何人了……

饭后，张传珍联系了旅馆，有五六个人是从江城来的，其中余臬的远房堂侄儿余天放 50 岁就患高血压谢世，他的遗孀穆熙凤这次就代她亡夫来聚会，也同住一个宾馆，大家放好东西后，就一起到老街逛了一圈。

当年乡公所的戏台已不复存在，只有一棵大黄葛树在风中摇曳，枝叶发出瑟瑟的凄凉声音，像是对回乡的故人在诉说沧桑。大家回忆当年余臬曾在这个戏台表演川剧的情景，不胜感慨万千，就提议在黄葛树下照几张合影照片留念，以寄托这份浓郁的乡愁。逛了一会儿，张传珍和李淑君因为曾经在当年农中教过书，说农中的学生还有一个同学会，邀请她两位老师参加，所以就分散活动。

余臬就去街上找当年农业社会记而今早已搬家住在街上的余永寿，不巧他到女儿家去了。幸亏熊忠有他的电话，余臬就给他打了电话，他说他马上骑自行车回来，十多分钟就到了。余臬一看，已经 83 岁的老友，却身体健朗，骑着自行车到处跑，一见余臬就热情招呼，请到他家去叙旧。

他住在街上一幢二层楼上，一进屋就拿出糖果、花生瓜子，两人边喝茶边叙旧。65 年余臬回家探亲曾与他见过，而今已是 50 多年了。故人久别重逢，共同回忆当年两人在农业社一起搞决算，一起表演节目，一起开年终庆功会……那一幕幕动人的情境还历历在目，就像看大脑银屏的电影一般，两位老人都高兴得心花怒放。

余永寿拿出相册打开，让余臬看他的全家福，他指着大照片上大约三十多个人，逐一告诉余臬：五个儿女、儿媳、女婿、孙子、外孙、小重孙、小外重孙……四世同堂，这是他八十大寿时照的。此外还有他单独 82

121

岁骑着自行车的照片……余枭羡慕不已地说："你真是多福多贵，与子孙四世同堂，30 多人，太不简单了！而你耄耋之年依然老当益壮，相比之下，我简直难以望其项背了！欸，我记得你妻子去世得早，这些年你都一个人独身呀？"他说："前年又结婚了，找了个伴，比我小 10 岁，是个退休的小学教师。"说着又翻开相册，指给余枭看他们的结婚照。

余枭也拿出一本自己的《诗赋词曲文集》签名赠送给他，说记得从小就看过他经常在当时专区的《群众报》上发表的报道、快板和新诗等作品，对他说："我受你影响，在学校写快板，初中休学一年上山大炼钢铁时办《钢铁战报》，自己也写点小诗，还编过时装川剧。可以说，你是我儿时文艺创作的启蒙老师呀！"

他接过书一看，赞扬说："啊！你写了这么多诗词歌赋，全是文言旧体，而且是作家出版社出版的，真是我们家乡第一大文豪了！你是阳春白雪，我写的那些不过是些下里巴人罢了，不值一提呀！"余枭说："下里巴人也有好作品呀！何况小时候最重要的，是兴趣上的潜在影响啊！"

这时张传珍打来电话，催余枭赶快到农中一起聚餐，说"农中的师生都听说你这个大学教授，大家都欢迎你来呀！"余枭说："我又没有教过他们，名不正言不顺，我心领了，吃饭就免了，代我谢谢他们！"余永寿夺过电话对张传珍说："余枭就在我家里吃饭，哪也不去了！"说完就关了机，对余枭说："我马上去煮汤圆，老婆走人户去了，不回来，今晚就在我这里住，我两还有好多话要说啊！"余枭推辞，他不由分说，就让余枭看电视，自己去煮汤圆去了。

吃完晚饭，李淑君又打来电话说："你不是想见刘伯琴吗？我们一起去见他，我知道他家在哪儿，你快下楼来吧！"余枭就向余永寿告辞，他再三嘱咐回来住他家，余枭说："旅馆都订好了，今后我们还会见面，欢迎你到江南成均大学我家做客！"说完就下楼和她们一起去找刘伯琴去了。

刘伯琴，本来也是余枭初小同班同学，但因余枭解放初家庭变故休学两年，所以后来复学就比他低两个年级了。伯琴从小学习成绩就好，一直读到高中，都是班上的佼佼者。60 年高中毕业，只因为他中医父亲 57 年打成右派，大学就因此不予录取，余枭深为他可惜；而且她妹妹刘兰芬就是余枭初中一年级同学，她后来读到高中一年级就辍学了。

到他家敲门，没有人，正迟疑间，见他就和兰芬一起从外面回家来了。互相寒暄一阵后，他让妹妹回家，自己便一起送三人回旅馆聊天。余臬拿出一本自己的《诗赋词曲文集》签名赠送给他，他高兴之极，就在灯下翻阅起来。张传珍、李淑君看见，就要求余臬也要送她两各一本，余臬正好还有两本，就签名赠送给她们。

三人边看边啧啧赞叹："写得太好了！之前只知道你是大教授，没想到你还是个大作家呀！"余臬说："作家已不敢当，更别说'大'了！只不过我是教古典文学的，就得知行合一，学以致用罢了！还请老同学惠正批评，不吝赐教才好！"张传珍笑道："听听，说起话来都是文绉绉的，到底是作家教授，就是不一样啊！"他们聊到深夜才散，送走刘伯琴，就各自就寝了。

次日早饭后，大家就一起去农村买菜花蜂蜜，李淑君说："城里超市的蜂蜜都是假的，只有很少一点蜂蜜，多数都用白糖掺进去冒充的！"找到养蜂一家农户，果然见到一大桶菜花蜂蜜，乳白色像凝固的猪油一样，不似城里超市卖的蜂蜜那样稀溜溜的。问价钱，那小妹说："都是熟人熟识的，就优惠价卖给你们，120元一斤，如果我们运到县城卖，就是130元一斤。"大家都各自买了两斤，李淑君买了4斤，两大瓶。

然后就到公交站等车，余臬争着买了几张去江南的车票，只给自己买了一张到常安县城的车票，说要去看望一位朋友，大家就上车，向县城奔驰而去。

到了县城，余臬就先下车，向大家告辞。其他人继续坐车向江南市开去。余臬到超市买了一袋水果，两袋糖果和一只卤鸡。就打电话给县民宗委的孙妙莹，她接到电话得知余臬已到常安县城，欣喜若狂，让他就在那个超市门口等她。不一会儿，她就笑容可掬地来到他跟前，说："是什么风把老师吹到这里来了？我还以为这辈子再也见不到你了呢！"说完就接过余臬手里的袋子，说："走吧，我家离这儿不远，600米左右就到家了。自从我结婚后，只收到你寄来的礼物，还从来没到过我家呢！"

余臬边走边说："实在抱歉，原以为退休后就有空来看望你的，谁知市政府又续聘我为旅游高级顾问，每年要完成一个研究课题，还要下区县调研，又要经常评审旅游规划……忙得一塌糊涂。这不，要不是回老家参加小学同学会，还真没有机会来看你呀！怎么样，过得还好吗？"她说："还算好吧，我们夫妇也都早已退休了。现在没事就是看书写字，画画，炼太极拳，在广场跳健身操舞……"余臬问："他对你好吗？"她说："好倒是好，他是从部队转业回来的干部，人很老实，只是情趣上当然比你就差多了！一会儿见了面你就知道……"

说话间已经到了她家，她打开门，就请余臬进屋。听见开门声，她丈夫就迎了出来，妙莹介绍说："这就是我在佛学院的老师余臬教授！"余臬和她丈夫一见，惊讶地同时睁大眼睛，两人分别大叫："左志军！""余文星！"接着就紧紧地拥抱在一起，半天两人都舍不得分开。孙妙莹在旁边惊呆了！忙问："怎么？你们早就认识呀？"两人同时回答："我们是老同学呀！"

妙莹仍睁大眼睛，困惑不解地问："可你怎么叫他余文星呀？老师不是叫余臬吗？"余臬笑道："我原来叫余文星，后来到北大荒就改名叫余臬了！"就指着他夫妇两人说："志军不知我叫余臬，而你妙莹又不知我叫余文星！哈哈，今天我们相见可真够戏剧性了！"三人突然都大笑起来。

夫妇两赶忙让余臬坐在沙发上，一边倒茶递烟，削水果，余臬对左志军说："我们59年朝天门分别后，至今已五十八年了。我65年、69年、80年、83年几次回家探亲，都打听你的消息，说你一直参军在部队，又不知道具体地址，无法与你联系。"又特别回忆起当年离家在朝天门的往事，红着眼圈说：

"当我发现你走丢了，我们到处呼喊寻找，都没有踪影，我急得大哭起来，哀求黄恩林再找一遍，周围路口都找遍了还是没有找到。最后黄恩林说，只有到菜园坝火车站通过车站广播你的名字，车站广播说：'左志军同学，左志军同学！你的亲友都在候车室等你，请你迅速到火车站候车室！'反复广播多次，直到开始检票，我还不断回头看门口，希望奇迹出现；结果你还是没有出现。黄恩林催我上车，那一夜我眼睛都哭肿了，黄不断安慰我。我说：'他身上一分钱都没有，又冷又饿流浪街头，可怎么办呀？'黄说：'你放心！巡逻警察会把他送回常安县回龙镇的。'可我仍然不断自责：他一直走在前面，我要是叫着他和我们并排走就好了，就不会走丢了呀！……一路上心里都在牵挂，为你担心，成为往后终身一块心病"说着不仅潸然泪下。

左志军急忙安慰道："你不要难过，这不能怪你！都怪我自己粗心大意，看来这都是命运安排，老天不让我到北大荒去受苦，好让我到部队去锻炼。如果我到了北大荒，就不会参军、提干，这不是坏事变成了好事吗！这就是'塞翁失马，焉知非福'嘛。"

孙妙莹笑道："原来你们还有这样一段曲折经历呀！老左，你怎么从来就没有对我说起呢？"左志军说："都半个多世纪的事儿了，提它干吗？……"余臬问道："对！不说这些不愉快的事儿了，快说说你们两怎么走到一起的吧？"妙莹立刻说："是领导介绍的。他转业安排到区档案局任副局长，他的前妻得癌症病故，他们局长就托我们民宗委主任给我做工作，开始我还犹豫，后来就答应了。"

左志军说："我前妻是农村人，婚后生了个男孩儿，上小学四年级时，他妈就患肝癌，到医院检查已是晚期，当时我在部队，请假回家在医院陪着她，没有几天她就过世了……"余臬问："那小孩儿怎么办呢？"左说："跟着他爷爷婆婆在家继续上学呗。"余臬问："那你儿子现在……"左说："他高职技校毕业后就到绵阳长虹空调厂当电焊工，早就成家，孙子都工作了。"余臬说："那你们身边就老两口？"

孙妙莹说："是呀！我们结婚都老大不小，不可能有小孩儿了。要不是余老师再三开导我，劝我还俗，我现在还不是在寺庙黄卷青灯孤独一人呀！"左志军也说："她常对我说起，多亏余教授的开导点拨，不然我们也不会走到一起。可我哪里想到这余教授就是老同学你呀！所以，从根本上说，老同学就是为我们牵线搭桥的红娘呀！"

妙莹也附和着说："还真是的，你还问我们怎么走到一起的？说了半天，还就是老师你最早促进、撮合我们这段良缘啊！"余臬说："这是你们命中注定，我当初只是劝说妙莹还俗，落实政策，谁想到冥冥之中却间接成全了我的学生和老同学这段姻缘。妙莹是个才貌双全的好姑娘，老同学能找到她，也是你前世修来的福气呀！"

左志军憨笑着不断点头。妙莹对余臬使了个眼色，说："好了，今天恩师兼红娘大驾光临，这是一场非常巧合的人间喜剧，值得庆贺！你们老同学慢慢聊，我去做午饭，你们多喝几杯喜酒！"说完她就转身到厨房忙碌起来。

左志军说："今天咱们老同学暮年重逢，方知是你促成我们夫妇姻缘，这叫双喜临门，真得好好庆贺。今晚你就别走了，就在我这儿住，咱两五十多年，还有一肚子话要畅谈呀！"没等余臬回答，孙妙莹听见了，就从厨房出来说："对呀，不管你有多忙，今晚都不让你走，你们老同学难得从小到老才意外重逢，正好西窗剪烛，倾吐个痛快。对啦，老左赶紧去买点叶子菜回来，家里没有新鲜叶子菜啦！顺便再买几颗大葱。"左志军应了一声，对余臬说："你先吃点水果，我去去就回来！"提着菜篮就出门去了。

妙莹从窗户看见左志军已经走到街上，就迫不及待地上前拥抱余臬，附耳低言："千万不要对他说我两初恋的事，免得……"余臬打断她说："我又不是傻子，这种事怎么能说呢！"两人紧紧拥抱了几分钟，余臬怕左志军回来，才慢慢推开了她说："从今以后，我们只能把初恋情感埋藏在心底，我会永远思念你的！"她也说："我也是！我经常梦中都在想你……"余臬警惕地问："你说梦话吗？"她说："不说！"

余臬说："那我就放心了！说梦话万一他听见，就会影响你们一辈子感情的。都这么老了，千万不要惹出麻烦，得不偿失啊！"她说："放心吧，我从不说梦话！"她转身又到厨房去了。余臬就坐下抽起女士香烟，又喝了口茶，这时左志军买回青菜推门进来了。

余臬说："你们菜市场离家很近吧？"他说："不到 300 米，所以很方便。"两人继续畅谈，左志军说了他在部队的经历，因为工作勤奋踏实，入党提干，转业时已经是后勤处少校参谋，到地方安排在区档案局任副局长，副处级待遇。退休时提为正处级，就参加社区老年活动中心组织的一些活动，喜欢打麻将，下象棋，钓鱼，打太极拳……

妙莹已经将五个菜端上了桌，左志军起身去开红酒，拿酒杯，招呼余臬上座。妙莹又端来油炸花生米和黄瓜皮蛋汤。五个大菜是卤牛肉、红烧钳鱼、粉蒸排骨、西红柿炒鸡蛋、和余臬送的卤鸡块。左志军斟满了三杯红酒，余臬忙说："我已经二十年滴酒不沾了，因为脑血管动脉硬化，前列腺肥大，医生叮嘱不能喝酒，连啤酒也不喝，所以我只能以茶代酒干杯了！"

左志军说："喝点红酒对软化血管还有好处，你就少喝一点吧！"余臬说："请老同学谅解，我确实不敢喝！"妙莹也说："老师身体要紧，你就不要为难他吧！以茶代酒也可以，只要心意到了，茶酒又有什么区别呀！"左志军说："好吧！那我们举杯，为老同学古稀之年才得重逢，为我们三人戏剧性巧合，干杯！"余臬以茶代酒也祝福他两意外喜结良缘干杯，妙莹不断给余臬夹菜，三人边吃边谈笑风生。

余臬说："这是最近几年我最高兴的一次聚会！"他夫妇也说："也是我们结婚以来最值得纪念的一次聚会！"余臬又夸奖妙莹厨艺高超，色香味俱佳，妙莹心花怒放，加上喝了几杯酒，脸上泛起红晕；虽然已将近七十高龄，依然掩盖不住美人的风韵。

当晚三人出外一起散步，到广场看中老年跳健身舞，妙莹也跟着音乐节奏跳了起来，她请余枭跳交谊舞，余枭觉得当着她丈夫不宜这样，就说十年前因为脑动脉硬化早就不能跳了，否则头晕目眩。过了一会儿，他们就漫步回家，电视也不看了，灯下喝茶畅叙阔别情怀，又谈到当今社会风气和未来暮年生活。

左志军说："老同学会唱川剧，不如给我们唱一段吧！"妙莹故意惊问："我怎么不知道老师还会唱戏呢？"左说："他从小就会唱川剧，在中学时还登台表演过《哭祖庙》、《江东桥》；在回龙镇演过《南阳关》《营门斩子》，当时县川剧团都要录取他，但乡公所嫌他出身不好，硬是卡着不办户口粮油手续，就没有去成……"

妙莹说："老师真是多才多艺，却又真人不露相。今晚那就必须唱一段，也让学生我开开眼界啊！"余枭推脱不过，就唱了一段《南阳关》，他两又鼓掌要求再来一段。余枭又唱了一段京剧《借东风》。左志军说："没想到你还会唱京剧呀！"余枭说："在北大荒学的，昆曲、黄梅戏都会唱几段。"于是夫妇两又要他唱昆曲、黄梅戏，余枭只好又唱了昆曲《牡丹亭》、黄梅戏《天仙配》各一段。余枭一看手表，此时已近子夜，于是妙莹就领他到一个单人房间，然后回到自己卧室，各自熄灯就寝了。

次日早饭后，余枭就要告辞，志军夫妇一再挽留再住一天，余枭说家里有事，坚持要走。于是夫妇两送他到车站，彼此嘱咐一番"珍重"话语，余枭就上车而去。

回到家，他就打电话与堂兄余辅贤，请他到成均大学家中来聚，辅贤说他这两天颈椎不舒服，住在小女儿家，让余枭到他那里去会面，并告诉了详细地址。余枭迫不及待，当天下午就买了水果等礼物，坐轻轨找到了他女儿家，辅贤出门迎接。余枭一见，堂兄已经微有驼背，不像当年那样腰板挺直了，也比年轻时瘦了一些，没有大肚，这倒是一个好现象。所以高兴地说："咱们兄弟分别了50多年，而今你已80多岁，难得'千金难买老来廋'啊！"他爽朗地大笑说："枭弟依然腰板挺直，虽然廋削了些，但仍然精神矍铄，气色不错嘛！"他两相扶坐下。

女儿女婿都喊"幺叔"，又让儿女们叫"幺外公"。一边倒茶，招呼吃水果、花生瓜子。余枭说："我多次打听你的下落，问了不少人，都说不知道。结果碰到小学同座位的同学张传珍，说你是她的亲姑父。这世间的事就是这么巧合啊！"他小女儿说："原来你和表姐居然是同座位的小学同

127

学，我们都不知道，实在太巧了！"

吃晚饭时，堂兄的大女、二女儿和女婿都来了，原来他们都住在一幢楼房中的不同楼层，全家听说分别了五十多年的幺叔来了，都来恭贺重逢。于是两张桌子并拢，大家围坐吃火锅。余臬和堂兄都不喝酒，就以茶代酒互相祝福，两个火锅热气腾腾，象征着四家合一的团聚，其乐融融。大家都询问余臬这半世纪的经历，余臬也就简要叙述一遍，晚辈们听了都很惊讶而又赞叹不已。饭后喝茶聊天，直到10点，余臬起身告辞，大家都劝他就在这里住下。余臬说："我刚从老家回来，家里还有事；这又不远，坐轻轨半个多小时就到了。今后随时再来就是了。"辅贤就让幺女婿开车送幺叔一趟，于是就送余臬回了家。

过了几天，一位医药集团公司的董事长朱庆炳打电话给余臬，说他儿子年底将要大婚，他想送给儿子一份不寻常的厚礼，要给儿子一个惊喜，想请老乡帮忙。早在十年前，这位朱总打听到余臬写辞赋很有名，当时他收购了老家云台天然气国企的职工医院，搬到江城，改名感恩医院。就请余臬给他写过《感恩医院赋》，所以他和余臬既是常安县老乡，又是老朋友。

他最早是个个体药商小老板，后来发了财，收购了国企职工医院，成为民营医药资本家。后来因为他想让余臬办高端国学讲坛，借此开拓他的医业市场，余臬也答应试试，但结果光是务虚，没有实际行动。而余臬是一个脚踏实地办实事的人，去了几次后感觉这事不靠谱，而朱总又经常有事缺席，只委托手下应付差事。余臬不愿意把时间耗费在这种无实际行动的空谈上，就有些生气让他手下转告朱总："我今后不会再来了！"从此便中断了联系，朱总也没有向他作过任何解释，这十年都没有来往。

现在他主动打电话请余臬帮忙，余臬回答他："作为同乡老朋友，只要是靠谱的，自然乐于帮忙。我曾为这十年中断联系深感遗憾，正想打电话和你沟通，不料你就打电话来了。不知你要我帮什么忙呀？"朱总说："我亲自开车来接你，到公司再详谈吧，电话上一时半会也说不清楚……"

于是余臬就坐车到他公司，他泡好了上等碧螺春茶请余臬品尝。余臬一看这办公室，非常宽敞气派，显然他生意做大了，一切都"鸟枪换炮"了！四壁都是名家的字画，除了办公桌外，还另备了一张大长桌，上面有文房四宝。他先为十年前没有办好讲坛的事向余臬道了歉，就拿出他厚厚一叠自己练习的书法给余臬看，全都是李白的那首《赠汪伦》绝句。他说自己每天都要书写几十张书法，余臬看了的确写得大有长进，颇有几分书法家的气象。朱说："我想让你帮我撰写《朱氏家训》，目的是在儿子大婚典礼上作为父亲赠送给他的厚礼，发扬光大朱氏家风家教，让他和儿媳能够继承发展我这份大家业，然后一代一代传承下去。我拟了十来条纲目，你根据这个意思再加以拓展，用浅近文言表述出来。你知道我文化不高，写作拿不出手，只有请你帮忙，费用不成问题。你看如何？"

余臬觉得这是好事，就欣然答应。他请余臬到高档饭店，打电话让他夫人来一起陪余老师共进午餐。到饭店后，余臬第一次见到他夫人，四十来岁，眉清目秀，颇有大家闺秀风度。席间，朱总讲了他当初之所以选择药商行业，就是因为癌症夺去了他母亲生命，而不久夫人也患了绝症，他为此四处奔波求医买药，终于使命悬一线的夫人起死回生，恢复了健康……。

余臬问起朱夫人的籍贯、姓名，家世，她说："我姓周，名慧敏，黄葛场人，家父周明，是你们回龙供销社店员……"余臬大吃一惊，站起来说："原来是周明兄的千金！我与令尊是忘年交好朋友，他曾资助过我上中学二十元学费，是我毕生难忘的恩兄！我几次回家都到供销社请他去我家吃饭，但近十年没有回过老家，后来听家人说他已不幸谢世了！我没有来得及去为他吊唁，至今都深感不安……"

她听了这番话，忙问道："余文星是你什么人？"余臬说："我原名余文星，后来去北大荒就改名余臬了。"她说："这就对啦，家父生前曾多次提到过你，说你怎么有志气，在北大荒艰苦条件下自学考上了研究生，成了大学教授。原来说的就是你呀！"

朱总听了也非常惊讶地说："原来你是我岳父的忘年交好朋友，我两认识十多年，今天才知道原来是老泰山的故人，失敬失敬呀！"三人都同时又惊又喜，于是以茶代酒，觥筹交错，互相祝福，都感谢上苍让他们重新互相刮目相看，觉得亲上加亲，从此夫妇两都改称"余叔"。朱总立刻打电话吩咐他的年轻助理，从办公室取来两盒上等碧螺春茶叶和两瓶外国红酒，送给余臬叔叔，然后他夫妇两人亲自开车送余臬回学校。

半个多月后，余臬以朱总的口气，撰写好了《朱氏家训》：

夫历朝家训，传宗经典。周公旦诫伯禽，司马谈命子迁；颜之推立专著，诸葛亮诫子篇；唐太宗诫皇属，包孝肃竖石刊；陆氏放翁家训，柏庐朱子格言；李毓秀弟子规，曾国藩"八本"传。并垂千秋懿范，悉滋万众心田。

今吾子大婚盛典，喜鸾凤旷世良缘。父无宝珠馈赠，唯兹家训昭宣。儿必志存高远，尤须镇定泰然：输能勇搏，赢不骄醉。胸怀六合，海纳百川，有容乃大，无欲则坚。谦恭似柳，忠信如磐，休存猜忌，慎辨离间。知是非而守底线，审利害而兼方圆。秉公以慎独，好义而不偏。多谋而善断，慧眼方识贤。大事聪明卓见，锱铢含混去嫌。良师益友，广交结善；察语观行，辨佞识奸。年龄三戒，色斗与贪；言语三愆，躁躁隐瞒。知九思四绝，悟六蔽三关。养生要诀，运动乐观，劳餐有节，烟酒少沾；平安至福，体健本钱。夫妻连理，道合居先；互帮互让，比翼齐骞。奠基不易，守业亦难；躬行此训，光耀族源。子孙替代，薪火传焉；则族门有幸，乃大孝无边。

又写了全文注释及引用《论语》等典故，并专门代朱总写了一首绝句，赠给参加婚典的亲友，让朱总亲笔书写成条幅，在婚礼上赠送给每人一幅：

孟公论孝传宗代，子媳婚姻盛典开。枉驾亲朋来四海，仁情义爱胜三垓。

余臬逐字逐句解释给他夫妇听了后，他夫妇非常满意。从此朱总每天就练习这两篇书法，练得滚瓜烂熟，再书写一幅《朱氏家训》和上百幅《绝句》条幅，吩咐拿去装裱好了。这一切都不让儿子知道，好让婚礼那天给他一个特别惊喜。

到了婚礼前夕，余臬夫妇接到请柬，便到江城宾馆参加婚礼。大厅里大约摆了二十多桌，近二百位贵宾参加。桌上摆满了水果、糖果、糕点、花生、瓜子和茶水。十点钟婚礼正式开始，主持人宣布新郎新娘上台，作简介之后，就宣布双方父母上台，也作了简介。

接着宣布新郎家长代表讲话。朱总先对莅临婚礼的亲戚嘉宾表示衷心感谢之后，就说值此儿子大婚典礼，他作为家长，送给儿子一份不同寻常的大礼，那就是《朱氏家训》，接着在掌声中他就打开事先亲自书写裱糊好了的《朱氏家训》卷轴展开，照着念了一遍，然后让新郎新娘前来受礼。最后又拿出准备赠送各位亲友嘉宾的条幅，说是他亲自撰、书的一首绝句，照着读了一遍，由工作人员挨个送到桌上。全场爆发出热烈的掌声，大家都为这种别出心裁的高雅礼物感到新奇而赞赏。不但新郎新娘感到惊喜，而且女方的父母亲友及全体到会的嘉宾，也都感觉这是他们破天荒见到的不同凡响的礼物。这也是这场婚礼中最为别致精彩的一幕……。

吃完饭，余臬夫妇向主人致谢告辞，朱总夫妇和新婚小两口一起送出宾馆大门……。

数日后一天晚上，余臬应邀在江南交通大学讲座，题为《水文化纵横谈》，会后，一位50多岁的老师从听众席中走到余臬面前，问道："请问余教授，你还记得北大荒852农场工程大队你的好朋友谭俊岳吗？"余臬说："当然记得，怎么你也认识他？"他说："他就是家父。前两天我看见学校预告的讲座海报，知道主讲人是古典文学专业的余臬教授，回家就跟我家人提起此事。我老婆说：'余臬老师就是我在江南学院的老师，讲课棒极了！'家父听见后就问：'你说是余臬教授？哎呀，此人可能就是我在北大荒的老朋友呀！不知是否同名同姓的？对啦，你应该去问问他，是否认识我？如果他说认识，那一定就是我的老朋友了。等讲座一完，你就开车把他接咱们家来'……"

余臬大惑不解，问道："谭俊岳兄不是湖南人吗，怎么在我市呢？"他说："我就是江南交大研究生毕业留校任教的，现在也忝任教授了；家父家母早已在湖南退休，现在我家里住着等你呢！"余臬欣喜若狂，说："自从78年我考上研究生后，就离开农场，后来听说令尊也调回湖南去了，但具体地址不详，从此就失去了联系。没想到竟然在这儿得知了他的下落，真是上苍眷顾，让我们老态龙钟时再度重逢！"

他说："那就请你赶快上车吧！"这时交大的司机问道："谭教授，那余教授就不回成均大学了吗？"谭老师说："你不用管了，到他回家时，我负责送他吧！"于是余臬就上车跟谭老师走了。

车上余臬问："你爱人是江院的学生，哪一届毕业的？叫什么名字呀？"他说："87年入学，91届中文系毕业，叫潘悦。"余臬说："我想起来了，潘悦身材较高，大约1米65左右，好像就是本市人吧！"他说："余教授记性真好，说得一点不错！"他又赶紧打电话告诉他父亲，说："果然是你工程大队的老战友余臬教授，你们就准备迎接老朋友吧！"一路上，余臬不断问他父母的身体情况，他也详细作答。因为是从新校区开回交大老校区，所以走了一个多小时才到他家，这时已经快十点钟了。

一进门，就见他父母迎上前来："果然是老朋友光临了！快快坐下！"潘悦也热情招呼："没想到我的恩师竟然是我公公婆婆的老朋友，真是多喜临门啊！"余臬也大声招呼："俊岳兄！洋姑娘安娜嫂子，我们终于坐

'末班车'重逢了!"他和老谭紧紧拥抱,又和安娜紧紧握手,最后与潘悦握手说:"你说得对,今晚是老战友四十年重逢,师生二十六年重逢,叔侄两教授荆识三喜临门!天下竟然有这等巧事,太戏剧性了!"

老谭夫妇和余枭相互仔细端详了半天,然后六只手重合在一起同时说:"空前幸会!空前幸会呀!"说完这才坐下。潘悦已经端上酒菜摆满了一桌子。余枭说:"我讲座之前就在交大食堂吃过晚饭了,一点不饿,你们快吃吧!"他们说:"你讲了一个多小时,又坐车一个多小时,三个小时了,怎么不饿,快坐下!喝两杯吧!"余枭说:"二十年滴酒不沾了!""那就吃菜!"余枭盛情难却,只好坐下以茶代酒祝福。

席间余枭问老谭:"怎么没有见你们的孙子呢?"潘悦答道:"他们都成家了,住在巴南鱼洞,本来也通知他们来的,但因今晚有事,说是来不了。"余枭问:"谭兄!你们是哪年调回湖南的?"谭说:"79年,好像是11月吧。"杨安娜(在北大荒都管她叫洋姑娘)说:"是10月底搬家到湖南怀化的。"老谭说:"对,10月底,调怀化市建筑勘察设计院。我们分别已经四十年了。只听说你研究生毕业分回四川了,却不知具体地址,所以这么多年失去了联系。若不是儿子龙湘回家说讲座的事,也许今生我们永远见不到了!"

余枭说:"龙湘这名字好,是否表示父母的籍贯是黑龙江、湖南,或是黑龙江出生,湖南长大的意思?"洋姑娘说:"就是这两层意思,你在农场时,他还不满周岁,对吗?"余枭说"对呀!我见着他的时候,胖嘟嘟的小脸儿,记得还在吃奶呢!你看,现在已经是教授了!'虎父无犬子',后生可畏呀!"转身又问潘悦:"你毕业后就在交大么?"潘悦说:"哪能呀?开始在中学任教,结婚后才调到交大学生处的。"

余枭说:"现在恐怕已经是处长了吧?"她说:"不好意思,刚升处长不到两年!"老谭喝了一口酒,说:"别老说我们了,快讲讲你回四川以后的经历吧。"余枭说:"很简单,开始在江南学院中文系,一年后就回农场搬家,妻子安排在学校图书馆。82年提讲师,86年升副教授,87年申报批准江院第一个古代文学硕士点,当年招生就带研究生,88年入民盟,任盟市委常委,92年升教授,94年任市政协常委,连任了三届。99年调成均大学任文学新闻学院院长,09年初二级教授退休,又受聘市政府旅游高级顾问,直到今年74岁才卸任,现在只是市政府文史馆员。"

他又问老谭:"你退休时肯定是高级工程师了吧。"他说:"是的,只相当于副高职称，但工资相当于正高。"杨姑娘说："还是余臬兄弟有出息，初中生自学十多年直接跳过高中大学考上研究生，在大学又连续破格，直到二级教授。"老谭说："是呀！你真是奋斗型的传奇人物，文科二级教授就算是到顶峰了！"

余臬说："这些都是过眼云烟，老年人最重要的是身体健康，这才是最大的幸福！"于是他们又谈到养生之道，互相询问健康状况。余臬一看手表，快十二点了。就要起身告辞。他们就拉着他说："难得老朋友暮年重逢，这是苍天赐予的最大幸运，今晚就在这儿住下。要知道，此生有可能是最后的见面了！我们过完年也要回湖南去了。"余臬说："那好吧！只是小两口明天还要上班，怕耽误你们休息呀！"

龙湘和潘悦笑道："明天是双休日，还上什么班呀！"余臬一拍脑门说："你看，光顾回首往事，连星期几都忘记了。"老谭说："所以今晚睡晚一点没有关系，一会儿我们再吃夜宵，来个西窗剪灯夜话，也是雅事一桩嘛。"潘悦说："对，我这就去煮汤圆当夜宵！"说完就到厨房去了。

不一会儿，黑芝麻馅的大汤圆端到桌上，每人一碗。余臬见窗外月照中天，全家又吃汤圆，老友新朋师生三重团聚，不禁诗情迸发，即兴吟成一绝：

剪烛西窗夜未央，三重巧聚吐衷肠。汤圆一碗甜心透，老迈重逢忆荒疆。

他们全家鼓掌赞道："好诗！好雅兴啊！"余臬这才想起自己带了一本《诗赋词曲文集》，原本想赠送交大合适的领导，但却忘了这事，正好将此书赠送给老朋友。他便掏出书，在扉页上题写了此诗，请俊岳兄雅正。老谭接过书一看目录，如获至宝，说："没有想到，你不仅是学术卓越的教授，还是大名鼎鼎的辞赋诗人！"他看了两篇，拍案叫绝。

潘悦说："老师的辞赋遐迩闻名，听说省内外到处都不断有人请他写赋，我在本市很多地方都看见碑上刻了老师的辞赋大作。"杨安娜说："在北大荒他就是出了名的才子，经常在报刊发表诗歌、曲艺，还编导节目得过大奖。冰冻三尺非一日之寒啊！至今我还记得你写给胖王的情诗，还是托我转交给她的呀！"余臬忙问："她后来嫁给谁了？"安娜说："好像找了个山东人，是个干部，她也跟着调回山东去了。"

他们一直畅谈到一点多钟，才安排各自就寝。次日起得较晚，早饭后，余臬邀请老谭夫妇去自己家做客。但他们说还有一些琐事，不想去了，反正今后互相都有电话，随时可以联系。余臬便要告辞，他们一再挽留再住一天，余臬也说家里有事，于是谭龙湘就去开车，他们全家送上车，各自挥手告别而去……

回到家里，余臬对雅梅讲了这桩三重幸会的巧事，雅梅虽不认识老谭夫妇，但也为此惊喜感叹了一阵。余臬觉得：这一年来，怀旧访友，收获不小。仿佛冥冥之中若有神助，否则怎么一而再，再而三地发生这么多巧合的事呢！莫非是我想念故友，精诚所至，与朋友遥相感应，故而天遂人愿？还是纯粹出于偶然的巧合呢？他为此兴奋不已。

1天，他正在为朝阳油库写赋，手机响了，电话中是一位女性音质温柔的声音："老朋友！你猜猜我是谁呀？"余臬沉思瞬间，说："我猜你是一位漂亮的女士。"她说"哎哟，只猜到一个大概，但我究竟是谁呀？"余臬说："我真的猜不出来了！"她说："你真是贵人多忘事呀，阿拉是谁，你都忘记了呀？"余臬猛然想起："你是武汉京剧团的大美人洪佩玲！对吗？"她笑道："算你还有良心，没有忘记我啊！"余臬问："你现在在武汉吗？"她说："人家都到你们江南一整天啦！特地来看你的呀！"余臬说："我不信，那你为什么不提前打电话告诉我，我好去接你呀？"

她说："是这样的，家父年轻时在医科大学上学时，一位最好的同学黄老伯毕业后一直在你们第三军医大工作，退休多年，现在将近九十岁了，身患绝症，时日不多了，非常渴望要家父来此见上一面。本来家父也是八十多岁的老人，多年不出远门的。但这是他老同学临终前的迫切要求，他不忍拒绝，就让我请假陪他来一趟。我平时也走开，想到这是见你的一个好机会，就向剧团请了假。昨天飞到江北机场，他们孙子开车到机场来接的站，安排住在三医大宾馆 103 号房间。家父在他老同学家聊天，我就给你打了电话……"

余臬说："这是请都请不来的贵人稀客呀！我马上打迪去宾馆和你相会，你等着，半个多小时就到。"他就告诉雅梅："武汉来了一位朋友，要我去三医大会面，中午可能回不来了，午饭不用等我了。"说完就带上一本书，出门买了一袋水果和江津米花糖、合川桃片各一提，叫了出租车，坐上前往三军医大宾馆。

找到 103 号房间敲门，一位戴着眼镜、白发苍苍的老者开门，余臬端详了一会儿，终于大声喊道："天啦，你老不是五林洞林业分场一连的洪医生吗？"老人也惊讶万分："你是……你是当年的余臬同志吧？"余臬说：

"你老好眼力，还认得出我呀？"

这时洪佩玲从外买了水果回来，听见他两的对话，也大吃一惊，忙问道："怎么，你们早就认识呀？"洪医生说："佩玲呀，你只说江南有你认识的一位好朋友余桌教授，可我怎么也没有料到就是余桌呀！你要是告诉我他的名字，我就知道是我北大荒的好友小余同志了。你不说名字，是否故意给为父一个惊喜呀？"

佩玲笑道："我根本就不知道你们在北大荒就认识这回事，余教授也从未对阿拉讲过，这完全是天大的巧合，我刚才也吃了一惊。你们这么多年的老朋友，可我们三人各自都长期蒙在鼓里；若不是你们今天会面，说不定这个秘密一辈子彼此都不晓得的呀！"

当下洪医生就与余桌紧紧拥抱了几分钟，无限感概地说："本来这次出远门是来看病危的老同学，却意外见到了分别五十多年的北大荒小战友，真是意外的收获呀！佩玲你快说说，你是啥时候认识余桌的呀？"

佩玲说："是96年北京召开民盟全国代表大会，在丰台宾馆晚上跳舞认识的。余教授交谊舞跳得棒极了，还是我主动请他跳的。开始还以为他是教体育舞蹈的老师，结果才知道他是教古典文学的教授！不久他去南京出差，我回上海去接你和妈妈到武汉过年，居然又在船上偶然相逢；03年他到武汉开三国演义会，给我打电话，我去宾馆看他，顺便请他去看我当晚的演出。总共交往虽然只这么三次，但也认识二十多年了。他曾邀请我到西南做客，我一直没有功夫，这次要不是陪你来看黄伯伯，你们这对北大荒的老战友哪能这么巧就能碰上见面呀？"

佩玲一边召呼他两吃水果，一边倒茶。两位老战友就打开话匣子，海阔天空地谈了起来。余桌方知洪医生是林业分场撤销后，又调到总场医院，粉粹四人帮后，才调回上海的。余桌也简要告知自己蒙冤、平反、辗转调动、坚持自学、考大学受阻，拨乱反正后考上研究生，毕业后调回江南学院，99年调成均大学的这段经历。

洪医生对女儿说："我认识小余，他当时才15岁，就为连队编导表演唱节目，我当演出队队长，到分场汇演得了一等奖，我们又代表分场参加总场汇演，又夺得了二等奖！他从小就是文学艺术天才，而又志存高远，勤奋好学，一个初中生靠自学考上研究生，一鸣惊人，而今成为二级教授，真是旷世奇才呀！"

佩玲说："他的经历我比你更早晓得，他还善于写古典诗词，才华横溢，出口成章……会唱京剧昆曲呢！"余臬对佩玲说："当年在农场编表演唱，还是令尊指导我'旧瓶装新酒'的办法，写好后也是他帮我修改的。可以说，令尊就是我从事文艺创作的启蒙老师啊！"洪医生说："你太谦虚了，主要是你自己有天赋……"

又谈了好一阵往事，余臬就说："欢迎你们父女两到舍下作客，如何？"洪医生说："我们是专为看望三医大老同学来的，不便离开呀！能见上一面老战友就满足了，做客就免了吧！"余臬说："那今天中午我做东，到外面吃顿饭总可以吧！"洪医生说："我们除了早餐在宾馆吃，其余都在她黄老伯家里吃，你已经带来礼物，哪能再让你破费呢！"

余臬说："你们来江城，我就是东道主，吃顿饭算什么呀！至于你老同学家，让佩玲打个电话告诉他家，就说一位北大荒老战友非要一起聚餐不可，他们一定会理解的。"洪医生只好点头同意了，佩玲就打了电话通知黄家。

于是三人一起到街上，余臬问他们喜欢吃什么，佩玲说："清淡一些的汤锅之类可以。"余臬说："鱼汤锅与土鸡汤锅，那种更好？"她说："那就吃土鸡汤锅吧。"于是找到一家比较高档干净的土鸡汤锅，余臬征求佩玲意见后，就要了土鸡竹笋汤锅，吩咐不要太辣。又点了大脚菌、茼蒿、豌豆尖等素菜，他问佩玲："小吃类喜欢吃南瓜饼还是红糖糍粑？"佩玲选择了红糖糍粑。余臬掏出女士香烟，问洪医生："记得你在北大荒是抽烟的，现在还抽吗？"他说："早就戒了十多年了！"余臬就忍着也不抽。

不大会儿功夫，汤锅端上了桌，一股鲜香扑人眉宇，沁人心脾。余臬问洪医生喝不喝点酒，他摇头说："酒也早戒了！"又问佩玲，她也摇头。余臬就斟满茶，举杯说："屈原说过：悲莫悲兮生别离，乐莫乐兮新相知。我和洪医生是老相知，和佩玲是新相知，平生能意外重逢你们父女新老相知，是我三生有幸！今日以茶代酒，祝贺我们三人的特殊重逢！"大家喝了口茶，然后就动筷子吃了起来。

洪医生说："这土鸡竹笋汤锅，味道鲜美，正合我意！"佩玲也说："味道确实不错。"余臬学着上海话说："侬满意，阿拉就放心啦，阿拉还深怕不合侬的口味呀！"说得他父女大笑起来。佩玲说："余老师点的菜很好，大脚菌、红糖糍粑我们也很爱吃！"

余臬说："阿拉晓得上海灵（人）喜欢吃甜食，侬晓不晓得大脚菌是本地特产呀？"佩玲笑道："你真是个老顽童，还会学说方言！"余臬说：

"可惜只会说几句。"洪医生说："小余同志乐观幽默，我两最投缘。你要是有机会去上海，一定到我家做客，老夫将倒屣相迎！"余臬说："有机会一定去！上海知青我也有几个朋友。"佩玲忽然凄然地说："不知我们还能不能再次重逢呀！"余臬说："会的，一定会的！"

饭后回到宾馆，余臬就说："不打扰你们午休了，就此别过。如果你们有空，敦请两位枉驾光临蜗居，就是再次重逢了！"洪医生让佩玲送送余臬。

二人走出宾馆，佩玲立刻温情脉脉地挽着余臬的胳臂，说："如果早认识你，我一定嫁给你了，我爸那么欣赏你的才华，肯定也会同意的。"余臬说："这是命中注定我们没有这份姻缘，现在做红颜知己，不是很好吗！"她说："可是不能长相厮守，我几次都因为相思而梦见过你，你梦见过我吗？"余臬说："我已老矣，只能算是精神恋爱吧。"这时来了一辆出租车，余臬一招手，就要上车，佩玲突然拥抱了他，然后松开，依依难舍地挥手说"再见！"……

第八章　远途访友

　　自从 4G 手机使用微信以来，神州之内、地球范围的通信联系发生了天大的便捷，人们在万里天涯海角，都可以添加微信，不用花电话费，就可以用语音、短信或视屏交流，这在十多年前简直是难以想象的的事情。

　　别看余臬会使用电脑发 QQ，做课件，但对智能手机，却是"老坎"，不但不会使用，而且非常畏惧。何故？因为他珍惜时间，害怕一旦使用微信，他在各地的学生就会添加好友，各种信息蜂拥而至，不回复显得没有礼貌；回复又耗费时间，穷于应付；还有捆绑银行卡、用支付宝，对于不熟练的人，很容易上当受骗，他连银行自动取款都不敢，何况手机捆绑支付！所以他长期使用老年手机，只用电话、拼音发短信两个功能。

　　但妻子雅梅是 B 型血，天生喜欢新生事物，而且接受新事物比余臬迅速敏捷；她早就想买 4G 手机，儿子宇翔也说老年人掌握非常困难，担心她学不会，反而容易受骗上当；但儿媳妇却支持婆婆，为她买了一部华为手机。她勤奋好学，不懂好问，没有多久就学会了很多，而且熟练地用支付宝，扫二维码购物支付。

　　于是，从北大荒的知青"荒友群"中，特别是北京知青、当年总场南横林子中学的同事们都纷纷与她取得了联系，从中得知余臬夫妇在北大荒教过的部分学生的电话；另一方面由于他们互相打听，北大荒的一些学生和各地知青也打听到余臬夫妇的电话；于是各地朋友纷纷打电话或要求加入微信好友，余臬为此也买了 4G 智能手机替代了过时的老年手机。这其中，就有不少学生邀请余臬夫妇回北大荒、回哈尔滨、回北京聚会。

　　其中有在秦皇岛的孙淑贞和在山东威海的陈伟文都是余臬教中学最得意的学生，热情邀请余臬夫妇去避暑，还有 852 总场时的邻居余英典在山东烟台，也邀请余臬夫妇去避暑。另外余臬的好朋友、山东师大的杜贵晨教授，余臬曾邀请他来江城南玩，顺便为成均大学古文学研究生讲座，但因他是孝子，老父亲已经九十多岁，所以不能远游。

　　余臬便想去山东和河北秦皇岛避暑的机会，顺便去看望济南老友杜贵晨教授岂不是一举两得？而北大荒 852 农场四分场六队认识的老人多已过世，学生也都大多分散在各省市、农场和管理局，一次旅游不能奔波四面八方。所以与妻子雅梅商量，最后决定：这次只到山东济南、烟台、威海，然后北上秦皇岛四个地方就已够一个月了；至于北京和哈尔滨，这次暂时作罢。

2018 年 7 月下旬，余臬夫妇预定了直达济南的火车票，并打电话告诉山东师大的好友杜贵晨教授，托他帮忙预定离他家较近的宾馆，然后就准备行李，按时出行。到了济南火车站下车，杜教授接到预定的宾馆安置后，当晚就在一家高档餐厅，他们夫妻为老朋友接风洗尘。两位老教授已经分别二十年了，虽然以前时有书信往来，近年也时有电话联系，但彼此重逢之后，毕竟都是古稀之龄，难免都有无限沧桑之感。

他们畅谈了近二十年的各自经历处境，对学术界的现状，高等教育存在的诸多问题，都交流了很多看法，然后安排了在济南几天的游览。余臬特地从江城带来了江津米花糖、合川桃片、怪味胡豆等礼品相赠，又早就通过快递寄了几本自己近年的著作给他。杜教授感激不尽，说等度完假之后，他也用快递回赠他的几本近著。余臬得知他老父 90 高龄尚健在，就感叹地说："难得令尊如此高寿，更难得杜兄践行'父母在，不远游'的孝举，使我由衷感动敬佩！……"

杜说："其实家父什么病都没有，只是年老寂寞，住在一起他又不习惯，而愿独住清静，所以我每天都要过去陪他一起散步聊天。"余臬说："杜兄的大孝不逊于老莱子了！这几天你就忙你的正事，我们夫妻自己安排旅游，杜兄不必为此分心。"他说："我有空还会到宾馆看你们，或陪你们去游览。"

余臬说："千万不要费心！我们有问题就用微信请教就是，这么炎热，不必劳动尊驾。"贵晨说："济南是个盆地，四面是山，所以很热，在山东称为火城。早晚出游稍凉快一些。"余臬席间即兴写了《济南与杜慕之（贵辰）重逢有感》书写赠予：

金兰义结忆燕京，廿载天涯共月明。洙泗弦歌藏泰斗，巴渝土赋逊长卿。

钱神威霸淫儒界，欲海横流守正声。今日重逢虽老迈，幸能契阔话余生。

慕之看后笑道："臬兄此诗颇有风骨，只是颔联对弟过誉，愧不敢当；

而兄台辞赋驰名西南，实在又过自谦了！……"当晚畅谈了很久，然后各自归寝。

次日早饭后，杜发来微信《和枭兄重逢有感诗》一首，并说"下午我来接兄嫂到舍下相聚。"于是余枭夫妇上午就乘公交到大明湖去游览。

一进大明湖，就见游人如织，络绎不绝。与1979年余枭与几位研究生同学游学途中游大明湖的游人寂寥简直是天壤之差。雅梅是第一次来游济南，见到这大明湖烟波浩渺，湖中荷叶连连，环湖人行步道宽广，大多是梧桐等绿树遮阴，顿觉神清气爽，心旷神怡。特别是见到北极阁清代刘凤浩撰写的名联："四面荷花三面柳，一城山色半城湖"时，雅梅不禁停步注目赞叹说："这幅对联写的真好！与这湖光山色的确名副其实！得赶快拍照照下来回去背诵。"

余枭说："最妙的是四个数量词对仗巧妙工整，而又通俗易懂，抓住了大明湖的主要特色。所以当年我们同学一见到，都与你现在心情一样，心驰神会，一个个都在默诵强记。可见这幅对联的魅力了！"他们在湖边漫步，累了就坐在树荫下休息一会；渴了就拿出小包的矿泉水喝上几口，然后继续前行。

到了历下亭，见有郭沫若撰书的楹联："杨柳春风万方极乐，芙蕖秋月一片大明"，写得也不错，于是又拿出手机拍照留影。带来的矿泉水喝完了，就在公园里水龙头处可以免费灌泉水喝，所以济南有"泉城"之称，这一点夏季就优于别的城市。

又走了一阵，到汇波楼上，方知是纪念唐宋八大家之一的曾巩而建的，他曾任齐州太守，惠民政绩卓著。楼中有曾巩的诗："问吾何处避炎蒸，十顷西湖照眼明。"可见他对大明湖的钟爱。他们环湖走了半圈，就坐下休息。余枭对比近四十年前的感觉，早已诗情喷薄，掏出手机，写了一首《重游大明湖感赋》：

当年游学泛湖舟，弹指将临四十秋。昔日空园何寂寞，而今接踵更无休。

圆荷滚露迎宾逗，铁庙辛祠竞影留。最是龙头泉饮处，旅途口渴不须愁。

从大明湖另一个门出来，走不了多远，就是趵突泉，是济南众多名泉之冠，这儿有宋代著名女词人李清照的纪念馆，里面塑有李清照的汉白玉雕像，美如天仙。游人都在这里拍照，余枭也给雅梅照了一张。接着观赏了陈列的李清照漱玉词的刻本和书法。一拨一拨的游客进进出出，很多人都是进去逛了一圈就出去，根本没有细看漱玉词；余桌还听到几位年轻人议论；"李清照是什么人啊？还修了个纪念馆！"听了这样的话，余桌深感年青一代对传统文化竟然到了如此无知的地步，于是灵感触发，写了一首《游趵突泉》：

　　济南七十二名泉，趵突名标榜首传。山水钟灵人毓秀，词坛婉约曲馨妍。

　　拜祠遥想斗茗趣，看展心游薄雾篇。游客吞吞随热闹，几人能解妙言筌。

　　因为下午要去杜贵晨家，所以余桌夫妇从趵突泉出来就坐车返回宾馆，在旁边餐厅吃了午饭，感觉有些累了，就赶紧睡了个午觉。四点钟醒来，杜教授已经发来微信，说他在楼下大堂等待。于是夫妇二人赶紧下楼招呼，与杜老师一起步行去了他家。

　　他家就在山东师大校门外面的家属区一幢楼房里面，坐电梯上去五楼就到了。一进门，他夫人早已准备了西瓜、苹果和花生瓜子等摆满了茶几，于是大家就边吃边聊天。他们书房也很整洁，几个玻璃书柜都装得满满的。

　　杜老师问："今天游大明湖、趵突泉感觉如何？"雅梅说："湖光山色很美，特别是到处都可以喝到免费矿泉水，这一点比北京上海都强。不愧称为泉城！"余桌则把两首诗用手机微信发给杜老师手机上，说"请杜兄斧正！"他看了之后称赞说："桌兄的诗写得真好！愚弟这方面自愧弗如，特别是平仄还感到麻烦。"余桌说："只要经常练笔，假以时日，自然就熟练了。"他们又聊起了学界的事，余桌问他："你知道四川老沈突然去世的事吗？"他说："听说了，他的死，可能也与心情有关。"余桌问："此话怎讲？他不是到处旅游写诗，还发给我几首，我看他心情蛮好嘛。"

　　杜说："你不知道他和中国社科院刘世德先生闹翻了的事吗？"余桌说："我早已退出三国演义学会理事，多年不参加学术会了，所以真不知此事。"他说："刘世德先生年老辞去会长职务，老沈想当会长，理事会征求刘的意见，刘不同意。就为这事他们就闹翻了……"余桌说："区区一个学会职务，何必如此计较！看来不少人到老还被名缰利锁羁绊，无法超脱这些欲望烦恼，还没有觉悟'苦海无边，回头是岸'的醒世恒言呀！"杜说："是啊，他们忘记了马致远'不争镜里添白发，上床与鞋履告别'

的提醒呀！"二人相视大笑起来。

杜夫人已摆满一桌子珍馐佳肴，招呼大家上桌吃饭。于是宾主围坐，杜老师以茶代酒，举杯动筷子，大家就吃了起来。吃完饭后继续喝茶聊天，尽兴而归。

次日，余枭夫妇早饭后，按照杜老师的推荐，又去游五龙潭。传说唐代山东第一条好汉秦琼的御赐府邸原先就在这里，到了唐玄宗天宝年间，秦琼的子孙和一帮朋友在家聚会，酒后大胆抨击朝政日非，奸臣当道，不免口出狂言，被人告发。奸臣就假传圣旨，派人到济南查封秦府，捉拿秦氏子孙归案。结果一阵雷鸣电闪，刮起大风，山崩地陷，整个秦府就坍塌坠落到深潭之中。后来有人潜入深潭，看见秦府在水中巍然依旧耸立，有五龙护宅……从此民间就叫此潭名"五龙潭"。夫妇在此拍照留影后，余枭触景生情，驰骋想象，写了一首《五龙潭秦府传说》以纪其事：

瓦岗聚义任元戎，李氏兴唐赐国公。天宝子孙批弊政，官军秦府缉群雄。

雷鸣电闪楼坍塌，地陷山崩影绝空。人见五龙潜水底，环围勋第水晶宫。

出了五龙潭，又乘车去游百花公园，旁边就是闵子骞墓，他们先游闵墓，竟然无人问津，非常冷清；再到百花公园，却非常热闹。但见很多退休的中老年男男女女，在公园围着踢毽；还有一拨人在另一处排列着各种体育器具的健身园荡秋千，玩单双杠，站在旋转盘上来回扭腰，或者双手拉着吊链牵引；也有二三人穿着肥大的白色衣裤在舞剑，或者练太极拳；远处丛林中还有老年队合唱老歌曲，传来阵阵笙歌荡漾……。

余枭和雅梅坐在树荫下的石凳上观看欣赏踢毽的人群，特别引人瞩目的是一位白发老翁，上身赤身裸体，油汗涔涔闪亮，两脚左右前后交替踢毽，在七八个人中他踢得最好，转身跳跃，敏捷如猿。余枭就在手机上写了一首七律《游济南百花公园和闵子骞祠墓》：

林荫蝶扑百花燃，中老退休鼓乐宣。击剑排球旋扇舞，讴歌踢毽弄箫弦。

唯怜闵子骞祠冷，空剩石人守墓阡。啃老当今非鲜见，谁知孝子值何钱？

觉意犹未尽，又写了一首词《一剪梅·济南百花公园坐观》：

盛暑公园百乐多，老少天堂，曼舞轻歌。林荫健体笑呵呵，翻杠秋千，舞剑婆娑。

踢毽围圈贵协和，白发仙翁，前后腾挪。轻舒猿臂脚飞梭，毽燕空飞，脚网森罗。

因为太热，每天下午就在宾馆开着空调看电视。晚饭后在附近散步。余臬用微信将所写诗词发给杜老师，他有时也奉和一首，这种唱和，余臬觉得颇有古人之风，而且不必当面就可以用微信传递，非常方便惬意。从此他每天都把所写的诗词，分别发给烟台、威海、秦皇岛的学生以及巴蜀的几个最得意的弟子。他们都及时回了点评。

余臬从前研究过元朝名臣、诗人、散曲作家张养浩，发表过不少论文，他就是济南历城人。所以很想去历城华不注山寻找张养浩的云庄隐居之处。他用微信询问了杜老师坐车路线，次日正好是阴天，就与雅梅一起乘车到了历城区，下车后一路步行问询华不注山。终于找到了，有"华不注"的旅馆招牌，但当地人却没有一个知道张养浩的姓名。有人指远处街口尽头对面就是华不注山，现在都叫华山。

余臬夫妇就又不辞疲倦地走到街的尽头，便是农村田野，见对面远处有一座山，街上居民都说那就是华山，山上光秃秃的长着一些灌木，并没有任何建筑物；近处有个正在修建的公园。余臬心想：这个公园一定有张养浩的塑像之类，就走到尚未竣工的公园里询问，树下只有几个人在打扑克，他们也都浑然不知有什么名人张养浩的事情。公园只修了一段平台，种植了几排小树，根本就没有任何张养浩的文化遗迹。

雅梅实在走不动了，就坐在街上一家照相馆等他。余臬又往回走到照相馆询问，那几位年轻人说："这儿原来是远郊区，近年来开发房地产，才修了几条街道，盖了不少楼盘。但从来没听说张养浩的事迹。"余臬就给他们讲了张养浩是元代名臣的生平事略，并说自己从大西南专门跑来瞻仰这位心仪已久的名人。他们这才肃然起敬，感动地说："你一个南方学者如此崇拜我们这儿的名人，而我们这些本地人却浑然不知家乡还有如此伟大的人物，真是惭愧之极了！……"

余臬与雅梅只好失望而返，回到宾馆，他就在手机上查百度网，方知张养浩墓在济南天桥区北园街道柳云社区。他就略加构思，写了一首五古长诗记其事：

济南游华不注拟拜张文忠公云庄不遇

万里巴渝地，特来历城游。拟拜张公墓，早车争座谋。先上七五路，中转五二六。经站二十几，华山吸眼球。闻此公园建，意必为公修；或为公塑像，或有墓茔留。

下车问父老，一问三不晓。再问公园中，人皆摇头脑。复返步行街，店铺茶楼找。特问文化人，仍是音尘杳。遂讲张文忠，元代名臣考。参议中书省，灯山疏谏表。皇权矛盾深，知机避祸巧。中年即告归，激流隐退早。步追范蠡公，亦效留侯老。朝命七征召，婉言父病扰。果然政变兴，英宗溅血倒。权臣拥两君，文武随风草。成王败寇终，池鱼祸难保。

陕西大旱遭，哀鸿遍野号。朝命张公救，中丞权柄操。救民于水火，欣然赴任挑。家资咸变卖，沿途活饿曹。开仓黎庶拯，祈霖华岳朝。昼夜勤民事，心急如火撩。积劳成疾死，万众俱嚎啕。如丧考妣恸，鞠躬尽瘁熬。一生多著述，《忠告》政见高。诗文继风雅，散曲尤雄豪。千秋泽后代，创意扬风骚。

吾语一完结，老少咸激烈：吾乡出名贤，浑然不知觉。新建开发区，文化欠挖掘。楼盘拔地起，人文却断绝。华山有斯人，云庄不可缺。重建陶然亭，勃兴旅游业。幸承先生教，千金献良策。

我感乡民情，此游不虚行。夕阳无限好，晚霞抹林菁。告别华不注，上车返回程。报站终点到，悠思犹未停。

夜晚查百度，方知张公墓：原在天桥区，北园街办处，柳云社区中，比邻西泺路，墓碑已破残，坟幸安然故。落定悬悬心，梦与张公遇。

在济南住了一周，便告别杜贵晨老师，预先就买了到烟台的火车票，并微信联系了余英典，她们夫妇开车按时前来接站，拉到他们帮预定的一家宾馆住下。然后就到一家海鲜餐厅为余臬夫妇接风洗尘。她知道雅梅喜欢吃海鲜，就点了鱿鱼、大虾等海鲜和烟台特色美食。

当年 852 农场南中住邻居时，余英典还是 18 岁的大姑娘，高中刚毕业。而今也已经是 58 岁的中老年了，虽然添了点皱纹，但依然是明眸皓齿，白净脸庞，饶有风韵，楚楚动人。她回忆起当时和她的好同学小穆经常向余臬老师请教文学写作，说小穆的拼音都是余老师教会的。但余臬自己却早已忘记，只记得去南方游学时在上海帮她买过的确凉衬衣和花裙。更没想到的是，她后来参加师训班培训后，竟然分到余臬夫妇刚调离开的四分场六队学校任教，她谈起了学校老师学生对余臬老师的崇拜和赞美。

她丈夫姜卫国原是 852 农场三分场车队司机，之前余臬夫妇并不认识，他们都是山东老乡，经别人介绍恋爱结婚的，人很朴实憨厚。两个孩子都已经工作了，事业有成。余杲问："往年烟台也这么热吗?"他两说："从来没有像今年这么热过，往年最高气温也不过 32 度，今年不知是啥原因，这些天都达到 38 度了!"

余杲拿出从江南带来的江津米花糖、合川桃片和怪味胡豆等礼物，说"东西带多了背不动，所以只带了几袋特产，但万里之遥，礼轻情意重嘛。"他们说："这么老远还带什么礼物呀? 真是难为你们了!"

吃完饭后，将礼物放在车上，就招呼余杲夫妇一起上车，陪同到海滨去玩。到了海边，看到大海宽阔无涯，烟台其实就在渤海与黄海交界处。看到海滨公园的介绍，较余杲事前的了解更加详细：原来烟台的起源是在明朝初洪武 31 年，为防倭寇，在此设置奇山守御所，便是烟台最早的城市雏形，又设置烽火台，也叫狼烟台，故简称"烟台"。1861 年，英国勘察代表以登州"滩薄水浅"，看中烟台芝罘湾港湾，清政府遂下令烟台为通商口岸。

烟台是扼守渤海、黄海的门户。秦始皇让徐芾海外求仙，就是海上丝绸之路的开始；隋唐时登州是日本遣唐使登陆之地；宋代登州是海防要塞，元代是刀鱼塞军港；明代设抗倭御卫所，出了抗倭英雄戚继光屡次在此击败倭寇；清代第二次鸦片战争后沦为列强半殖民地的通商口岸。甲午战争清政府战败，中日马关条约在烟台换约生效。在此期间逼使胶东半岛人民闯关东、闯高丽、闯南洋和"磨洋工"，反帝反封建斗争此起彼伏，波澜壮阔。八国联军侵入北京，皇帝、慈禧太后逃跑；独烟台人、翰林编修、国子祭酒王懿荣挺身而出，率领团练奋起反抗，终因寡不敌众失败，投井殉国。1903 年，烟台成立海军学堂，曾经参与甲午战争的谢葆璋（著名作家谢冰心之父）首任校长，这里也是冰心的故乡。该校后来成为中共胶东红色革命摇篮。

余英典夫妇带领余杲夫妇在海滨逛了一圈，指点远处的烟墩山炮台和海岛，还有岸边一排排度假别墅。又参观了海洋馆，海军学堂遗址，然后在沙滩上看男女老少在浅水区游泳，年轻夫妇们带着儿童在沙滩上徜徉，成群海鸥在浅水滩上觅食，远处有一道木板桥通往海中……

当晚，余杲在宾馆写了长诗歌行体《烟台怀古》：

半岛胶东东北角，烟台恰似钳形锁。勃黄扼守海龙门，洪武御倭营卫所。奇山设置狼烟台，烟墩从此点烽火。城市得名原此传，千载骚人怀古夥。

秦皇欲觅长生药，差遣徐芾寻仙岛。大船八百童男女，于斯出海杳尘香。日韩多次遣唐团，留学万千赴长安。渡海烟台频登岸，学我大唐文化传。宋元防塞设军港，明代倭兵犯海疆。江山毓秀雄才出，鼎鼎大名戚继光。兵锋所向倭军败，火攻炮击寇死伤。齐名尚有李成梁，辽东挫日亦辉煌。丰臣秀吉朝鲜退，保我金瓯固海防。倭寇贼心难改变，兵锋南转闽苏杭。满清腐朽怂包蛋，割让烟台口岸权。甲午风云黄海战，北洋师败灰飞完。此时又出王懿荣，甲骨发明四海惊。甲午战前回半岛，招兵团练抗倭锋。尚未出师清廷屈，马关条约烟台生。八国联军势破竹，皇城帝后逃西京。懿荣救国挺身出，率领团兵独抗撑。寡不敌众终失败，携妻投井国魂英。

辛亥胶东举义激，推翻帝制共和立。军阀横行祸乱频，哀鸿遍野不能止。成批百姓闯关东，日寇乘机侵华凶。誓死不当亡国奴，救亡图存做鬼雄。游击武工中共领，燎原星火顺风逞。台儿庄战破倭酋，铁道枣庄游击挺。烈士丹青照汗青，胶东英杰魂灵醒。

河清海晏看今朝，地覆天翻刮目瞧。烟台经济鹏飙起，外贸吞吐四海销。民富邦强风气变，当年炮台立海岸。见证沧桑警后人，勿忘国耻铭史鉴。黄海波翻泛远天，心潮起伏逐烟散。

次日，余臬典发来微信，说9点钟姜卫国开车来接，到他们郊区田园别墅去吃午饭。余臬和雅梅早饭后就去买了一袋烟台苹果和一个大西瓜，在宾馆门前等待。不一会儿，卫国果然开车来到，余臬夫妇就带上水果上车。卫国说："家里水果西瓜都有，你们不用这么客气！"小车开了半个小时，到了一座小山包上停下。

他们的田园别墅果然名不虚传，一排三间平房，再加拐角一间厨房，篱笆围起一个农家小院，大小两条犬一黄一黑，汪汪叫唤不停，不知是迎接主人还是敌视陌生人的到来；院内几只鸡在地上觅食，毫不避人；院外周围都是他家的菜园，种满了黄瓜、豆角、茄子、青菜、南瓜、西红柿和玉米等农作物；正面向着海湾，葡萄架上缀满了一串串尚未成熟的葡萄。整个小院干净，清爽，空气清新；还可以眺望大海，俯瞰半个烟台市区面貌。余臬夫妇顿觉心旷神怡，逸兴湍飞，称赞这是世外的桃花源，不禁联想起陶渊明的《归田园居》诗的意境……

余英典系着围腰，满头大汗，笑容可掬地走出来迎接贵客，进屋就是客厅，坐在大沙发上，大茶几上早已切好一大盘西瓜，以及苹果、李子等水果，热情招呼吃西瓜。余枭坐下，打开手机，将早已写好的两首藏头诗发给余英典，他们夫妇打开手机朗诵起来：

烟台逢姜卫国贤伉俪题赠藏头

姜齐后裔驾车频，卫结良缘载硕人。国度巴山连大海，好逢荒友庆东邻。

烟台赠东邻美媛余英典君藏头

英姿绰约东邻女，典教原庠继师魂。三十六年重遇日，友情犹胜石松存。

余枭问卫国："我怀疑你是姜子牙的后裔，不知对不对？"卫国说："你还真说对了！"他就去拿出一本书来，翻开让余枭看，他说："我大伯是军队中副军级文职人员，他根据《姜氏家谱》退休后到处走访、调查、考证，写了这篇很长的论文，上溯到西周初年齐国姜太公吕尚往后子孙的世系，顺藤摸瓜一直接上《姜氏家谱》的始祖，条理清晰地证明我们姜家这一支系，确实是姜太公的后裔。"

余枭看后觉得信然，就问："那你家肯定是一个大地主家族，对吗？"他说："是的，英典第一次回老家见我奶奶的作派，和你一样的结论。"余英典也说："我第一次见他奶奶，见她起居习惯，言谈举止，才知道什么是大家族风范……"余枭又问："那土改时你父亲是什么成分？"

卫国说："我祖父很有眼光，当时共产党势力发展很快，几乎占领了全中国半壁江山，祖父一看这形势，就赶紧卖光了大部分田地，到土改时就成了上中农。我大伯、二伯等兄弟又都参加革命很早，我父亲这房人子女也多，大哥二哥三哥都是革命干部或革命军人，只有我在家伺候父母，文化最低。"

余枭听了感慨地说："你祖父真有见识，关心政治时局，洞察风云变化，为你们后代子孙做出了英明决策。相比之下，家父就缺乏这种远见卓识，抗战胜利后还看不清形势，拼命节俭买地结果成了地主。他想给几个儿女留下家产；而他自己却在解放前两年就去世了。土改时我们小妈这一房本来田产房产都已卖光，但土改法规定：凡土改前三年靠变卖地主家产为生者，成分也是地主。结果我才6岁就成了地主子女，没有过上几天地主生活，却背了半辈子地主子女的黑锅，前半生受尽了歧视，初中辍学，

15 岁逃荒，16 岁被打成小右派，平反后考上大学政审又不过关，文革遭批斗……都是因为父亲没有审时度势的眼光造成的呀……"

余英典做好饭菜，端到桌上，安慰说："余老师快别伤感了！你虽然前半生受尽挫折，但却成了你努力奋斗的动力，自学考上研究生，否极泰来，成了二级教授。不也是坏事变成好事了吗！快上桌吃饭吧！"余桌说："英典说得对！磨难变成了动力，这是至理名言呀！"大家都开怀大笑起来。

午餐非常丰盛，蒸海鲜扇贝、青椒炒肉、秋葵炒肉丝、番茄炒鸡蛋，以及丝瓜、茄子、黄瓜等新鲜时蔬，除余桌以茶代酒外，他们都喝了红酒，觥筹交错，互相祝福，笑声不断，充满了田园乐趣。

饭后喝茶聊天，余桌问他们是怎样从北大荒到烟台来的？他两讲了这段奋斗的历程：

原来卫国姐和姐夫都在 852 总场机关工作，英典父亲也在机关工作，自然很熟，又是山东老乡，所以彼此撮合，成就了他两的婚姻。84 年通过山东亲戚帮助，调回卫国山东家乡鱼台县，但只能进入大集体参加工作，卫国开车搞运输，英典在食品公司后勤做蒸馒头、喂鸡鸭、养猪等杂活。她天性豪爽好胜，不甘心满足现状，就一边工作一边自学，发奋考财会中专。她记得余桌给他讲过白居易背诗，把诗抄写成纸条，贴在四壁墙上、柱子上、蚊帐上，举目可见，随时激励记诵的方法；就把财会要考的各种公式、定理、法则也抄写上墙壁，工作之余抓紧分分秒秒背诵，终于考上了财会中专。毕业后分回公司当会计。95 年调回她的家乡招远县针织厂财务科，卫国则调去给领导开小车。2002 年国企破产，她也下岗失业，每月只有 300 元最低生活费。但她还年轻，不甘心坐吃低保，夫妇两决心自己创业。于是就毅然闯烟台，卫国自己买了一辆车搞运输，英典则搞黄豆期货贸易。这才开始"芝麻开花节节高"，赚了一些钱，渐渐"小康"起来。07 年买下了这 1.4 亩坡地，盖了这个"田园别墅"。从农场调回山东鱼台，从鱼台调到招远，从招远奔赴烟台，买坡地盖房子，这四次决策主要都是英典的主意。卫国相对容易满足现状，但因为英典的好强奋斗，他也积极配合，才成就了现在的小康。女儿原在大连工作，后来找了个北京对象，现在北京小两口都是白领。儿子开始是搞动漫的，后来又好跆拳道，现在在烟台开了个跆拳道训练馆，当教练，他指导跆拳道大赛还得了大奖，现在已经成家立业。两个子女都很孝顺，经常全家到北京住上一段时间……

余臬听了这番回忆介绍，十分感动。他比英典大 15 岁，相当于两代人。从中窥见了年轻的一代人的奋斗挣扎历程，再联想到 60 后、70 后、80 后这几代人的奋斗经历，虽然时代环境各异，但奋斗挣扎都是共同的。"人生就是苦海"，但在苦海中却有不同的选择道路，只有在挣扎中奋斗，才能不断自强自立起来，这就是人生的真谛所在。

余臬又到院子里抽烟，仔细观赏了一阵，这个田园别墅的幽静、雅致，使他羡慕不已，于是诗情洋溢，很快在手机上写出了《西江月·姜卫国于英典田园别墅》词：

喧嚣闹市遥远，轿车已到田园。山坡林隐屋三间，犬吠鸡欢满院。

瓜果凉茶盈案，时蔬扇贝新鲜。葡萄架井望海天，心醉逍遥活现。

他走进屋里，把这首田园词念给大家听，英典夫妇也觉得写出了真实的意境，赶紧让发到她的手机上，卫国还说将来请人书写裱糊好挂在堂屋墙上留作纪念。

余臬夫妇要起身告辞，主人挽留吃了晚饭再回宾馆。盛情难却，只好吃完晚饭，卫国开车送回宾馆。下车后余臬夫妇继续在附近散步，发现好几个人在路边树林地下打着手电寻找什么，余臬好奇询问一位小女孩，她说找蝉猴，就是刚蜕变的幼蝉，说是本地难得的美味。

次日清晨，余臬夫妇出门散步，发现不远处有一所学校，校门口挂的牌子是"山东省工商学院"，于是进门去逛校园，在安有体育器材的地方荡秋千，发现食堂正在早餐。就走进食堂买了西葫芦鸡蛋饼和稀饭，价格比外面街上便宜得多。他们知道：因为高校食堂不上税，所以价格便宜；也比街上饭店要卫生，因为广大师生都在这里就餐，食堂不敢忽弄，否则吃出病来要负责任。所以从此余臬夫妇每天都到此吃早餐，甚至中餐。不过，第三天食堂就放假关门停业了。余臬写了一首词：

一剪梅·烟台山东省工商学院校园

浓雾轻纱罩校园，漫步林荫，酣就早餐。梧桐树下荡秋千，爽受晨风，细听鸣蝉。

路侧丛林手电燃，老少搜寻，遍地详戡，好奇询问为哪般？说捡蝉猴，美味稀罕。

听说下午四点钟后，海滨沙滩游泳的人最多，最热闹，于是余臬夫妇午睡后就步行到海滨，离工商学院不远就是海滨。果然见人群络绎不绝，小车停满了港湾。沙滩上黑压压布满了男女老幼，如蚂蚁聚会。浅水区游泳的人很多，沙滩上人们光着脚或坐或动，在松软的沙滩上休闲娱乐；小孩到处奔跑，大一点的儿童则在没膝的浅水中戏水，有的挎着游泳圈向水中走去……余枭夫妇则坐在沙滩边上注目观看。第一天来因为是午饭后，人不多，所以没有现在热闹。余枭结合两次观感，写了一首词描写这种景象：

望海潮·烟台海滨傍晚

烟台形胜，齐滨都会，清凉华夏名传。苹果黄桃，西瓜海味，丰盈物美馨鲜。西岱泡温泉，炮台想烽火，今昔悲欢。建筑多姿，韵涵中外、竞奇观。 申时蚁聚沙滩，见人流滚浪，泳服浮圈。夫妇领童，中青赛渡，临风戏水腾喧。豪兴买稀罕，急入鲸鲨馆，惊悚留连。转瞬黄昏夜幕，归去兴犹酣。

在烟台住了 6 天，这儿的消费比济南要贵，宾馆每逢双休日房间都要涨价 30 元左右。这大概是旅游避暑区旺季的缘故。宾馆旁边就有预定火车汽车票的窗口，余枭夫妇早就精心计算，提前预购了去威海的火车票，以及从威海返回济南的火车票，连同济南到秦皇岛的高铁票，全都一次预购了，免得到时候买票紧张，几天内都买不到票。中途各个城市下车、上车之间，都留有一个小时以上的空间，以便从容衔接。同时提前发微信让威海的学生陈伟文按时接站。

离开烟台的前一天，余英典又发来微信邀请中午到她家去吃饺子，卫国开车来接到家里。英典夫妇早已包好了韭菜鸡蛋虾仁饺子，已经下锅。又炒了几个小菜。不一会儿，几大盘热气腾腾的饺子就端到桌上，主人殷勤斟满了红酒，余枭仍然以茶代酒。英典夫妇说："这就算给两位老师饯行，预祝你们一路顺风，旅途愉快，干杯!"

饺子很香，正宗的北方水饺，别有一番滋味。余枭诚恳邀请卫国夫妇："一定去江城旅游，顺便沿江游三峡，到时提前打电话，我去接站!就住在我们家里，吃住全包!"他们答应一定会去。

饭后余枭就起身告辞，说回宾馆睡午觉。主人不让，说就在卧室午休，吃完晚饭再走，不然这么多饺子他们吃不完，第二天就不好吃了。于是又留下休息，直到晚饭后才回到宾馆。

次日，英典夫妇一起开车前来宾馆送行，还带了一袋水果、黄瓜，让在路上解渴。余枭夫妇装上行李箱，他们开车送到火车站，才依依告别而返。

火车不到一小时就到了威海，走出站口，却没见有人来接，他两就跟着人流下电梯到了下面车库。这时陈伟文打电话，说他就在出站口，让他们在车库站着不动，他下来找老师。结果碰面一看，双方其实刚才出站时就见过面，只因分别四十多年，而彼此都没有认出对方而失之交臂。陈伟文已经是高大魁梧的胖子，加上他又穿的一件保安制服，所以刚才出站时虽然照过面，余枭还以为他是车站的保安，完全没有想到是陈伟文；而余枭快满75岁，与当年伟文认识的余老师也是判若两人，也没有认出来。

双方感叹了一阵，伟文介绍旁边那位中年女性司机就是他的妻子余枚，然后就上车，开到预定的宾馆放好行李，再重新上车，余枭将江南带来的特产米花糖、桃片、怪味胡豆等礼品连同在烟台买的一袋苹果交给伟文夫妇放到车上。他们就到附近一家餐厅吃牛尾汤锅，晚上又到另一家餐厅招待吃丰盛的大餐。

次日早餐后，伟文夫妇开着车载着余枭夫妇去逛威海市区。因为余枭儿子宇翔的同学张红秋，也是余枭的学生，据说在山东大学威海分校，所以就在那里停下。余枭和伟文下车进去打听，人家说："此人早已调走。"问她"调到哪里去了？"她说"这不知道。"于是又上车开到环翠楼，这是威海市区最高处，大家一起登上数百步石阶，再逐层登上楼顶，果然将威海市区尽收眼底。余枭顿时诗兴勃发，写了《陪陈伟文学弟登环翠楼》：

七层高阁耸天升，直上扶梯绝顶凌。海绕全城收睿眼，山围港市荡尘膺。

心驰碧浪跨韩岛，足踏长风降日崚。休道古稀皆萎顿，老夫四海敢攀登。

下楼后在树荫下石凳休息时，余枭又写了一首《威海与陈伟文学弟重逢赠藏头》绝句：

伟魁接站不知君，文教北荒结子衿。情寄天涯明月望，谊深威海桂兰欣。

他问伟文喜不喜欢诗词，伟文说："喜欢，只是没有人指点。"余枭便对他讲了学写诗词的要领，让他先学不讲究平仄的古体诗，重点讲了押韵，对仗，不犯重韵，不犯合掌之类的常识。他很兴奋，说回去试试。

　　继续上车，开到海湾公园，伟文指着幸福门说："这儿晚上最热闹，你们晚饭后可以到这里散步纳凉"；又指着海对面的刘公岛说："岛上有甲午战争的提督衙门，和甲午战争纪念馆。"余枚也说："如果你们想去游刘公岛，我明天可以开车送你们到港口上船，但回来时就得自己坐船回港，再乘公交车回宾馆。大约要游一天。"

　　余臬说："太远怕雅梅走不动，再说天气太热，就不想去了。这海港公园不错，我们每天就到这儿来玩，权当散步乘凉。"于是在海港公园玩了一个多小时。陈伟文说："四分场六队学校的老师曹卫红也在威海，我已打电话让她来，中午我们聚一聚。现在十一点了，我们就上车往回返，估计曹老师也快到了。"

　　小车开到一家餐厅门前，伟文正打电话，曹卫红说马上就到了。果然不一会儿，曹卫红和她丈夫就出现在眼前，与余臬夫妇亲切握手。他们曾经在一个学校共事多年，卫红的妈妈又是幼儿园的阿姨，曾在假期教师到分场集训时帮雅梅看护过女儿，所以此次意外重逢也倍感亲切。

　　于是大家就一起进餐馆就坐，回忆起当年北大荒的岁月，余臬又问起卫红的几个弟妹的情况，方知他的大弟妹都在红兴隆管理局，唯最小的妹妹曹立新最有出息，哈尔滨医科大学博士毕业，现在已经是教授了。余臬为此非常高兴，举杯祝福。卫红的丈夫带来一瓶白酒，只有他和伟文两人对饮，其他人都和余臬一样以茶代酒。他两酒量都好，一斤白酒居然都喝完了……

　　次日早饭后，余臬夫妇就散步到海港公园去坐在长椅上观赏大海，遥望刘公岛，近看快艇冲开一条条白浪，一群群海鸥时而在低空飞翔，时而又聚集在水边觅食。蓝天、白云、大海，白浪，饶有诗情画意。坐了一阵，又起来围绕公园散步。返回时又到韩国商贸大厦去逛超市，几层楼上都是韩货，琳琅满目。威海距离韩国最近，所以街上随处可见韩国人开的超市、餐馆、会所之类。

　　晚饭后余臬和雅梅又去幸福门散步乘凉，那里张灯结彩，灯火辉煌，人山人海，沿着海边都是五彩斑斓的灯火，变换着各种图形。岸边都是乘凉的、锻炼的人群。还有各种大伞盖下的小摊，卖汽水、啤酒、冰糕和各种小吃的。更有不少人聚集在音箱旁边唱歌，或观看大屏幕上的节目。还有一家一家的人席地而坐在那里摆上小菜喝夜啤酒……这是威海市民夜生活的聚集地。

从此余臬夫妇每天早晚都要到海港公园散步，余臬在此写了几首诗词：

威海幸福门初夜纳凉

幸福门楼灯幻彩，人群络绎港湾填。近观舰泊刘公岛，仰视星垂夜幕天。

遥想当年中日战，恍惊倭炮虎狼癫。沧桑巨变今非昔，威镇海疆笑贼蔫。

黄昏独坐港湾

辽阔港湾抱岛巅，海鸥掠水起翩跹。凌波摩托如飞箭，拖出浪花白带牵。

望海潮·游威海海港公园

胶东名市，三方环水，明清镇海边疆。极目大连，朝鲜半岛，烟波彼岸扶桑。垂柳绕堤沙，碧波映楼厦，宽港堂皇。地产连滨，海鲜盈屋、远名扬。　　遨游胜景舒张。有刘公岛屿，国际汤场。提督署衙，蒙羞甲午，倭烽罪孽昭彰。怀古叹军殇，仰沐沙滩上，思绪回肠。蓦听人声鼎沸，灯火已辉煌。

江城子·上午海滨寻凉

蓝天碧海远茫茫，坐荫凉，避骄阳。海风习习，荡涤火胸腔。冰棍五元凭让宰，浇脏焰，化琼浆。　　子推轮椅树遮娘，雪糕尝，问安忙。承欢膝下，唯恐欠周详。顾问荆妻若腿废，儿女远，且何防？

一天，陈伟文又来陪余臬夫妇逛街，余臬说："你要上班，工作要紧，不用来陪我们，已经打扰你们不少时间了！"伟文笑道："不瞒老师，我原先在国企工厂当修理工，后来国企关停并转，我们就下岗了。我自己又到民企打工，搞了几年，也退休了。现在在一家公司当保安，没有多少事，有事随时可以请假。难得老师大老远来，我得请假多陪陪老师。余枚因为在医院工作，除了双休日外都要上班，所以不能来陪你们。"

余臬又问起他女儿的情况，他说："她在你们成均大学，其实是二级民营学院，毕业时才知道你在那里。感谢你为她推荐实习单位。但她想回威海，所以毕业后就回来了。原来在房地产干了几年销售，结婚后就自己开了一家卖玉器的小店。女婿是做生意的，日子过得还算不错。"

他又拿出手机说："老师，你看我学你写了两首歪诗，请你多加指正。"余臬一看，大惊喜道："哎哟，伟文！没想到你还真有写诗的天赋！写的还很有点古诗的味道，假以时日，一定会大有长进的。当初在北大荒时，你的作文就写得不错。班上男生就是你，女生就是孔秀丽，是班上成绩最好的。但我没有想到你写诗居然这么有天赋！"

伟文谦虚地说："过去从未写过旧体诗，前些天看了老师从济南、烟台写的诗词发给我，我就非常喜欢，认真学习；再加上那天你亲自给我讲了写诗的要领，如醍醐灌顶，使我突然有点开窍，所以就学写了两首……"余臬说："等我回江城后，给你寄一本我的《诗赋词曲文集》，你看了后再加紧练习，必须是触景生情，有感而发，渐渐就会升堂入室，越写越好的。"余臬又问他孔秀丽的电话。他发到余臬手机上，说："你在烟台时，她正好刚从威海回泰安看望她父亲，失之交臂了！"余臬说："没关系，有了电话，今后就随时可以联系的。"

他们走到一家"沙县小饭馆"，余臬很好奇，就进去看了看，原来是福建人开的饭店。就说："今天咱们就在这儿吃面，听说福建的面食做得不错，不妨试试看！"于是三人坐下，余臬要了三碗鸡蛋肉丝面，给伟文三两大碗，他夫妇要了二两小碗；再给伟文要了一瓶啤酒和小菜。一会儿就端上三碗面上桌，每碗都有一个荷包蛋，还有肉丝，二两的一大碗才8元，三两的才10元。而且味道非常不错。伟文也说："我在这里住了这么多年，居然不知道沙县的面这么好吃呀！"

余臬让伟文约曹卫红夫妇明天中午我做东再聚一次。然后他们就逛区政府旁边那个公园，那里草坪很宽阔，是个乘凉的好地方，也有一些绿树遮阴。余臬问伟文："这些年你回过四川老家吗？"他说："年轻时回去过一次。"余臬说："你们家乡邛崃县就是卓文君的故乡。平乐古镇非常好，我们前两年去游过，我觉得是川西最好的古镇，山水清嘉，街上都有一条水渠贯穿，是把江水引入流经各条街道再注入江中，循环往复，所以夏天在街上走都很凉快。街上很多美食、各种手工作坊制作糕点、糖果、酱菜、肉制品、豆制品等，应有尽有。临江那条街很多大黄葛树，坐在饭馆，就可以观赏江景，对岸沙滩上游人如织在戏水，游泳。我还写了一首歌行体长诗赞颂它呢！"

伟文说："现在老家也没有什么亲人了，所以就再没有回去过。"余臬说："是呀，没有亲情、友情、爱情的地方，旅游的情趣就将去了多半。我们之所以没有回北大荒，主要原因就在于此……"

快到 11 点了，伟文说他下午要上班，余臬夫妇也觉得太热，于是就分道扬镳，各自回家了。

威海的那家宾馆不但价格比烟台还要贵，而且电视线路总是出问题。没有电视看，躺在床上就很无聊，出去又太热，连着好几天没有下过雨。余臬写了两首诗词自我调侃：

威海宾馆难耐

出门游，热难堪，龟缩房中度白天。电视银屏无信号，空调冷暖换开关。搜肠闭目寻诗句，拥被坐床学悟禅。足穴按摩通滞碍，案头开卷解疑悬。词章微信传知己，侧耳临窗听暮蝉。争分夺秒忙事干，身心运动耗时间。

卜算子·威海旅馆

斗室一张床，窗外高墙堵。电视银屏信号无，霉湿充盈处。

避暑海滨来，涨价无恒数。通道衣裳晾满杆，客满犹争住。

因为在烟台已经预购了返回火车票，计划在威海住五天，但威海较小，没有多少好玩的地方，所以只能等待。次日早饭后，余臬夫妇就到街上选好餐厅，打电话邀请陈伟文、曹卫红两家吃饭，约定在所住宾馆门前汇合。

席间，余臬衷心感谢他们此次在威海的盛情接待，说明天就要乘火车回济南再转秦皇岛了。宾主互叙话别。伟文、余枚夫妇说正好明天是礼拜天，他们开车送到火车站。伟文本来在农场就考过驾驶证，但证还没有发下来就调到威海了。到这边又得重新报名学考驾照太麻烦，所以一直是妻子余枚开车，只有她有驾照。余枚说："你的学生孔秀丽，也是我高中同学呢！"余臬笑道："这么一来，我们更是亲上加亲了！"

第二天早饭后，余枚夫妇就开车来送余臬雅梅到车站，临别时，余臬夫妇再三邀请他们去江城游玩，到时他将倒屣相迎。随后排队进站，挥手告别。

人算不如天算，火车将要到山东淄博之前，突然临时停车不走了。问列车员，说前方线路出了故障；旅客们七嘴八舌地询问："要停多久才开车哟？"回答说："谁也说不准，耐心等着吧！"有人说；"那就开门让我们下车去透透气呗！"列车员说："这里没有站，不能下车！"大家只好焦急地等着，谁知几个小时过去了，火车仍然纹丝不动。列车长说："现在各条铁路上所有火车都停止了，着急也没有用啊！"

余臬夫妇更是如热锅上的蚂蚁焦灼不安，因为预定票的时间是：到济南后一小时就换乘济南至秦皇岛的高铁，而今已晚点五个小时，肯定无法按时到济南，高铁票只能退票了。邻铺位的一对年轻的山西夫妇，男生名叫李岩，曾留学日本，现在北京工作，一路上与余臬一见如故，谈得很投缘。此时见老教授着急，他就在手机上帮助搜索济南到秦皇岛的近日车票情况，他告诉说："余教授别着急，虽然到秦皇岛的高铁近三日都没有票了，但是从济南大明湖车站开往秦皇岛的普快车，还有硬座车票，是今晚11点20分发车，次日中午到秦皇岛，只是要在车上委屈你们过一夜了。"

余臬说："有硬座总比滞留济南要强得多，真是麻烦你帮我们查到了……"他非常赞赏这位李岩，主动邀请互相留下电话，添加微信，李岩大喜，于是成为忘年交。雅梅赶紧给秦皇岛孙淑贞发微信说明路上故障，可能更换硬座车次次日中午才到。坐在车厢无聊，余臬就在手机上写了一首《齐鲁行》以记其事：

山城老教授，愈教愈清废。三伏火热炉，远行避酷暑。携带老荆妻，穿山赴齐鲁。北方好乘凉，旅游访友晤。天不成全人，地球升温剧。北方赤热天，济南火炉处。威海与烟台，海风吹门户。往年盛暑时，不超三十度。今岁大不同，炎神空前怒。赤日火炎炎，汗流如雨注。幸亏早晚凉，海滨纳凉住。昼伏宾馆房，空调不停步。远景不能游，近景差可去。一个时辰归，背胸汗黏固。洗衣冲热澡，每天忙活路。唯嗟运气差，全球暴热遇。海滨旅游旺，中外游人聚。旅馆价飙升，随心乱涨数。谓言市场情，不怕你投诉。方知出远门，宰客任摆布。

避暑诚多嗟，访友却喜悦。齐鲁三地游，友朋心灼热。或是师生情，或是金兰结。契阔数十年，音尘久断绝。迩年荒友群，转传微信得。弹指多退休，老年怀旧烈。接站不识颜，相认皆哽咽。驱车陪出游，接风洗尘迭。邀约到家居，烹茶诉离别。水饺热腾腾，瓜果案盈列。举杯祝福频，肝胆照冰雪。良辰夜已深，纳凉共赏月。开车送栈回，中宵各安歇。次日上午游，公园是常客。休闲漫步溜，林荫坐片刻。旁观游园人，多是退休册。引吭俱高歌，歌声殷胶葛。扇舞滚抛球，转身巧妙接。或玩太极拳，击剑刚柔学。踢毽围圆圈，老翁腿敏捷。银丝左右飘，赤身拐跳跃。健身器械多，各自所需择。起伏荡秋千，牵引颈椎穴。扭摆治腰椎，双杠通经脉。毫釐养身心，每天寻快乐。晚饭尝珍馐，解囊不吝啬。临别送车站，依依洒泪诀。游园观民风，不愁诗料缺。触景便生情，诗兴勃然崛。随处可挥毫，天风海雨泄。集腋可成裘，情满东海国。北征未虚行，如斯何憾耶?

他发到李岩手机上，李岩看后，赞不绝口："老教授的旧体诗写的又快又好，真令我又钦佩又羡慕，能与你作忘年交，真是三生有幸啊!"余臬就把在济南、烟台、威海三地写的诗词都发在他的手机上，李岩大喜说："难得无聊的停车中，你又给我送来了这么丰富的精神食粮，感激不尽呀!"

火车在淄博停了九个小时，终于开动了。到了济南下车，与李岩告别后，余臬夫妇就赶紧拉着行李箱分别排队，一队是退票，一队是买票。整个售票厅人山人海，每个窗口都排了长队，乱纷纷，闹攘攘，一个个汗流浃背，半天才向前挪动一步，一直排了两个小时才买上了大明湖至秦皇岛的硬座票。顾不得又热又累，老两口赶紧拉着拉杆箱走出车站，坐上公交赶到大明湖车站。

检票进入候车室，黑压压候车的人群挤在里面，早已没有座位，只好站着。余臬让雅梅看着行李，自己拿着两个水杯去倒温开水，两人早已渴得要命，咕咚咕咚一气牛饮。等了两个多小时，一拨一拨的人群上车后，这才找到空位坐下。晚饭就在候车室，就着开水吃了面包、煮鸡蛋，直等到11点20分终于上车坐上了硬座。赶紧再次向孙淑贞发微信告知情况，好让她次日按时接站。

当晚车厢很冷，余臬站起来，从箱子里取出被单给雅梅盖上，让她躺着睡一会儿；自己找了一个空位坐下打盹。度过了多年没有坐过硬座的难熬一夜。

次日中午12点半到达秦皇岛，孙淑贞按时接站，余臬与她分别已经40年了，她虽然已56岁，却依然十分漂亮，仍是高挑袅娜的身材，瓜子脸比年轻时更丰满了，穿着天蓝色的旗袍，风韵楚楚动人。但因适逢单号限车，所以没法开车来接；他们就打出租车到她家玉带湾小区，正好她大姐全家外出旅游，就安排余臬夫妇住在她大姐家，离他家尚有两三里路。

然后就上街吃了午饭，让两位老师补睡半天欠觉，说晚上再来接他们到他家吃饭。余臬拿出从江城带来的特产礼品赠送给她，说太远不敢多带，聊表心意而已。她说："老师大老远来看学生，还带什么礼物呀！"

她走后，余臬夫妇就洗了一把脸，赶紧躺下睡觉，一直睡到5点才醒。不一会儿孙淑贞就来带领他们去她家，沿途经过森林公园，路边参天大树夹道林荫，断断续续都有长椅子，随时可以坐下乘凉。余臬感叹道："这个小区真好，紧靠森林公园，太人性化了！"孙淑贞指着对面说："小溪对面是很大的植物园，上次高老师来我们去过，还记得不？"雅梅说："十多年了，还隐约有点印象。"

她家离她大姐家直线距离不远，但因是两个小区，有围墙隔开，所以得拐一个U字形的大弯才到。他家坐电梯下楼到负一楼就是一个大型超市，但外人没有钥匙却进不去超市，因为超市正门在另一头上。这么方便的住处使余臬惊讶羡慕不已。

一开门，他丈夫吕智勇便迎了出来，雅梅十年前去过他家认识，立刻招呼"小吕"；但余臬却是第一次见面，介绍后两人紧紧握手，于是阔别已久的师生打开了话匣子：

原来小吕当年是淑贞四分场高中同学，毕业后他就参军入伍，孙到会计培训班结业后到二队当了会计。小吕85年底复员回农场，不久两人就结婚，吕当二队指导员。一年后两人同时调到分场，吕任组织干事，孙任粮办干事。93年四分场王场长调到八一农大任试验农场场长，不久就推荐他夫妇也调到农大，吕任组织部科长，孙任粮食办科长。半年后吕调农大驻秦皇岛市办公室主任，三年后又调秦皇岛色织厂机关干部；孙97年调农垦总局粮食局驻秦皇岛办事处科长。

99年办事处撤销，色织厂也倒闭，两人同时买断下岗。不久中国粮油进出口总公司（简称"中粮"）以年薪几十万招聘销售部经理，孙淑贞已经考上；但北京知青、也曾在六队学校任教的李老师，现在京某医院任职，因认识"中粮"的人，就打电话推荐和她关系密切的另一位学生，想要替代孙，不巧接电话的正是孙淑贞，真是喜剧性……

从此，孙淑贞就经常到黑龙江省去采购粮食，与省、农垦总局粮食及运输部门打交道，结交了很多朋友。常到哈尔滨铁路局找车皮，调买各农场粮食运到虎林县迎春站，再找车皮、组织工人装车运到大连精加工，再出售给日本。这些装运过程，与日方商贸谈判，都得靠孙淑贞八方联系协调解决，凭她的公关交际才能和广泛交友的人脉关系，往往在困难中都能得心应手，应付裕如，遇难呈祥。

在"中粮"五年，挣了一些钱，就让小吕在秦皇岛和大连买了几套商品房。当时房地产刚刚起步，所以他们大量投资，随着房价飙升，再卖出去一些；再瞄准商机，新买一二处，如此滚动，又赚了一大笔钱。2004年，因独生女在哈师大附中读高中，为女儿陪读准备高考，孙这才从"中粮"退休。06年女儿考上黑龙江大学行政管理专业，毕业后又考上大连海事大学行政管理硕士生，毕业后在北京工作。

从06年，他们夫妇就在北京王府井大街投资办超市，租金30平米55万，不久就出售了；又在东单另办食品超市和烤鸭、糖饼、板栗等饭店。两年后因为太累，就将公司移交给侄儿经营，夫妇再回到秦皇岛休息了两年。2010年又装修经营美容院，装修费花了上百万，招聘了十五六个员工，每人工资最少2千元，5年后就让大美容院收购，每年只赚了20万。这些年在大连捣卖了2套房，在秦皇岛捣卖了3套房，也赚了百十万。

在此期间的创业中的奋斗拼搏，在北京、大连、秦皇岛都是举目无亲，全凭自己善广交，讲诚信，重情义，敢担当。淑贞是商务谈判高手，买卖懂行情，抓时机，会砍价，有决断。譬如"中粮"，一是期货，二是供油脂厂，在东三省粮行和外贸界树立了很高的威信，上至省长副省长，下至铁路局长、火车站站长，都得打交道，办事都较畅通；出口日本的大豆，听说是她经营的，就都免检。他对人滴水之恩，就涌泉相报。如提拔他的王场长，退休后到秦皇岛避寒，住在她家，觉得不好意思，想买一套50平米、33万的二手房，他们夫妇帮他买材料装修，累得够呛，半年才装修完毕，让他来住，非常满意。又如对迎春站长，她每次去都买了些他需要的东西，分文不收。因为在迎春装车有他帮助，不用给装车工好处费，一车皮就省了好几千元；他来秦皇岛，也都热情招待，住在她家包吃住。所以人缘好，办事通畅……

听了他夫妇这一番创业拼搏简史，余臬感动得五内沸腾，他为有这样优秀的学生感到骄傲自豪，又一次印证了他认为：只有诚实奋斗才是人生的真谛。于是便以"淑贞高足"和"智勇双全"八个字，分别写了两首藏头绝句赠给她两夫妇：

秦皇岛赠孙淑贞学弟藏头

淑女窈窕冠众芳，贞梅秀筱傲雪霜。高风亮节虚怀谷，足迹无声播暗香。

赠吕智勇君藏头

智大如愚底蕴淳，勇藏信义化明仁。双君伉俪刚柔济，全靠奋争积善频。

余臬担心火车票紧张，就让孙淑贞赶紧在网上预购五天后的火车票，结果都已无票，她只好打电话托山海关车站的警察朋友帮忙，对方说五天后只有软卧，余臬说："软卧也可以，正好雅梅还没坐过软卧。"于是就预定了两张软卧票。

第二天他们夫妇就陪着去海滨公园玩耍，秦皇岛的海滨，比烟台威海两处更宽广绵长，也更气派。沙滩上还有一丛丛假的棕榈树，酷似沙漠的绿洲；一条紫红色木板的人行栈道伸向远方，与白色沙滩形成鲜明的色彩对比；无数形状各异的帐篷，那是游客准备过夜的简易卧室。放眼渤海，宽广无边，游艇在海上穿梭，划出长长的白浪曲线。余臬不禁想起了曹操的《观沧海》"日月之行，若出其中，星汉灿烂，若出其里"那孕大含深的诗句；蓦然回首，又见立在旁边木牌上毛泽东的《浪淘沙词》："往事越千年，魏武挥鞭。东临碣石有遗篇，萧瑟秋风今又是，换了人间。"而今身临其境，更加浮想联翩……

第三天下午四点，主人夫妇提议开车前往北戴河看夜景，于是四人上车，随智勇驱车奔驰而去。谁知北戴河正处旺季，各地来避暑的游客聚集，满街人浪翻滚，车流填巷。很多景点都已封闭不开放，门口有警察站岗，听说因为中央高层领导在北戴河开会的缘故。

孙淑贞在车上指点着中央各部委修的避暑疗养院楼房，各省市也有不少在此修了疗养院。有一段路手机没有信号，淑贞指着路旁丛林中的别墅说："那些隐映密林中的别墅，就是中央首长们下榻之处。"此时夜幕降临，满城彩灯初放，沿途树枝上缀满了五颜六色的小灯泡装点的各种花朵，真是火树银花，异彩纷呈的不夜城！小车绕城迂回转了一圈，因为街上人满为患，太拥挤，大家决定还是回家再吃晚饭，于是打道回府。

回到小区他家，余臬说就下面条最方便，但主人还是买了水饺，再加中午剩的肉菜，大家围坐就餐。饭后，余臬趁着刚才游览的印象，写了一首《夜游北戴河》长诗：

北戴河区好壮观，车流人浪满城喧。高星宾馆连绵耸，欧式洋楼样式繁。隐蔽丛林皆别墅，京师下榻尽高官。中央开会常来此，政要行宫建此间。部委星罗疗养院，省区棋布休假园。北南辐辏乘凉地，中外蜂趋度假湾。犹如万国来朝拜，火树银花不夜天。街市路灯光灿烂，柯枝绽放电花鲜。金堂玉殿仙宫闪，海市蜃楼水阁悬。流光溢彩无眼接，山泉瀑布挂层岩。某些地域多神秘，管制交通岗哨严。别墅群区无信号，手机中断暂休闲。海滨沐浴沙滩广，游泳人流密比肩。简易帐篷座座起，沙滩细软踩如绵。海风习习温柔爽，大浪时时戏谑欢。棕榈婆娑人造景，黄沙莽莽绿洲添。一条栈道延海岸，十里沙滩不见端。摩托凌波飞利箭，快艇载人白浪翻。贪玩但恨时光短，不觉更深夜已阑。或入帐篷眠整夜，免交宾馆付房钱；或开车挡回宾馆，夜宵啤酒醉后眠。由此因思人世事，富豪奢侈贱徒玩。贫富同欢唯异患，乐天知命少麻烦。凝神专注遐思漫，朋友车鸣拟返还。回至友家冲澡睡，上床游兴尚犹酣。开灯伏案爱挥笔，一气呵成泻此篇。

他念给大家听，问道："是否都写全了？"淑贞夫妇说："写得又全又好，老师不愧是诗人，神思敏捷啊！"

第四天下午，又一起开车去山海关取火车票，取完票后顺便游了一圈山海关，余臬灵感顿发，漫游中又写了一首《山海关怀古》：

横断燕山渤海湾，长城万里起东端。老龙头自海中出，天下号称第一关。山海雄奇风景壮，异事奇人争亮相：秦皇嬴政好长生，徐芾求仙东海上。八百童男女不归，始皇翘首空相望。孟德北征逐本初，袁军败北路穷途。东临碣石观沧海，豪迈诗篇永不枯。唐代契丹并奚叛，辽金侵宋榆关乱。明末后金屡犯边，熊、袁相继防边患。两帅镇关敌胆寒，崇祯疑帅中离间。闯王部将虏圆圆，冲冠三桂为红颜。不惜开关引敌入，大清建国下江南。八国联军狂肆掠，榆关渤海烽烟烈。津京沦陷国宝分，圆明园火灰烟灭。倭寇侵华关外占，卢沟桥上炮震天。中原沿海金瓯破，抗日硝烟举国燃。八年奋战倭军败，屍滚尿流海岛还。辽沈战争关外决，锦州攻克雄关扼。平津淮海捷频传，百万雄师天堑越。天安门上红旗升，蒋氏王朝大陆别。立足长城望八方，风云滚滚入胸腔。兵家险寨咽喉地，兴亡成败证沧桑。今日旅游名胜响，小车三万日造访。可惜大多为纳凉，兴衰历史谁人想？

第五天中午，淑贞在家做了丰盛的午餐为老师饯行。还有那位迎春站长夫妇，也应邀来家共进午餐。大家都是北大荒战友，自然倍感亲切，海阔天空聊得痛快淋漓⋯⋯

　　下午四点，智勇夫妇又开车送余杲夫妇去山海关火车站，时间宽裕，他们就在车站广场照了几张合影。余杲夫妇再三邀请他两到江城作客，就住在自家，然后顺便游三峡。此时师生离别，还真有些依依难舍，各自叮咛嘱咐保重；直到进站安检，方才挥手再见。

　　列车长鸣奔驰，一个月的齐鲁幽燕之行终于圆满结束，但师生朋友的盛情友谊仍然在余杲夫妇脑中回荡不已⋯⋯

第九章　奋挣反思

　　70 多岁的余臬觉估计自己的身体状况，最多能活到 80 来岁。他对于死亡并不畏惧，认为这是自然规律，乘化归尽，概莫能外；只是大限之前的一些事情未了，得只争朝夕去圆满完成。他的论文集、鉴赏集、创作的诗文集都在 70 大寿前后已经出版，50 多万字的《江城各区县核心文化研究》也已交出版社，唯有 70 岁之后又新写的诗 370 首，词、曲各数十首，辞赋 30 余篇，再等几年，待文思枯竭封笔时，就结集再出一本《书剑斋诗赋词曲文续集》。至于怀旧访友，提前作最后一次诀别，也多数如愿。

　　剩下一件大事，也是经常萦绕牵挂于心的，那就是自己这一生不停的奋挣历程，应该系统梳理，认真思辨，自我总结：这种奋挣的动因，是非曲直，善恶得失，小我大我等人生的终极评判，只有自己了然于胸，明白如镜，方能坦然了无牵挂，给上苍交上一份自我反思的答卷，然后从容告别今生，死亦瞑目了。

　　但这份思辨性的自我总结，首先必须确立评判标准，才能有序进行。余臬认为：自己一生基本不信仰佛道基督等宗教，只信奉传统的儒家思想和马克思主义。从小喜欢读书上进，勤奋好学，不用家长督促，那是因为从小就听家长、长辈讲悬梁刺股，囊萤映雪，凿壁偷光等古人勤奋好学的故事；加上 7 岁就土改，背上了"地主子女"、"封建阶级余孽"的沉重包袱，同时家境贫穷，继父又反对上学，小时又体弱多病，所以自知上学来之不易，必须努力奋斗，将来能找个脑力劳动的工作才能生存。

　　因此，四年级就课外努力学珠算，五六年级就帮农业社搞决算，觉得将来谋生很实用。从初小考高小，亲眼看见出身不好的同学大都被落榜淘汰，全班只有几个地、富出身的同学，都是因为成绩优良才录取的。到了升初中的升学考试就更难了，初中入学之后，看到每个班 60 名学生中，只有一个是剥削阶级家庭出身的，就更加励志奋斗。往后初二辍学，是因为灾荒饥饿，又交不起学费，被迫逃荒到北大荒农场，这都是为求生存。

　　到北大荒，因为自己有点文艺天赋，字写得较好，会刻钢板，所以才调到分场当上了文印员，这又证明因为有文化特长，方能使自己年幼瘦弱的身体能脱离繁重不堪的体力劳动，从此更加发奋坚持业余自学。后因一年不发工资，口粮锐减，仍然吃不饱饭，就想脱离此地到大城市打工，可以上业余夜校，准备将来以同等学力和优异成绩考大学；只要考上大学，毕业后就能当上正规的中学教师，那就是铁饭碗。这仍然是为了在谋生中更加稳定的生存而已。

65年高考成绩很好，但因政审不过关，就当上了小学教师，从此边教边学，自学了高中部分课程和大学中文系教材，目标仍然只是将来当个合格的中学教师；因为出身不好，不敢有更高的奢望。文革中被动卷入，并未做任何坏事，后期挨派性专政批斗，自己不服气，虽皮肉受尽苦楚，仍坚持真理，与派性歪风坚决斗争，最终得到军管会的肯定。后来落实政策回学校当了初中教师，恪尽职守，坚持上进，爱护学生，因材施教，课后为差生、优生倾注了不少精力，连续三年评为先进。

直到拨乱反正，恢复高考，但年龄已过，便斗胆考上了古典文学研究生。从此通读过《马恩选集》，发现它与儒家思想有很多相通之处，如都主张"天下为公"，都是"利他"而非"利己"等等，从此将辩证法等基本原理运用于古代文学研究之中。在校克勤克俭，星期日泡图书馆，发表论文最多，其中一篇还上了《中国文学研究年鉴》。

毕业后分回江南学院，几十年孜孜以求，宵衣旰食，一心扑在教学科研上，总觉自己出道太晚，夜以继日、争分夺秒奋斗，以教学科研双优，获得了历届学生好评，故升讲师、副教授两次破格，最终评上教授，并实现了全校硕士点申报成功的零突破。

直辖后调成均大学，当系主任、院长，始终是严谨慎独，积极进取，单位年终考评连续获第一名，自己教学科研荣获多次奖项，被评为首届市级学术带头人、高校名师，享受国务院专家特殊津贴，多次评为优秀教师、科研标兵。为力争保留学生学籍，宁愿自己免去院长职务；创办第二本科专业，使学生获得双学位。这几十年的奋斗，是为自己喜爱的教育事业奋斗，所以直到退休，家里阳台上，从来都没有一盆花草……

余桌回顾自己的后半生，常用《左传》"三不朽"作为自己奋挣的座右铭。

《左传·襄公二十四年》载，春秋时鲁国的叔孙豹与晋国的范宣子曾就何为"死而不朽"展开讨论。范宣子认为，他的祖先从虞、夏、商、周以来世代为贵族，家世显赫，香火不绝，这就是"不朽"。但叔孙豹则以为不然，他认为这只能叫做"世禄"而非"不朽"。在他看来，真正的不朽乃是："太上有立德，其次有立功，其次有立言，虽久不废，此之谓三不朽。"

其中言及"立言"的不朽，叔孙豹特以鲁卿臧文仲为例，说："鲁有先大夫曰臧文仲，既没，其言立，其是之谓乎！"《国语·晋语八》对此亦有记载。臧文仲系春秋时鲁国大夫，屡建事功，且长于辞令，就为政立国之事多有高论，在诸侯国间广为流传。他所谓的"立言"是与"立德"、"立功"紧密相联的，并非仅以立言为职志。然而，就是这样一位口碑不错的历史人物，孔子却批评他"不仁者三，不知者三"。可见想做到"三不朽"之一，殊非易事。唐人孔颖达在《春秋左传正义》注疏："立德谓创制垂法，博施济众"；"立功谓拯厄除难，功济于时"；"立言谓言得其要，理足可传"。在后人对"三不朽"的解读中，"立德"系指道德操守而言，"立功"乃指事功业绩，而"立言"指的是把真知灼见形诸语言文字，著书立说，传于后世。

当然，无论"立德"、"立功"或者"立言"，其实都旨在追求某种"身后之名"、"不朽之名"。而对身后不朽之名的追求，正是古圣先贤超越个体生命而追求永生不朽、超越物质欲求而追求精神满足的独特形式。孔子说："君子疾没世而名不称焉。"（《论语·卫灵公》）屈原《离骚》讲："老冉冉其将至兮，恐修名之不立。"司马迁《报任安书》云："立名者，行之极也。"诸葛亮明知三分鼎立，已成定势，却知其不可而为之，六出祁山伐魏，一则为报刘备三顾茅庐之恩，白帝托孤之重，二来也是为了赢得身后名。李白诗云："屈平辞赋悬日月，楚王台榭空山丘"，说明他也羡慕身后名；辛弃疾词云："了却君王天下事，赢得身前身后名。可怜白发生！"都说明仁人志士，多是重视向往身后名的。

余枭也认为：身前名，特别是文学家，有的名实相副，有的则名不副实，例如文革时期，一位高级领导人曾说《欧阳海之歌》是一部划时代的杰作！但拨乱反正后，中文系79级两个班的大学生，竟然没一个人知道这本书的存在。八个样板戏，是文革中的文艺典范，虽然它的文辞唱腔都很好，但是其中所有的英雄人物都没有一点家庭妻儿之情，文革后评论说它是"主题先行"的"高、大、全"似的概念演绎，而不是源于真实生活的典型形象。当代不少评论家把某某小说，某某电影吹捧上了天，但观众未必买账。

然而，杜甫生前并没有名，《河岳英灵集》、《国秀集》等当代选集中，没有选过他一首诗；但他死后半个世纪，元稹白居易十分推崇，中唐往后，直到明清，后人对他评价与日俱增，奉为"诗圣"，甚至超过李白。

因此，余枭也认为身后名比生前名更加重要，他在《评"三国演义"电视连续剧》一文中，就曾批评片尾曲"担当生前事，何计身后评"这种观点是对古人英雄豪杰的歪曲。他自己所有的著述，都从未请名流权威为他写过序，全都是自序；他写了很多辞赋，除了有一篇是杂志约稿发表外，其他都没有向任何杂志投过稿，连《中华辞赋》免费给他寄了一年多杂志，希望他赐稿，他都一篇也未曾寄过。

网上评论赞扬他的辞赋不乏其文，但他很长时间都不知道，因为他除了查资料上网外，从不上网；后来儿子回家度假打开电脑网让他看，他只看了几条，就再也不曾看过。因为他认为当代人的评论是靠不住的，难免有人情因素；不然为什么历朝修断代史，都不由本朝人修，而要留给下一朝代来修呢？正是为了避免"不识庐山真面目，只缘生在此山中"的缘故吧。

余枭认为：这"三不朽"中，"立德"最高，但见仁见智，外界评价不一，不过基本上都算是圣人。如服虔认为称得上"立德"的只举了伏羲、神农；杜预所举的只有黄帝、尧、舜；孔颖达除了认可这两人的观点外，又增加了禹、成汤、周文王、周武王、周公、孔子。曾国藩说："立德最难，自周汉以后，罕见德传者。"

"立功"多是高居朝中的义臣武将，有权力地位威望，才能做到"拯厄除难，功济于时"，绝非一介书生的能力所及。如服虔、杜预所举只有禹、后稷；唐宋学者也只举了萧何、曹参、房玄龄、杜如晦、郭子仪、李光弼、韩世忠、岳飞等八人。

"立言"稍多，服虔、杜预所举相同：史佚、周任、臧文仲；孔颖达所举老子、庄子、荀子、孟子、管仲、晏婴、杨朱、墨子、孙武、吴起、屈原、宋玉、贾逵、杨雄、司马迁、班固；曾国藩又增加了韩愈、欧阳休、李白、杜甫、苏轼、黄庭坚。

可见文人都以"立言"为第一要务，以求不朽。这诚如曹丕《典论·论文》所说："盖文章经国之大业，不朽之盛事。年寿有时而尽，荣乐止乎其身，二者必至之常期，未若文章之无穷。是以古之作者，寄身于翰墨，见意于篇籍，不假良史之辞，不托飞驰之势，而声自传于后。"

近代学者胡适在《不朽——我的宗教》一文中指出，"三不朽论"只限于极少数人、没有消极的制裁和功、德、言的范围太模糊等三层缺点，并提出"社会的不朽"："我这个现在的'小我'对于那永远不朽的'大我'的无穷过去，须负重大的责任，对于那永远不朽的'大我'的无穷未来，也须负重大的责任。""'小我'虽然会死，但是每一个'小我'的一切作为，一切功德罪恶，一切言语行事，无论大小，无论是非，无论善恶，都永远留存在那个'大我'之中。"

胡适"社会的不朽"论旨在把每个人的一己行为与人类的历史发展关联在一起，给有限的个体生命赋予永恒的意义，人的一言一行、所作所为，无论是非功过、积德造孽，都要被历史记上一笔。

用古代学者所举的标准和所举的人物衡量，余枭自知不但立德、立功自己高不可及，就算立言，自己虽然著述有 10 多部，论文有 90 篇，鉴赏短文达百余篇，创作诗词曲 700 余首，文、赋百余篇，但是否"理足可传"，却是未必。

如以胡适所论，每个"小我"都须对永远不朽的"大我"的无穷的过去、未来负重大责任，即对历史作出应有的贡献而言，那么自己从教小学、中学、大学共四十多年，从未苟且敷衍一堂课，都是竭尽全力去教好学生，从未误人子弟；所著论文、专著多次获省部级科研等级奖；所写的诗赋词曲骈文，虽不敢高攀古人，但在当代人的旧体创作中，至少是学以致用，在一定时空范围内已经流传，甚至也有不少好评；至于传播的远近、短长，那只有等待后人的评价了。

在"立德"方面，自己至少一生没有做过昧良心的事情，没有做过损人利己的事。但在奋挣的过程中，就动机而言，也掺杂了为自己名利、同时也为济世的奋斗。譬如为晋升职称的奋斗，作为专业教师，没有高级职称，上有老下有小，职称是与工资挂钩的，没有较高的工资难以养家活口，没有教授职称和名望，本科生研究生也瞧不起你，怎么能更好地传道授业解惑呢？教师的济世，就体现在教好学生，为国育才上。正如只有立德入圣，才能"创制垂法，博施济众"，立功只有当了高官，有一定权力才能对大众"拯厄除难，功济于时"一样的道理。

余枭记得往年游成都著名的宝光寺时，曾请教过该寺老和尚住持，出家人对于名和利的看法，这位大师说："人没有钱寸步难行，所以我们需要财，但是只为维持生计，不能过分贪着；修行人不贪名图利，但是出家人如果没有名，就没有弘法的能力，所以需要一定的知名度，只是不为虚荣而求名，但为利益众生而求名！"高僧尚且如此，何况世俗之人拖家带口也需要钱来维持正常生计；也需要有知名度来弘扬教师教育学生的威望。

他认为"三不朽"中的"不朽"，可以说，是对死后不朽之名的追求，可以激励个体生命释放出无比巨大的能量，拼搏奋进，立功立言；而置个人身后名誉于不顾的人，则难免有可能流于酒囊饭袋、行尸走肉，甚或沦为恶棍暴徒、独夫民贼。

历史上，功勋卓著的拿破仑生前总担心自己在十世纪后的世界史上连半页纸都占不到，但结果名垂千古；而生前放言"死后哪怕它洪水滔天"的法王路易十五，自然遗臭万年。马克思生前对资本主义进行深刻批判，是为人类社会追求真理，当时并不大出名；但他死后，连西方资本主义社会，也将他与达尔文、弗洛伊德并称为19世纪欧洲三大伟人。

当然，对不朽之名的追求是要付出非凡代价的，被历史大书特书的旷世伟人都是经过艰苦卓绝的努力、做出巨大的个人牺牲并放弃凡俗的某些物欲与私利，而后才功成名就的。例如，被后世称为"至圣先师"的孔子"知其不可而为之"，周游列国，讲学传教，结果畏于匡、困于蔡、厄于陈，"累累若丧家之犬"。

再如，司马迁因说真话而遭到宫刑，仍能忍辱负重，发愤著书，遂留下"史家之绝唱，无韵之离骚"的《史记》。他在《报任少卿书》中发挥"发愤著书说"的那一段话："盖文王拘而演《周易》，仲尼厄而作《春秋》；屈原放逐，乃赋《离骚》；左丘失明，厥有《国语》；孙子膑脚，兵法修列；不韦迁蜀，世传《吕览》；韩非囚秦，《说难》《孤愤》；《诗》三百篇，大底圣贤发愤之所为作也。"一直是余臬后半生的座右铭。以至于退休之后，古稀之年而至今，退休而笔耕未休，悬车而出游未废。

他曾多次应邀为不少单位讲国学讲座，其中讲"五德"，即"温、良、恭、俭、让"，引用宋代邢昺注疏："敦柔润泽谓之温。"温和待人，不急躁生硬粗暴。良："行不犯物谓之良。"善良不邪恶，不伤害他人和物。"和从不逆谓之恭。"恭敬庄重不傲慢轻狂。"去奢从约谓之俭。"朴素节俭不奢侈浪费。"先人后己谓之让。"谦虚礼让，不蛮横自私。

他常逐条对照自己，觉得"温"、"恭"做得不够，主要是对儒林中的同行败类，那些欺世盗名，吹牛撒谎，招摇过市的人，从不温柔恭敬，甚至批评毫不留情；对于官僚主义，言行不一、尸位素餐甚或有污点的个别上司，非但不恭敬，反而对面擦肩而过也不愿打招呼。对某些不公正、违背道义的事，他忍不住急躁冲动，大声斥责或辩论。他知道自己是 A 型血，性格急躁，发完脾气也很后悔，经常提醒自己要外柔内刚，但只能稍有克制，天性最终难改。为此往往得罪上司，吃过很多亏，受过不少打击报复。

在讲座中讲到"五常"即"仁、义、礼、智、信"，用"五常"对照自己的行为，余杲觉得自己有博爱之心、恻隐之心、孝悌之心；但还没有做到孟子所说的：对待别人家的老人小孩，像对待自己家的老人小孩完全一样；这还存在很大差距；"邦无道则愚"也没有做到，例如对北大荒公安局长，明知他"无道"，还要公然顶撞他，为此付出沉重的代价，被他送到了劳教队，三年后才平反昭雪；如果会装愚守拙，也许会避免冤案的发生。其他义、礼、信都基本做到。

经过这一番自我反思总结，余杲觉得自己的一生，基本上符合儒家对普通人的要求，也真心信仰马克思主义是为世界绝大多人谋利益的哲学；但自己还存在某些先天性格上的差距和缺点；儒家对于人的奋挣、上进，无疑是肯定的，对为"三不朽"为目标的奋挣中掺杂着有个人的名利思想也是包容的，甚至是鼓励的。因为宋真宗赵恒《砺学篇》就有"富家不用买良田，书中自有千钟粟。安居不用架高堂，书中自有黄金屋。出门无车毋须恨，书中有马多如簇。娶妻无媒毋须恨，书中有女颜如玉。"马克思更是鼓励奋斗的："只有那些在崎岖道路的攀登上不畏艰难困苦的人，才有可能到达光辉的顶点。"

余杲从手机上发现一位网友发的一首通俗诗：

只为一具臭皮囊，常年拼搏为他忙。拼命赚钱为了啥？买了车子又买房。还要找个女皮囊，解决饥渴共摇床。起早贪黑穷忙碌，酷暑寒冬苦难当。满足皮囊需口福，山珍海味顿顿尝。满足皮囊光鲜靓，脂粉面膜勤描妆。金玉项链金戒指，珍珠宝石耳环珰。貂皮大衣蟒皮裤，珠光宝气狐媚装。整容整形求完美，拉皮开刀填鼻梁。出游下榻五星级，室内裸浴泡温汤。高价美人勾魂眼，一夜温柔翠红乡。挥金如土不足惜，工资发下月月光。一生苦累到晚年，保健补药堆腹腔。欲海难填无止境，走火入魔性乖张。烦恼魔障从心起，胆大妄为邪恶藏。坑蒙拐骗三只手，攫取钱财入黑帮。法网恢恢疏不漏，银铛入狱歹下场。扪心自问何苦来？都为这具臭皮囊……

余臬读完后，觉得虽然是搞笑段子，却也道出了人一种劣根性：血肉之躯必然就有欲望，毕生辛苦拼搏的目的，就是为了满足这具臭皮囊穷奢极欲的需要；当欲壑难填时就会走上邪恶犯罪的道路，这堪称醒世恒言！他马上联想到佛语"众生皆是臭皮囊"；又想到《红楼梦》第8回后人有诗讥笑贾宝玉身带的那块顽石（宝玉）："女娲炼石已荒唐，又向荒唐演大荒。失去幽灵真境界，换来亲就臭皮囊……"；再有老子《道德经》中的一段话："罪莫大于可欲（任情纵欲），祸莫大于不知足，咎莫憯于欲得（灾殃没有再惨于贪得无厌）。"老子主张"见素抱朴，少私寡欲"，即外表单纯，内心淳朴，要减少私心，要降低嗜欲。可见道家并不绝对禁欲，允许合理有限度的正常欲望，但不能有太多、过分的欲望；允许有少量的私心，但不能太多过分的私心；故曰"少私寡欲"。要知足，"故知足之足，恒足矣。"知道知足的这种满足，才是永远的满足。

以此对照自己，余臬觉得自己一生，因为从小就穷苦，前半生为温饱而不断挣扎，连化冻时路上被马粪泡胀了的一粒生黄豆，都得捡起来捻掉皮塞进嘴里吃掉；所以后半生虽然好转，也一直恪守克勤克俭，从不奢侈浪费，就连吃饭几乎每颗饭粒都要吃尽，谨记"谁知盘中餐，粒粒皆辛苦"的古训。当了多年市政协常委，去市里开会，都是自己坐公交车，来回一两块钱的车费，也不愿意浪费时间到财务处报账，嫌麻烦。

后来学校的小车司机对他说："你为学校节省了这么久的小车费，也没有人说你一个好字；本来有规定，常委开会，学校可以派小车接送，你为啥不要车呀？只要打个电话给统战部，就会给你派车的。"这以后，他才开始要车，但也只限于去的这一趟，怕迟到；返回时仍坚持坐公交车，也从不去报销。而且终身都没有买小车，当时绝大多数教授、副教授都自己买了小车，余臬并不羡慕。

他衣着一贯朴素，衬衣都是几十块钱，棉衣百多块钱，从不奢华。饮食也是家常便饭，能吃饱肚子就很满足，买鱼也常买白鲢、草鱼，最贵的也只钳鱼，不过几元十来元一斤的低价鱼类，从不买昂贵的海鲜和江鳟、黄蜡丁之类。住宅只有几十平米，公家分房后也没有装修，就住进去了；后来师院盖了教授楼，每户95平米，他也没有要，嫌搬家麻烦。调成均大学后，分了160平米的教授楼，别人装修至少花了10万，而他只花了5万做简易装修。

所以妻子雅梅常说："我家是这幢教授楼中最寒酸的一家。"每月查水表，经常只用了三四吨水，而别人家都用了十多二十吨水。余臬常说："我们是缺水的城市，中国是重度缺水的国家，人均水资源低于世界人均水平。我在外面讲水文化，提倡节约用水，自己就应言行一致，不能浪费……"查水表、气表的工作人员都知道他家是整幢楼最节约水电气的。

道家虽然没有像儒家那样明显提倡奋斗，但是老子《道德经》中多次提到"无为而无不为"，就是不刻意追求"有为"，而是"道法自然"，顺应自然规律，在无为中有所作为。又说"生而弗有，为而弗恃，功成而弗居。夫唯不居，是以不去。"就是说生养而不强要，施为而不图报，功业成就了而不居功夸耀，正因为不夸耀，所以永远丢失不了。又说："不自见，故明；不自是，故彰；不自伐，故有功；不自矜，故长。夫唯不争，故天下莫能与之争。"是说不喜爱自己逞能，所以对事物看得清楚明白；不总是自以为是，所以是非曲直看得明显；不逢人就自我夸耀，所以就能建立功勋；不自唱高调，所以就能负起领导的责任；正因为不与人争，所以遍天下没人能与他相争高下。《道德经》中，多次提到"功遂身退"，说明老子是赞成建功立业的，只不过成就了功业之后，不居功自傲，不贪图荣华富贵，而是急流勇退。

历史上范蠡是"功成身退"的最早典范，他与越王勾践在吴国饱受俘虏苦役，回国后一起奋发图强，复国雪耻后，成就了功业；越王大封功臣时，他却功成身退，泛舟五湖，改名换姓为陶朱公经商。并写信劝说文种："飞鸟尽，良弓藏；狡兔死，走狗烹。越王长颈鸟喙，只可共患难，不可共安乐。子何不去？"文种舍不得封功进爵、荣华富贵，不久就被越王诬罪杀之。西汉开国元勋、封爵留侯的张良，也是功成身退，"从赤松子游"。

还有唐代李泌，从小就是神童，唐玄宗令其待诏翰林，为东宫属官。后遭宰相杨国忠忌恨，便归隐名山。安史之乱时，唐肃宗即位灵武，召李泌参谋军事，要封他当宰相，他坚持不受，只以宾客身份参政，平定了安史之乱。被权宦李辅国等诬陷，再次隐居衡岳。唐代宗即位后，召为翰林学士。待平定回纥叛乱后，屡遭宰相元载、常衮排斥，再次主动退隐。唐德宗时入朝拜相，官至中书侍郎、同平章事，封邺县侯，世称"李邺侯"。他视功名利禄如敝屣，但一旦国家有难，他就挺身而出为国平乱立功，功成而后身退。儒、道、佛三家都称赞他。

元朝张养浩，官居中书参议，正当壮年，再升就是副宰相参知政事，但他预见朝中帝、后两党矛盾尖锐，大乱将兴，便以父老病为由，毅然急流勇退，辞官归家。朝廷屡次召他任吏部尚书等职，都坚决辞不赴任。果然朝中发生政变，英宗南坡遇刺，两个皇子争位，大臣也分大都、上都两派，发生争权夺位的战争，胜者为王败者寇，可怜一大批大臣因此锒铛入狱或被杀。张养浩"知机"而得以全身远祸。但当局势稳定后，陕西发生大旱，饿殍遍野，发生"人相食"现象，朝廷再次下诏让他以行台御史中丞的官职赴陕西救灾，虽然行台中丞比吏部尚书的官位还要低，但他却欣然领命，变卖家产，沿途用自己的钱救灾民，到任后又赴华山为民祈雨，开仓赈济，日夜奔波操劳，解黎民于倒悬，最终积劳成疾，累死任上。万民痛哭如丧考妣地追悼他……。

"功成身退"是古代士大夫人生观中的最高理想，儒道两家都很赞扬，因为他们做官不是为了个人荣华富贵，而是为了有权利才能振救苍生，与大乘佛教所谓"度众生"也是一致的。所以从唐代往后儒释道三教并存相容，功成身退也就成为三教都赞扬认可的楷模。李白的理想也是功成身退，只不过他的遭遇最终功既没成，身亦未退而已。余枭虽未当官，但也最推崇这种达人智者，成为他心目中最崇拜的偶像。

对于佛学，余枭只知道一点皮毛。他知道佛家的名言"苦海无边，回头是岸"，但却常常为此困惑：既然人生如苦海，从降生就已经在苦海之中，而苦海既然无边，就没有岸，又如何能回到岸上呢？莫非出家当和尚，就是"回头是岸"吗？但当和尚也还是在人生苦海之中，又如何回头是岸？如说是通过修行，达到超越生死轮回的境界，那今生肯定回不了岸了。因为一切都是因果报应轮回，自己前生作孽，或父母祖辈作孽，都有可能在自己今生发生报应，命中注定在劫难逃，又怎能超越生死轮回呢？

至于自己一生都在这苦海中奋斗挣扎，想来也不符合佛学宗旨，佛教说人有七苦：生、老、病、死、一爱一别离、怨憎会、求不得。此七苦，人生于世，避无可避。它们固然时常令人肝肠寸断、五内俱焚。但佛说，痛苦的根源，其实在于第八种。因为此七苦皆来自环境，第八种才根源于人的自身。这就是苦谛中人生的第八苦——五蕴炽盛。何谓五蕴？佛家称作：色、受、想、行、识。此五蕴，自色始，至识终。色，便是"色即是空，空即是色"中的色，说的是人的感官对外界的认知。有认知，便有感受（受蕴）；因感受不同，便有苦乐（想蕴）；因好乐厌苦，便有无尽贪嗔（行蕴），终致心入苦海（识蕴），无法自拔。

他曾翻阅《佛教大词典》，想找到佛家关于奋斗的论述，结果找到了佛法基本教义中八正道之正勤又叫"精进"：就是精进努力的意思。但这是针对修禅定而言，弃恶扬善，努力使未生之恶不起，已生之恶速断；使未生之善生起，已生之善速增。而不是指人生建功立业上的奋斗。佛又说'铁肩担道义'，'我不入地狱，谁入地狱？'仍然是指佛学休养范围，与人生建功立业的奋斗不是一回事。

总之，人生的奋斗归根到底就是向命运抗争，而佛家主张的是命中因缘果报都已注定，抗争是徒劳的，所以佛家反对斗争哲学，强调忍让随缘；因此不主张人生奋斗。余臬为此彷徨苦闷：那我一生追求奋斗挣扎，不愿屈从命运的安排，岂不都是与佛学背道而驰了吗？

但佛教主张惩恶扬善，主张正思：使心念得以清净。正言："出家人不打诳语"，这是使口业得以清净。正业：就是"佛门五戒"：不杀生，不偷盗，不邪婬，不妄语，不饮酒。主张"少欲知足"，这些余臬都很赞成，并在行动上也做到了的。这又多少对他有些安慰。

余臬又上百度网上查到一篇《儒释道三家异同论》的文章，其主要论点有：

儒家主"伦"，讲伦理纲常，"修齐治平"，正心治世，尽人道；道家主"命"，讲"养生遁世穷万物"，炼身治身，穷天道；释家主"性"，讲"见性救世通万有"，明心治心，尽佛道。

稳重认为：儒家以昂扬的处世态度、入世精神特质和利他价值取向，教育并鼓舞着一代志士仁人兼济天下，发奋进取，也成就了无数英雄豪杰的千秋伟业。但对整个社会而言，能够成就功业者毕竟是少数，而芸芸众生中，多数则注定了要虚度光阴，默默无闻；即使成功者，在其一生中绝大多数时间也是得意事寡失意事多。孔子说："困而不学，民斯为下矣"；孟子说："无君子莫治小人，无野人莫养君子。"芸芸众生感到受歧视、轻蔑的失落与悲凉；对君子受失败挫折，孔子说："君子忧道不忧贫，君子谋道不谋食"；孟子说："天将降大任于斯人也，必先苦其心志，劳其筋骨，饿其体肤，空乏其身⌃……"无异是开空头支票，回报遥遥无期。对人类最关心的生死问题，孔子回答是："未知生，焉知死"；孟子回答干脆：

"舍生取义。"而趋利避害，喜生厌死，是人类的天性，对与生俱来的人性竟被如此鞭挞！因此就全体社会成员而言，儒学的有效关怀，只施于少数人的身上。

但道家不然。老子说："甘其食，美其服，安其居，乐其俗"，表现出对普通民众物质生活的关注与倾心。庄子提倡"保生""全身""养亲""尽年"，折射出对儒家倡导的出人头地、高居人上功名利禄的蔑视与不屑，无形中体现出对个人应拥有精神享受和天伦之乐的赞赏与支持，平庸之辈得到了应有的正视和尊重，在追求功名利禄中遭遇挫折失败的背运者也终于获得了抚慰和关怀。因为有了道家学说，使得人们有了退却的理由和余地。故就整个社会而言：强可为儒，弱可为道；智可为儒，愚可为道；攻可为儒，退可为道。就具体个人而言：进可为儒，退可为道；攻可为儒，守可为道；成可为儒，败可为道；表可为儒，里可为道。

佛家的精髓是博爱，是禁欲，是克己奉公；目标是为下世享受积累德行。矛盾是人编出来的，只要放弃逻辑，矛盾就不存在："秽土即净土，烦恼即菩提""世间即涅槃"，"众生即佛"，"青青翠竹尽是法身，郁郁黄花无非般若。"

……。

余枭读完这篇论文之后，觉得该文作者只对儒家的缺点有所批判，而对佛道两家都无一贬词，这就不禁产生了一个疑问：如果全社会的人都信奉佛道学说，虽然达到了每个个人的无烦恼、无歧视，可以保身、积德，相互平等，但所有人都去遁世隐居、念经坐禅，谁去从事物质生产？粮食、衣服、交通工具、生活用具等谁来供给？整个社会由谁治理？如果完全由人类自己管理自己，那么无异于无政府主义。但是从原始社会就有部落酋长、天子、大臣等机构，中外同然，故无政府主义，只是乌托邦的幻想，从古至今都未曾出现过。那么，佛道两家主张的社会组织形式是什么呢？佛教似乎没有说，道家老子主张回到原始社会，去圣绝智、愚昧无知、小国寡民的结绳时代，社会倒退不说，那也仍然是不可能实现的幻想呀！

还有，说孔孟对君子"忧道不忧贫"，"必先苦其心志，劳其筋骨，饿其体肤……"是开"空头支票，回报遥遥无期"；那么佛教让人"禁欲""克己奉公，目标是为下世享受积累德行"，岂不是更加"遥遥无期"的"空头支票"吗？西方多数国家都信仰基督教或伊斯兰教，他们的上层统治者并没有放下屠刀，而是不断扩张侵略中国及亚洲其他国家；日本也信仰佛教禅宗，同样也没有放下屠刀，反而大规模侵略中国，屠杀中国人民。

　　面临着亡国灭种的危险时刻，如果全中国人民都不去当英雄豪杰"出人头地"，都不去抵抗斗争，而只顾自己"治身保命"，"明心治心"，那么华夏大地的"秽土"还能变成"净土"吗？都"放弃逻辑"，"烦恼"就能变成"菩提"吗？数亿中国人民无论君子小人，还能"甘其食，美其服，安其居，乐其俗"吗？……为什么作者对这些三教最大的异同，却不置一词呢？

第十章　叩佛问道

余臬带着心中如此众多的疑问，决心不远千里去名山古刹叩拜佛祖释迦牟尼和太上老君，以求解惑。他恍惚中迅速飞到中岳嵩山少林寺，发现有一座供奉如来、老君、孔子的三教合一的寺庙大院。一抬眼，山门上一副楹联赫然在目："百家争理万法一统，三教一统九流同源"。说也奇怪，这偌大的寺庙大院，竟然没有一个游人香客，但见蓊郁的青松翠柏，百花盛开，姹紫嫣红，鸟儿或飞或止，在自由鸣叫交流；小桥流水潺潺，渠水清澄见底，水中鱼儿自由自在游曳；但却听不见寺中有木鱼、念经的声音，四野一片死一般的静谧。他便首先走进佛殿，但见庄严肃穆的正殿上方，佛祖释迦牟尼端坐在莲台之上，表情慈祥，目光如电；左右尚有文殊、普贤、弥勒、观音等陪祀；下面香烟缭绕，袅袅上升。

余臬两手合十，俯首鞠躬，恭敬请教："俗士余臬，年逾古稀，从西南不远千里前来拜谒佛祖，心存诸多疑问，特向佛祖请教，以解内心困惑。万望佛祖慈悲，对在下不吝赐教。"佛祖温和地说："我知道你有很多问题在心中纠结，想要在有生之年弄个明白，无非就是你这一生的所作所为，是否符合本教教义，以求内心坦然。那你就问吧！"

余臬说："佛祖果真明察秋毫，洞悉我心。我一生都在奋斗挣扎，而我对佛学根底浅薄，只懂得一星半点常识，似乎佛学不主张奋挣，那岂不是我一生的所作所为都违背佛学宗旨了吗？"佛祖说："关键是要看你的奋挣是为一己之私追求功名利禄、荣华富贵，还是为普度众生，振救世道人心。"余臬说："开始阶段的奋挣是为自己的温饱生存，自己还不具备振救世道人心的基本资格、条件。第二阶段奋挣的目标是为了考上大学或研究生，能胜任中学教师和大学教师，教师教育学生，为国育才，使他们德智体全面发展，成为为社会服务敬业的有用人才，推进社会文明的进化。我个人的理解这就是作为教师在振救世道人心；当然其中也有为自己学业上的精进提高，社会地位提升的私心。第三阶段是在大学从教，自己在教学、科研方面的奋挣，兢兢业业为培养学生成才，自己废寝忘食投入工作，节衣缩食，连阳台上都没有养一盆花草，一心一意为造就学生一专多能、学以致用的目标奋斗；当然其中也含有为自己能评上副教授、教授职称的奋挣，是为有基本的物质条件能养活上有老下有小的生存，以及自己提高知名度才能在学生中树立威信，更好地传道、授业、解惑，不知这些是否也算一己私欲的功名利禄？"

佛祖说："你三个阶段的奋挣大体都没有错，佛学并不排斥起码的名和利。出家人和众生一样，如果过分贫穷，一是没有能力惠利众生；二是令众生讥嫌佛子皆是穷困潦倒之辈，对僧宝不能生恭敬心，出家人则不能为众生表法。所以出家人需要财，只是为维持色身，为众生表法，利益众生而求财，而不为贪图富贵而求财；出家人如果没有一点知名度，就没有能力弘法，亦不能令众生生信心，所以出家人需要名，只是为弘佛法，广利众生而求名，而不为贪慕虚荣而求名。就好比如果你们见到一个佛教徒，家庭不顺，事业不顺，又穷，又倒霉，你们肯定会认为：佛教徒都是因为家庭不顺，事业不顺，感情失意，对生活彻底失去了信心和希望，想从佛法上寻求精神安慰，逃避现实，不想靠自己双手劳动，来当社会的寄生虫，混饭吃的！你们肯定瞧不起佛教徒，对佛教徒生不起恭敬心，生不起信心，你们讥嫌佛教徒，就自然会讥嫌佛法，你们也不会来接受佛法的教化，因为佛教徒在众生面前就是表法的。但是如果一个佛教徒：家庭富裕，事业有成，你们肯定认为佛教徒都是真的看破、放下，来修行，来了生死的。你们对佛教徒自然会生恭敬心，生信心，从而就会对佛法生恭敬心，生信心……"

余臬又问佛祖："佛教对于坏人坏事是否主张斗争？"

佛祖说："从声闻乘戒律来看，当你看到别人杀人时，不想救并不算犯戒，自己杀人才算犯戒。声闻戒是以自己止恶为主，止恶是消极的行善，放生、救人则是积极的行善。菩萨戒不仅强调消极行善，更重视积极行善。菩萨戒有"三聚净戒"，即摄律仪戒、摄善法戒、饶益有情戒。作为菩萨，当看到歹徒要行凶之时，不能袖手旁观，而要发慈悲心，观想宁愿自己杀死凶手而造下罪业，不忍心看到凶手因为杀人而遭受无穷无尽的果报。以这样的发心，菩萨虽杀人而不犯戒，且功德无量，这和侠客那种嫉恶如仇的杀人是完全不同的。"

余臬又问："譬如日本侵略中国时，面对亡国灭种的危机，举国抗日烽火燎原，抗击日军的烧杀抢掠，保卫祖国土地和人民生命，这时寺庙的和尚们是应该只是念经修行，无动于衷呢？还是参加抗日杀敌呢？"

佛祖回答："嵩山少林寺，因为曾经在民国之初军阀混战时期，受过军阀的欺骗，所以抗战时期只是组织武僧保护寺庙，采取中立，既不愿当汉奸，也没有主动去抗日；但是也有个别少林寺僧参加抗日，并成为著名将军，许世友就是。而五台山很多寺庙都参加了抗日救亡运动，例如他们听说日本军人要枪杀百姓，住持就带领众僧前往刑场下跪请愿，使上千生灵全部得以释放，免遭屠杀；甚至有几十个年轻寺僧组织自卫队上前线抗日杀敌；还有几位高僧住持，与抗日军队秘密合作，作救灾、募捐、宣传抗日、转移保护百姓和抗日伤员之类善事；此外，太虚法师在七七事变前就指出'外来的强邻侵略，尤非武力抵抗不为功'；虚云禅师 1936 年就让全寺僧众每日礼忏两小时，为抗日官兵祈福，并减省寺庙开支，帮助国家赈济灾民，曾集善资 20 万元给广东政府救济灾民之用；杭州灵隐寺巨赞法师抗战爆发后，奔走于福建、香港、广东、湖南等地，组织呼吁佛教徒参加抗日救国活动，成立'南岳佛教救难协会'，1949 年他是被邀请参加你们开国大典唯一的法师；圆瑛大师七七事变后，主持召开中国佛教会理监事紧急会议，号召佛教徒积极参加抗日救亡运动，并担任中国佛教会灾区救护团团长，他对弟子说：'菩萨慈悲，不能一任强暴欺凌迫害'，'不能坐视弱小无罪者横遭杀戮'，'岂能眼看着无数生灵在敌机疯狂烂炸中殒命'，'作为菩萨弟子应秉承菩萨原义，行救苦救难之责'；还有就是班禅额尔尼·曲吉尼玛，抗战前及初期，曾多次在内蒙、青海、四川等地召集各大寺庙修建坛城，虔诚诵靖国消灾大经，超度抗日阵亡将士，多次捐赠给政府和军委会战马数百匹，捐赠医药费 3 万元，带头认购救国公债 2 万元……僧人这类爱国抗战实例不胜枚举。"

余臬非常感动地说："都怪俗士孤陋寡闻，佛祖洞察毫微，列举这么多大半个世纪的往事，如醍醐灌顶，使我茅塞顿开，方知佛教并非一味忍让，在大义面前也奋起抵抗，为保家卫国作出如此贡献，这是最大的惩恶扬善之举！与儒家的'杀身成仁''舍身取义'堪称殊途同归……再请教佛祖：人若做了坏事甚至恶事，但又翻然悔过，又做了不少善事甚至立功，那么前面所做的坏事恶事，是否照样遭到报应；还是可以将功补过，不受报应呢？"

佛祖说："你应该去看看倓虚法师的《影尘回忆录》。"他用手往墙上一指，余臬顺着他指的方向扭头看去，果然墙上就幻化出一段文字，原来是倓虚法师转述谛闲老法师所讲过的上海发生的一件奇闻：

上海滩上有一个姓程的老先生，曾在清末作大官。赋闲之后就在上海租界里生活，也做很多善事，修桥、补路、建寺院、搞慈善，成为大慈善家式的人物。程某去世后，程太太对他很是思念，整天哭哭啼啼的。

恰好有个法国人会"鬼学"，能够把新死的鬼魂招来，跟家属见面，一次要一千大洋。程太太因家道富足，思亲心切，就请他作招魂之事。刚开始，法国人还信心满满，认为新死的鬼魂容易招来。到了晚上，把灯一熄灭，他就在里面掐诀念咒，约有一点钟工夫，却一直没有鬼魂来。电灯又开了，法国人对程太太说："我找遍了冥界，结果发现他在地狱里，无论怎么叫他，也叫不出来。"

程太太一听就冒火了："你这个骗子！我的丈夫是大善人，怎么能到地狱里去？"就说他是行骗的，又哭又叫。这个法国人白受了一顿气，就说："那这样吧，如果你知道另有新死的人，我可以找来，作个证明"。正好程太太有个大儿子，吃喝嫖赌，在妓院里刚死了不久，便令洋人召请。

这个法国人又念个什么咒，很快鬼魂还真的就过来了，鬼魂在桌子底下，然后就有一番对话。这个少太太说："你是某某吗？"鬼说："我是啊。""你现在在哪里啊？""我现在在地狱、在疏散鬼那里面，过两天就要接受阎王的审讯了，现在还比较自由一点。我生前吃喝嫖赌什么都敢干，很麻烦，你给我找人念念经、做做超度，我口袋里还有一张支票。"这一说，全家就都哭了，哭拥在一起。

这时，老太太就问这个鬼，说："你见到你爸爸了吗？"鬼说："见到了。""他现在在哪里呀？""他现在在地狱里。"程太太才真的害怕了，说："他怎么在地狱里面呢？他是一个大善人啊！"鬼说："是啊，爸爸作了点善事，但他曾做过一件很恶的事情。以前他在北京做官时，山西出现了灾荒，朝廷派他去赈灾，拨了六十万银子，结果都被爸爸给独吞了，因此才饿死了很多人。由于这个罪业他就堕到地狱里了。"程太太一听，"虽然有这个事，但我们做的善事很多，也可以将功折罪呀！"

鬼说："是有善事，但'功过不相抵'。先要到地狱里受贪巨款死了很多人的罪，以后再到天上去享他行善所得的福。先得到地狱里。"这一说，全家又哭成一团。这桩事情当时在上海滩很轰动……

余枭看完后，墙上的文字立刻就消失了。他知道佛祖的意思是说这位程某罪孽深重，功过不能相抵，所以得先下地狱受罪，然后再上天享福，说明恶有恶报，善有善报，毫厘不爽。想到这里，他对佛祖说："感谢佛祖生动的点拨！看来'放下屠刀，立地成佛'也不能简单理解。最后再请教一个问题：世间真有恶魔的存在吗？"

佛祖说："有。一为内魔，二为外魔。内魔主要有烦恼魔、阴魔（五蕴中的受、想、行、识）、行魔、业魔、心魔；外魔主要有天魔、死魔、罪魔以及五蕴中的'色'。烦恼魔：就是昏烦的恶法，扰乱心神，不能停息，乃生死的本因。所谓见思烦恼魔，阻碍天、人、修罗、地狱、饿鬼、畜生的六趣众生，真空寂灭的原理；尘沙烦恼魔，障蔽声闻、缘觉的二乘众生，化导利人的大心；无明烦恼魔，翳闭菩萨乘的众生，果觉法性的妙体。只是三种烦恼，造成种种恶业的魔境。这九法界众生，都具烦恼的根本，招感分段、变易的二种生死。阴魔：就是色、受、想、行、识的五蕴。色，是外魔；受、想、行、识，是内魔，乃生死的苦果。色、受、想、行、识的五种，盖覆清净的真性；积聚生死的苦果。

"但这阴魔，不外乎色魔和心魔的二法。而一切众生迷着无情虚幻的色魔，迷着有知妄想的心魔。从此颠颠倒倒，是是非非的产生众多的魔境出来。

"行魔：就是念念迁变流动造作的行魔，是属于内魔，乃生死的行因。若起念念杀生害命的行魔，必定遭遇杀害的行缘；若起念念偷取物件的行魔，必定遭遇偷取的行缘；若起念念妄言两舌的行魔，必定遭遇欺骂的行缘。要之，作如是的行魔，必得如是的行缘，丝毫无差。有了行缘，乃有行业，就烦恼无尽了。

"业魔：就是身、口、意的三业魔。是属于内魔，乃生死的恶业。所以有善业因，必得善业果；有恶业因，必得恶业果。如身上，有杀、盗、淫的三种业魔；口中，有妄言、绮语、两舌、恶口的四种业魔；意内，有念、瞋、痴的三种业魔。

"心魔：就是身内所起的心魔，是属于内魔，乃生死的主体。所以最初修道用功时，对于顺合的境界合于心意的，就起贪欲的心魔；对于违背的境界逆于心意的，便生瞋恚的心魔；对于事相和理性，都不明白，就起遇痴的心魔。对于一切人物上，有喜着好胜的念头，就生骄慢的心魔；对于一切人物上，无彻底的明了，就起疑惑的心魔；对于人物上，着我着我所等，就生身见的心魔；对于人物上，执断执常，执有执无，就起边见的心魔；对于人物上，拨无因果，就生邪见的心魔。对于修道用功上，错乱用心，非圣人果反计圣人果，就起见取的心魔；对于修道用功上，误入邪路，非出世因反计出世因，就生戒取的心魔。这等心魔，全是见见思的烦恼魔中，所分的类别。

"外魔中的天魔：就是欲界第六天上的魔罗天，因为深着世间的快乐，起诸邪知邪见的心念，憎恨嫉妒破坏一切圣贤不生不灭的道法，是属于外魔，乃生死的恶缘。但是魔罗天的魔子魔孙，以及魔民，真是无量无边。所住的宫殿，乘空往来，壮丽无伦，比较人间的宫殿，超过百千万倍。魔的威力甚大，而且快乐自在得很。因为做人的时候，做过一点功德善事，而着生死爱欲，所以生到魔罗天。可惜没有永久的存在，等到福报享尽，必定堕落恶道，受大苦恼。若是世界坏劫的时候，那火灾直接烧尽色界初禅天，乃魔王天，全为灰烬。

"死魔：就是地、水、火、风的四大，都为分散，身丧命殒，色心离开的境况，是属于外魔，乃一期寿终报满的恶果。所以修道用功的人，非但道业不能成就，忽然遭遇大病，以致无常死丧的魔难，不得培长法身慧命，殊为可悲可痛。

"罪魔：就是杀、盗、淫、妄、酒的罪魔，是属于外魔，乃生死恶缘。若是犯了杀生害命的罪魔，必定招感短命的果报；若是犯了偷盗的罪魔，必定招感贫穷的果报；若是犯了淫欲的罪魔，必定招感生死轮回的果报；若是犯了妄语的罪魔，必定招感世世无舌的果报；若是犯了饮酒的罪魔，必定招感昏迷无智的果报。总之，由犯如是的罪魔，必感如是的恶报。如上所说魔的种类虽多，总不出乎内外的二魔范围。"

余枭听完这番解答后，似乎有点明心见性了。他恭敬地跪地磕头，感谢佛祖为他做了这么多的教诲；然后站起来又三次鞠躬，就走出佛殿。一边走一边还在想：所谓恶魔，大都是人自己心念所生，只要明心见性，就不会有恶魔产生。

他正准备往老君殿走去，忽然一阵狂风骤起，但见路旁的很多树枝摇摆不定；瞬间，那些树枝都幻化出无数的蟒蛇，蠕动着曲折的身躯，张着龟头大嘴，瞪着闪电般的凶恶目光，向他发出嘶嘶的声音，仿佛争着要一口吞噬他的样子。他心中顿时产生惊恐，但马上想起"魔由心生"这句话，立刻镇定静心，不为所动；双手合十，默念"阿弥陀福"；又想到这少林寺，自己曾两次来游历过，不可能有这么多的蟒蛇；或许这正是佛祖做法故意对他的考验……

想到此就更加淡定不惊，坦然地目不斜视，昂首挺胸地向前走去。忽然前面有两个美若天仙的少女，身材袅娜多姿，红巾翠袖，丰乳肥臀，胸前还露着乳沟，明眸皓齿，笑容可掬，含情脉脉地向他招手。余桌立刻收敛目光，目不斜视，俯身合掌，口中默念"色即是空，空即是色"；内心静虚，毫无杂念。来到了老君殿门口，回头一看，那些狰狞凶恶的蟒蛇、美若天仙的少女，竟然刹那间如烟消云散，消失得杳无踪迹了。

他走进老君殿，但见殿中香烟缭绕，两个眉清目秀的道童在香案前伺立，上面端坐着太上老君，须眉皆白，鹤发童颜，满面红光，手持拂尘；左右陪祀的有郭天师、张天师等众神。

余桌立刻下跪参拜，禀道："俗士余桌，自幼年上小学就喜欢看《西游记》《封神演义》等神话小说，喜爱神仙；因家境贫寒又遭荒年，初中辍学就到北大荒参加工作；因时乖命蹇，屡遭挫折，于是发奋自学18年，终于考上末班车研究生，从此以儒家'三不朽'为座右铭，始终发奋向上，在高校教古代文学，不敢奢望立德立功，只想教好学生，著书立说。但对李白、唐寅、文征明、郑燮以及元曲家中那种浮云富贵、傲煞王侯的气节也十分推崇，尤其崇拜奉行《道德经》中'功遂身退'的范蠡、张良、李泌、张养浩等达人智者。自己对真君的《道德经》虽然也读过数遍，但其中一些深奥的玄妙仍然不甚明白。而今已逾悬车之年，反思自己一生言行，总想要总结检验自己哪些符合圣教，哪些尚存不足。故尔不远千里而来，想得到真君耳提面命赐教，不胜感激荣幸之至。"

太上老君温和地说："我已知道你的来意，那你就请站起来，只管提问吧！"

余桌说："《道德经》第一章云：'无名，万物之始；有名，万物之母。故恒无欲，以观其妙；恒有欲，以观其徼。'其中'无欲'可否理解为：不妄想不臆造？'有欲'可否理解为：意味着追求理解通过钻研？"真君回答："在这一段语境中的'无欲'和'有欲'正是此意。你的理解没有错。"

余桌又问："《道经》第十三章云：'吾所以有大患者，为吾有身，及吾无身，吾有何患？故贵以身为天下，若可寄天下；爱以身为天下，若可托天下。'今人有四种解释：一种认为是'轻物重生'之义，为利己主义；第二种认为：'视其身如天下人，是无身矣，是无我矣，是无私矣；如此者，方可以天下寄托之。'是利他主义；第三种认为：本章所讲关于"贵身"和人的尊严问题，大意是说"圣人"不以宠辱荣患等身外之事易其身，这是接着上一章"是以圣人为腹不为目"而言的。凡能够真正做到"为腹不为目"，不为外界荣辱乱心分神者，才有能力担负治理天下的重责。认为生命远过贵于名利荣宠，要清静寡欲，一切声色货利之事，皆无所动于中，然后可以受天下之重寄，而为万民所托命。第四种解释为：什么叫"贵大患若身"（处于尊贵的地位，大患乃是自身）？我（作为侯王）之所以有大患，是因为我有"自我"的意识（有自己的私欲）。当我没有自我的私欲时，我还会有什么可担心的呢。故而，能够将自我修炼（自我完善、自我提高）融入到治理天下过程中的人，可以把天下重任委托给他。在治理天下过程中能够全身心的投入其全部热情的人，可以依存于天下……这四种解说，不知哪种最正确？"

老君回答道："第一种是歪曲吾意，第二种是过分抬高吾义，第四种也繁琐不符合吾意，唯有第三种最合我意。"余枭说："我在年轻时就会背'吾有大患'四句，当时没有结合全章上下文意去理解，就断章取义，望文生义地曲解为：人最大的忧患就在于有此肉体之身，有此肉身就必然有欲望，欲望又往往无法实现，因此成为最大的忧患和烦恼；如果没有这个肉身，就没有任何欲望，那我还有什么忧患呢？后来通读《道德经》的注本，才知道我理解错了。"

老君问："你这样解释可能是受佛教的影响了吧？"余枭说："其实当时我对佛教更加无知，是因为道家提倡'清心寡欲'，所以就望文生义了。"老君笑道："就四句断章取义而言，这样解释也不未尝不是一家之言，也不算什么大错……"

余枭又问："《德经》五十四章云：'修之身，其德乃真；修之家，其德乃馀；修之乡，其德乃长；修之邦，其德乃丰；修之天下，其德乃溥。'是否与儒家'修身、齐家、治国、平天下'有相通之处呢？"

老君说："修德的过程是有些相同之处。但是这里的'德'，是'道法自然'之德，与儒家所修的'仁义理智'之德的内涵有所不同。……"

余枭说："您是一位伟大的智者，也是道家的'圣人'，又说'治大国如烹小鲜'，为什么又要提倡回到'小国寡民''使民复结绳而用之'，从而主张'弃圣绝智'呢？"

老君笑道："你提得好。但任何伟大的人物都难免受到时代的局限。当时天下纷争攘攘，智巧机诈层出不穷，就像当今社会坑蒙拐骗之徒，无所不用其极一样；又看不到未来会出现什么更好的社会形态，所以只凭历史上已有的经验，祈望回到原始社会之初的小国寡民，就没有欺诈智巧之风，其实也是愤世嫉俗之词。今天看来，当然不合时宜，必须'与时俱进'才对嘛。"

余臬说："此乃白璧微瑕，犹如树叶掩盖不住日月光辉的普照。而你的很多经典名言，德被千秋万代，成为颠扑不破的至理恒言：如'天之道，损有余而补不足；人之道则不然，损不足以奉有余'；'受国之诟，是谓社稷之主；受国之不祥，是谓天下之王'；'合抱之木，生于毫末；九成之台，起于累土；千里之行，始于足下'；'祸兮，福之所倚；福兮，祸之所伏'；'天下莫柔弱于水，而攻坚强者莫之能先'；'坚强死之徒也，柔弱生之徒也'等等。但我对后两条虽然理智上明白，但临事总是控制不住感情，而表现刚烈，这究竟是先天性禀赋是 A 型血，还是从小受教育熏陶要作刚直不阿的人，抑或是后天性自我修养不足呢？"

老君说："禀赋当然有影响，但后天的教育和休养更重要。你前半生所受坎坷磨难，就与你过于刚直不阿有关，后半生虽然学有成就，但仍然雄刚有余，雌柔不足，所以仍多挫折。你一生吃亏，盖源于此。好在你尚能随时自省，事后知道后悔，晚年还能临事尽量克制，也稍有长进；但还需继续休养磨练，方能做到以柔克刚……。"

余臬非常感激太上老君的点拨教诲，他没有料到：佛祖、老君这么伟大的人物，对我一介老朽书生竟然如此耐心，如此温和慈祥，有问必答，百问不烦，循循善诱，一点没有架子。他觉得此行收获颇丰，受教良多，使他内心的困惑一扫而光，呈现出明镜一般的内心世界。于是他再三道谢，叩首鞠躬，然后高兴满足地走出了老君殿。因为他毕生奉行儒学，而且教古代文学，绝大多数作品都是以儒家思想为主导的，所以他对儒学没有疑难问题，也就不打算去拜见孔老夫子了。

他正自得意地漫步下山，突然路口出现了八个金盔金甲、高大伟硕的神将，很像是八大金刚，一个个眼如铜铃，怒目圆睁，手执铜锤钢鞭，异常狰狞恐怖，声如巨雷洪钟，大声怒吼："大胆狂徒！敢闯我至高无上的三教神殿，却一毛不拔留下香火钱，就想溜之大吉吗？"

余臬心想：人间充斥拜金主义，"一切向钱看"的社会风气；为何至高无上的神界也要索取金钱贿赂呢？这岂不是玷污神圣吗？他正要愤怒质问，忽又转念一想："色即是空，空即是色"；"以柔克刚"，"勇于敢则杀，勇于不敢则活。"于是卑躬屈膝地说："还望尊神恕罪！我身上只有二千多元准备买机票用的，却忘了要留下香火钱这码事，真是该死！现在我上交一千元香火费，剩下的购买火车票就行了。"说着就掏出一千元，双手恭敬呈上。

不料突然一道电光闪亮，随着一声炸雷，如山崩地陷，余臬抬眼一看，八大金刚早已不见踪影，而自己双手握着的一千元还在手中，但身体却也随着地陷掉到一个很大的溶洞底下，却又浑身毫发无损。他正感到诧异，但见洞口直径约有四五尺宽，从山上冲击而下的一股碗口大的瀑流，将厚重的石盖冲穿一个圆洞口，又直泄而下，到洞中形成一个深潭，然后通过一条暗河流走。余臬庆幸自己正好掉到潭水边岸上，不但身上没有受伤，衣服裤子也未沾水。

他忽然顿悟：这就是滴水穿石，柔能克刚的奇迹；莫非就是老君临别时告诫的"继续修养磨练，方能做到以柔克刚"的显灵考验吗？正自疑惑，蓦地传来空谷足音："遇难呈祥！沿着溪流走到尽头就是车站，祝你一路平安！"余臬抬头仰望，从洞口隐约看见，正是天上老君驾着祥云在天空中对他挥手微笑，然后一甩拂尘，声影俱无。他再次望空跪拜良久，方才起身沿着洞中小溪岸边小路前行。

一路上，但见洞中两壁悬崖峭壁上，尽是千奇百怪的钟乳，有的像十八罗汉，有的像定海神针，有的像如来卧佛，有的像仙女散花，有的像老君炼丹，有的像神龟望月，有的像仙鹤翱翔，有的像大鹏展翅……无不栩栩如生，堪称琳琅满目。溪水两岸，杂草灌木丛生，桃李百花争相吐艳，蝴蝶蜜蜂忙着飞舞采花，小鸟青蛙鸣声此起彼伏，一群猕猴在灌木丛中攀援跳跃；水中的大小鱼儿自由自在游曳，螃蟹在石缝中时隐时现，白鹤在沙滩上觅食，鱼鹰在水中追捕鱼虾；还有凤凰唱歌，孔雀开屏，龙蛇起舞……。它们并不伤人，也不互相争斗，而是和谐共生，群居欢乐，其乐融融。余臬感到犹如置身仙人洞中，亲身体验到世外桃源，人与自然亲和无间，不觉逸兴湍飞，顿时诗兴勃发，即兴吟成一绝：

问道嵩山坠洞幽，恍然身在武陵游。刘郎艳遇何须羡，烦恼无踪极乐留。

他继续前行，走了约有三里许，蓦见前面豁然开朗，果然一个大洞口涌进日光，洞中更加光明灿烂。余臬走出洞口，数十米外果然就是公交车站。他就买票上车，直奔机场。下车进入售票厅，买了机票，登上飞机，正要对号入座。忽然身边一人在拍他肩膀，他扭头一看，顿时惊呆了：你猜是谁？正是他多年寻觅始终不知下落的恩师、当年在北大荒的难友王伟民先生，而且正好是同坐。

余臬激动得紧紧地和恩师拥抱在一起，然后彼此相扶坐下，忙问："老师文革后就失踪了，76年夏季我借调到《黑龙江文艺》杂志社时，曾打电话问你的单位，对方回答说你进了五七干校改造，我又问干校在哪里？对方说不知道。拨乱反正后，我考上哈尔滨师大研究生，又多次打听你的下落，说你已经调走，去向不明。这些年时常想念老师，苦于不知下落，不料今日巧遇在飞机上！真是苍天有眼眷顾，让我们师生如此戏剧性重逢。快说说你这些年到底调到哪儿去了？"

他听了，不禁凄然泪下，说："文革中我又再次遭殃，全厂都成了炮轰派，再次被专政批斗，遭受酷刑毒打，遍体鳞伤，被送到大兴安岭劳动改造。拨乱反正后虽然平反，但已奄奄一息，后又调到沈阳重机厂任工程师，但身体一天不如一天，被专政期间潜留下了很多病根，逐渐并发。前几年住了医院，终于治疗无效，就到彼岸了……"

余臬大吃一惊，再扭头一看，身边坐着的恩师倏地不见了踪影。惊悸之余，骤然苏醒，方知自己睡在床上，原来嵩山叩佛问道，掉入溶洞，飞机上巧遇恩师王伟民等等遭遇，全都是南柯一梦！

此时天已黎明，余臬迅速穿衣起床，见妻子雅梅早已起床正在烧开水，他就立刻将梦中飞到嵩山少林寺叩拜佛祖老君，掉进溶洞等见闻，飞机上又巧遇多年打听失踪的恩师王伟民，早已仙逝等等情节，详细述说了一遍，雅梅也惊讶得呆了半天，才问："这到底是吉是凶呀？"余臬说："当然是有吉有凶，梦中此行叩佛问道，了却一生心愿，是吉；恩师王伟民被文革折磨，终于百病缠身，医治无效死亡，是凶。"他为此悲悼不已……

说也奇怪，从此余臬就像换了个人似的，遇到任何事情都不着急，不生气，不烦恼，一切随遇而安，任其自然。雅梅观察了几天，感觉到了这个变化，就好奇地问他："你是不是梦中皈依佛教道教了？我发觉你的性格有很大的变化，完全像变了个人似的！"

余臬说："我既没有皈依佛教，也没有皈依道教，只是通过佛祖、老君的点拨，开始明心见性，懂得修养身心的妙谛罢了。我仍然信奉儒家学说和马克思主义，但也兼取佛道两家很多有益的精华，采取融合众家之长，使身心更加健全，更加通达，破除了以往一些自己不觉察的偏执，解除了自身急躁、烦恼、生气等心魔而已。"

他又深入浅出地详细向雅梅解释了佛家"四圣谛"、"五蕴"、"八苦"、"色空"等观念，以及道家的"道法自然"、"清心寡欲"、"以柔克刚"、"知足常乐"、"无为而无不为"等思想，说这些就是修养身心的基本妙谛。现在老年人都向往养身养心，但绝大多数人都把目光聚焦在保健品、医药、饮食营养和运动锻炼上，其实最重要的是思想观念、思维方法、心情性格的修养，而佛道两家恰恰在这方面做出了最精辟的回答，胜过灵丹妙药，这才是老年人应该多学习多践行的。

雅梅过去也是不信任何宗教，对佛道的书也从未看过，余臬虽然也不信教，但作为文史学者，从研究的角度还多少涉猎过一些佛道的书。所以雅梅听了之后，仍然似懂非懂地问："既然这么好，你为什么以前从来不对我讲一些这方面的普及知识呢？"

余臬说："这些哲理比较深奥，况且我以前笃信儒家和马克思主义，与我一生奋斗挣扎有关。总认为佛道两家都讲的是消极避世思想，与我积极入世的追求相悖，所以从兴趣上深入研究也不够。道家还读过一些，至少《老子》、《庄子》读过注释本；但对佛家的经典，几乎从未读过，只从哲学史上了解一点皮毛。经过这次梦游请教和其间亲身经过了几次惊心动魄的遭遇，就好像被禅宗当头棒喝一般，觉得有了一点顿悟。醒来以后又细细琢磨，越发觉得其中博大精深的奥妙。"

他认为：不必像古今某些政要那样，晚年皈依宗教，以此期望'放下屠刀，立地成佛'，也不必像一些奇人那样看破红尘，解脱烦恼。前者是因为他们自知罪孽深重，想忏悔赎罪；后者是想超脱世俗，隐居方外。而我们只是平凡之人，既无深重罪孽，也无法去方外隐居。只是汲取佛道二学的精华，研究它的精义，而真正要想研究佛学、道学的人，入教反而成为他的障碍，所谓'不识庐山真面目，只缘生在此山中'讲的不就是这个道理吗！只有跳出这个圈外才能不带偏见去认识它、研究它。

雅梅不断点头认可，余臬鼓励她说："你似乎也有点顿悟了！不过还需时刻贯彻、践行，遇到烦心、纠结、失落的事情，就是检验你是否完全顿悟的关键了！"

第十一章　管窥蠡测

　　1天，余臬接到北大荒教过的学生孔秀丽的长途电话，说她已经二次结婚，找到了适合自己的伴侣，准备最近就到西南川滇旅游，顺便了却多年渴望已久的夙愿——前来与恩师见上一面……

　　余臬欣喜若狂，因为暑假齐鲁旅游在烟台时，威海的学生陈伟文就发微信说："孔秀丽刚从威海去看望她已定居泰安的老父亲，她不知老师要来威海，所以失之交臂，她看完他老父亲后，将要返回北大荒了，真是遗憾。她老公六年前得病去世，一直单身。我已将老师的电话告知了她，她以后会给你打电话的。"

　　孔秀丽与陈伟文是当年初中74届班上两个最优秀的学生，祖籍山东泰安人，是孔夫子的嫡系后裔，他父亲名孔令云，是部队转业到北大荒屯垦戍边的。77年余臬在总场文教科时，秀丽高中毕业后曾到总场见过最后一面，余臬还推荐她去考上了总场广播站播音员，只是四分场坚决不放她，最后留在分场当了播音员。而今也是分别四十一年了。

　　八年前她丈夫患脑梗猝死后，一直寡居，高不攀低不就，本已心灰意冷不打算再婚了；谁知峰回路转，柳暗花明，遇到了从前四分场一位厂矿的老领导王某，而今早已退休定居山东潍坊，且与她父亲过从甚密。老王前几年丧妻，女儿女婿都在成都工作。经人撮合，双方都很满意，于是就闪电结婚，并一起到西南旅行度蜜月。她们准备在成都女儿家住五天，然后就到江城看望余臬，再返回成都去云南西双版纳度假。所以余臬非常高兴，电话中表示热情欢迎她们的到来，并告知在江城下火车后坐轻轨来家的线路。

　　几天后，她来电话说，已经快到轻轨站了。余臬放下电话立刻前去接站。老远就听见她大声呼叫"余老师"的声音，走近后，余臬惊讶地说："分别四十多年，你要是不叫我的话，我简直就认不出是你了！"她说："怎么，我变化很大吗？"余臬说："你原先是圆脸，现在变成瓜子脸，更好看了！完全认不出来了！"她介绍了身旁她丈夫老王，余臬赶紧上前握手，一眼就看出是个忠厚老实的人，赶忙帮助他们提行李到家。

进屋后，赶紧倒茶，削苹果，又端出一大盘洗好的葡萄，请他们吃。一边问起他们旅途中的情况。她们带来了北大荒的优质木耳、外国红酒、泸州老窖、鲜牛奶等礼物，余臬说："我已二十多年滴酒不沾，医生嘱咐不能喝酒，木耳、牛奶我收下，红酒白酒你带回去送给你的亲友吧！"

他们说："哪有送来的礼物再退回去的道理呀！你不喝，就送给你的亲友喝吧。"余臬推辞不过只好收下。秀丽对她丈夫说："当年就是余老师推荐我去考上播音员的，她课内课外教会我们很多知识，写作、书法、朗诵、表演节目等等都是他手把手地教我们学会的。他可是我一生成长中最敬重的恩师呀！"老王说："秀丽经常提起你对她的培养，说今生见不到恩师，将是终生遗憾呀！"

余臬说："秀丽是我最得意的学生，又是孔夫子的嫡系后裔，你爸爸是'令'字辈，你应该是'德'字辈吧？"秀丽问："老师你怎么知道？我的名字里并没有'德'字呀！"余臬说："孔子是儒学创始人，历代王朝封他至文宣王，你就是王侯世家的子孙，出身高贵呀！我一生奉行儒家学说，当然知道圣人《孔氏家谱》字辈，从明朝洪武年间算起：希、言、公、彦、承、弘、闻、贞、尚、衍、兴、毓、传、继、广、昭、宪、庆、繁、祥、令、德、维、垂、佑、钦……再加上明朝之前的，'令'字辈是第76代，而你'德'字辈就是77代。"

秀丽惊讶地说："没想到老师连我们孔家字辈都这么熟悉，真是太佩服了！我的确是'德'字辈，但因父亲取名时，我们女孩都没有按字辈取名。"余臬笑道："主要不是男女的问题，而是你们生长的时代是以'阶级斗争为纲'，当然不重视孔子喽！文革时还要'打倒孔老二'，'砸烂孔家店'呢！"

余臬回忆起79年研究生游学时去参观过孔林、孔庙、孔府，就向他两介绍：文革中北京红卫兵司令坏头头谭厚兰曾打着'中央文革领导小组'旗号，率领二百多红卫兵到山东曲阜，联合当地造反派成立"彻底摧毁孔家店革命造反联络站"，召开了万人大会。在曲阜的二十九天，烧毁古书二千七百余册，各种字画九百多轴，其中有国家一级保护文物七十余件，珍版书籍一千七百余册；砸毁包括孔子墓碑在内的历代石碑一千余座，捣毁孔庙、孔府、孔林、鲁国故址，共破坏文物6千多件。挖开第七十六代'衍圣公'孔令贻的坟，对其曝尸批判。押着研究孔子的周予同教授、当地领导干部和高赞非等参加过 1962 年'孔子讨论会'的学者陪孔子塑像游街，称之'为孔老二送丧'……

秀丽夫妇第一次听到这番孔家厄难的介绍，不仅义愤填胸，也方知文革带来的空前浩劫是何等惊心动魄！余臬说："其实这只是曲阜'三孔'一处，全国像这种浩劫何止千千万万！"接着他接继续介绍"文革"的浩劫：

各地老君庙等道观，如来观音等佛寺以及佛教石刻艺术，历代帝王如炎帝黄帝、秦皇汉武、唐宗宋祖，英雄豪杰如诸葛亮、包公、岳飞、海瑞、袁崇焕等人的坟墓碑刻，千家万户的祖宗祠堂，数以万计的珍贵文物，古籍古字画等等，或者砸个稀巴烂，或者抢劫一空，或者灰飞烟灭……"五四"运动是第一次'打倒孔家店'，但还只是限于理论上的打倒；文革则是"扫四旧"，全面荡涤"封资修文化"。仁义礼智信、温良恭俭让，忠孝悌节义等儒家文化一扫而光；所有宗教都以'反动迷信'全部取缔；穿高跟鞋、布拉吉、西装、烫发、抹胭脂花粉，都是"资产阶级腐朽生活方式"而受批判……。争论了半个多世纪的中学西学，至此画了个句号——统统废弃！

他说："其实'中学为体，西学为用'，海纳百川，吸收中西一切优秀文化，为我现实所用，才是对的。闭关锁国是海纳百川的障碍，崇洋媚外则是对祖先的背叛，这都不符合马克思主义，都是对华夏五千年文化自信的一种反动！"

秀丽听了这番话，激动万分地说："老师总结的太好了！我们生于五六十年代之交的人，文革时刚上小学，对文革的认识尚且模糊，更不必说 70 后、80 后、90 后的这三代人了！今天听了老师这番总结，真是如晴天霹雳，眼界大开，总算懂得一点反思过去了。怪不得现在很多'啃老族'不孝父母，社会上信奉'有钱能使鬼推磨'，坑蒙拐骗到处都是，原因就是传统道德伦理都被文革破坏光了！

"有的人甚至缺乏起码的良知，最近三峡某地的一辆公交车开到江里去了，就是因为车上一位妇女自己不听报站，坐过了站，就要求司机停车；司机说没有到站停车就违反交通规则，她就去阻止驾驶员推搡，还用手机击打司机的头部；车上的乘客却麻木不仁，没有一个人站出来阻止，结果司机一边用右手阻挡她的扭打，一边左手握方向盘，就与对面开过来的小车相撞，客车冲到桥下长江激流中，十多个人陪她一起丧生……"

老王也说："听说某地另外一个女司机，被三个暴徒拖下车去轮奸，车上的人明明知道歹徒在犯罪，却没有人吭一声去阻止；只有一位小伙子见义勇为下车干预阻止，却被三个流氓痛打一顿。女司机上车后含着眼泪一言不发，把救他的小伙子推下车去，然后愤然开车冲到大江中，让全车冷血的乘客为她陪葬……这两个惊心动魄的事件，就说明现在的一些人已经麻木不仁到什么程度了！"

余臬说："你们说得对！现在车上小偷行窃，歹徒行凶，很多人都不敢见义勇为，假装没有看见，觉得事不关己，少管闲事惹麻烦，说穿了就是极端利己主义。那个坐过站去干扰司机的妇女，就是愚昧自私；最可恨的是全车乘客的冷漠，只要有一个人站起来大声疾呼'干扰司机就会大家陪葬！'也许就能制止这场悲剧的发生，可是却没有一人这样做；至于那三个流氓轮奸女司机，如果乘客跟着小伙子下车大吼几声，那三个流氓也就不敢成为众箭之的而施暴。"

余臬由此联想：这些事件还只是管中窥豹，如果社会每个个人都学会反思总结，那就不难找到问题的关键：归根结底就是道德沦丧，信仰缺失。虽然党中央领导一直在努力倡导社会主义价值观，到处墙上都写着大字标语，为什么还是有少数人顶风上？原因就是文革对传统道德彻底破坏殆尽，积重难返，仅凭教育谈何容易！必须要强化法制，对坑蒙拐骗、公然顶风上的黑恶势力实施严刑峻法，配合群众监督，才能彻底震慑、扫荡社会黑恶势力！……

秀丽夫妇说："现在社会风气确实越来越坏，党中央也不断在反腐败、打击黑恶势力，为什么还会如此！的确令人堪忧，值得反思总结呀！"

余臬说："如果人人都有忧患意识，就会有正义感了。不过也不必悲观，我们绝大多数人民是有良知的，丧尽良知的不法分子毕竟只是极少数。邓小平就是总结了大半个世纪以来的经验教训，才提出建立中国特色社会主义的理论，就是把马克思主义基本原理和中国传统优秀文化与当代实际相结合，是非常英明正确的，要不是改革开放，平反冤假错案，弘扬传统文化，哪有现在恢复完好的'三孔'？我们知识分子哪有今天的扬眉吐气？广大农民哪有今天的丰衣足食？全国人民哪有现在安居乐业的小康盛世？一批批大老虎贪官污吏怎能不断落马？这都得感谢邓小平以来的党中央的伟大决策啊！"

秀丽说："现在个别别有用心的人企图否定改革开放，似乎这些黑恶势力、卖淫嫖娼、坑蒙拐骗等等社会现象，都是改革开放的结果；而向往文革前闭关锁国的时代，甚至还有人怀念江青！……"

余臬说："其实这只是市场经济大潮中涌出来的一小股污泥浊水，在经济全球一体化的今天，就像全球生态环境日益恶化一样，任何一个国家都不可避免有些污泥沉渣浮起。例如恐怖分子到处流窜，我们中国也与西方联合反恐，就算毛主席还活着，今日的形势也不可能用闭关锁国就能解决问题的。那时是贫穷的平均主义，中国经济是何等落后！大跃进的浮夸，三年困难时期饿死了七千多万人；而今天中国 GDP 总量飙升为全球第二位，没有改革开放能行吗？"

大家都衷心赞同，点头称是。他们又谈起北大荒其他同学和六队老人的情况，共同回忆那些艰苦年代的往事，对比今天的物质生活，彼此都时而兴奋满足，时而又嗟叹感伤。

余臬一看手表，已经五点半了，便说："我已帮你们预定了宾馆，离家很近，比山东宾馆价格还要便宜，有窗户的双人大床单间还不到一百元。"于是就带领他们去宾馆，他们看了房间都很满意。余臬说："现在我们就到街上吃湖北洪湖藕炖排骨汤锅，明天早上八点我来接你们吃早餐，然后我陪你们去游市中区几个代表性的景点，让你们对江城南的特点留下点印象。"于是放好行李后就离开宾馆，到一家楼上饭馆吃晚餐。

余臬要了个鸡汤炖藕大锅，又加了一份洪湖藕和几个特色菜，连同雅梅四个人边吃边聊天。秀丽两口儿对汤锅赞不绝口，说洪湖藕炖鸡真好吃，从来没有吃过这么面的藕，鸡块数量也很多，味道鲜美。

雅梅说："现在生活水平提高了，都不愿意吃大鱼大肉；凡是从外地来此的客人，我们都带他们到这个店吃汤锅，他们都很满意。因为北方人吃不惯麻辣火锅，而且油放得太多，荤菜品又多是动物下水，什么毛肚、鸭肠、肥肠、毛血旺、肥牛肉片……对身体都不好。"老王也说："这个汤锅的确不错，我最爱吃。"

吃完后余臬买了单，老王忙问："这顿饭花了不少吧？"余臬说："不贵，才两百多元。"老王说："要是在山东，起码也得四五百元才拿得下来。南方的餐饮比北方要便宜得多，而且质量也很高……"

他们走出饭馆，余臬就带她们去逛附近的永辉大超市，然后顺路一起散了一会儿步。分手时，又特地嘱咐明早来接他们一起去吃早餐，于是各自归寝。

次日，早饭后，雅梅腿脚有病不便，就由余枭陪他们坐轻轨到市中区，先游了长江索道，又看了墙上余枭写的《长江索道赋》，在那里师生合影留念。

余枭介绍道："文革前我市没有一座现代跨江通车的大桥，过江全靠渡船。八十年代初，才修了长江和嘉陵江两座大桥，但上班的人很拥挤，于是又修了两条索道，缓解上下班人多的压力。改革开放后，主城区接二连三修了几十座大桥，我市被评为中国桥都，索道就开始衰落了。所以市政府就要拆毁索道，市民强烈要求保留，这才保留下长江这条索道，但也亏损难以为继。但是他们大胆改革创新，浴火重生，凤凰涅槃，把长江索道转变成为旅游风景线，于是很多影视作品，明星演员都来此拍片，经济效益随之成倍上升。一到放长假，外地游客蜂拥而至，排队游索道的游客排着几百米的长队，新生的企业风生水起。现在全国企业都在这样改革创新，所以中国经济才不断腾飞，成为全球瞩目的经济大国……"

然后再领他们夫妇到洪崖洞，观赏老山城的叠屋层居的临江吊脚楼建筑，又帮秀丽夫妇拍了很多照片。余枭说："我们这座山水城市，留下这片旧山城的建筑，就是留下了乡愁，对比现在新山城的辉煌，判若霄壤，使人不忘历史，憧憬未来。"接着再到解放碑，余枭为他们解说了抗战陪都时建了精神堡垒，抗战胜利后改建为抗战胜利纪功碑，解放后再改建为人民解放碑的经过，也在那里留了影。

因为秀丽说他们下午就要回成都，余枭劝他们多住两天，秀丽说："成都还有一对夫妇朋友等着我两一起去西双版纳度假，我们已经在网上订了回成都下午两点半的火车票，所以一定要下午走。"余枭说："现在才十一点，我带你们到牛角沱，那附近还可以游一个景点，然后我们就吃午饭，吃完午饭一点多钟，再去轻轨站半小时就坐到火车北站取票上火车，时间绰绰有余。"

于是带领他们坐轻轨到牛角沱，去免费参观了中国民主党派陈列馆。共两层楼好几间展览大厅，底层有各民主党派与毛泽东、周恩来等中共领导人的巨型雕像群，余枭指着雕像中的章伯钧、罗隆基、梁漱溟等人说："他们都是当时民盟的著名领导人，长期与中共风雨同舟、荣辱与共，解放后担任过政府重要职务，可惜57年反右斗争中都打成了右派分子……"

又领他们上二楼参观民盟、民革、民进、九三等民主党派的分区展览，墙上玻璃框内展出的很多陪都时期各民主党派活动的老照片，包括大轰炸、反内战学潮、工潮、国共两党谈判以及碴子洞、白公馆关押的红岩革命烈士等照片，还有简要的文字说明。余臬见秀丽夫妇很感兴趣，就陪他们参观，并为他们解说："现存八大民主党派，有四个都是在重庆建立的，而且 1946 年国共两党和民主党派在陪都召开的全国政治协商会议，签订了双十协定，奠定了中共领导下的多党合作制度，成为建国后的基本制度。"秀丽夫妇都说："这些我们过去几乎一无所知，今天收获真是很大，了解到半个世纪的历史。"

大约参观了四十多分钟，他们就到街上一家面馆，余臬请他们吃牛肉面，秀丽还想吃馅饼，余臬又给她两买了两个馅饼，大家一起吃了起来。老王感叹地说："江城餐饮真好，一碗二两的牛肉面才 12 元，牛肉这么多；要在山东，就得 20 多元一碗！"吃完饭后，余臬就拿出一包花生瓜子和水果，说："原先是准备参观景点休息时吃的，你们都说不饿，现在就拿着在火车上吃着玩吧！"秀丽接过装在背包里。

余臬就领着他们进轻轨站买了去火车站的票，然后一起进站，送他们到站台等车，嘱咐坐到南广场下车，再坐一站专门到北广场的公交，在北广场网上订购取票处用身份证取火车票再进候车室候车。嘱咐完后，握手告别，他们夫妇说："老师这么大年纪，还劳你大驾陪我们玩了大半天，我们感激不尽！今后请到山东潍坊来玩。"余臬说："我本打算给你们买些江城特产带着，但秀丽说要去西双版纳，啥也不带，所以就没有买了，免得增加你们负担。等你们返回时再来江城，从三峡坐船回北方，再带点江城土特产回去……"然后挥手告别，余臬就坐相反方向的轻轨回成均大学了。

过了几天，余臬接到秀山县旅游局唐副局长打来电话，说他们要办一个乡村旅游培训班，邀请余臬教授去讲乡村旅游的讲座。余臬想起秀山中学校长杨昌斌是自己的学生，去年他们年级同学聚会时，他曾邀请余臬老师什么时间有空帮他们学校写赋的事，不如趁此机会一举两得，免得多跑一趟。于是对唐副局长表示欣然同意前往，而且答应不要他们买火车票，也不要讲座费，就算义务讲座。

对方问："这是何故呀？"余臬说："数年前你们聘我当秀山县旅游顾问，协议上说了每年要去讲一次讲座，可是最后一年并没有召唤我们去讲座。我为此总觉得拿了顾问费，却欠了一次讲座，心中常有负债感。虽然你们早就忘记了，聘任期也停止了两三年，但我还记着这笔欠债，正好这次就可以补偿了!"唐副局长说:"都过几年了,我们早就忘记了,没想到你还记得这么清楚。你这样,真让我们感到过意不去呀!"

余臬说:"就这么定了,你只须安排宾馆,千万不要高档的,有个住处就行了!"唐副局长感动地说:"你老敬业精神真是值得我们学习!既然你执意如此,那我到时亲自去火车站接站。"

于是余臬当天就在网上预订了火车票,正好雅梅没有去过秀山,老两口就一起坐上火车,6个小时到了秀山,唐副局长来车接到了西亚酒店下榻。

第二天上午余臬就给杨昌斌校长打了电话告知已到秀山的消息。下午,余臬就带着PPT课件去给旅游局讲座,题为《乡村旅游及文化包装》。秀山县旅游局机关、各乡镇领导、各旅游企业老板坐满了会议厅。唐副局长主持会议,简单介绍后,就欢迎余臬教授开讲。他首先讲了中国古代乡村旅游的起源:肇始于商周时代的祓禊民俗,列举了《风俗通义》《诗经·郑风·溱洧》、王羲之《兰亭集序》、唐宋元明清的相关游序等典籍,以及汉代以来的休沐例假,宋代《文昌杂录》记载全年节假日共113天,说明古代节假日文化与乡村旅游的关系,当今市民渴望乡村田园就是对古代文化集体无意识的继承与发展。

接着讲了当代乡村旅游出现的十大新业态值得我们借鉴;再论述我市乡村旅游存在的六点不足:基础设施不完善,交通可进入性较差;区域和种类发展不平衡;产品和业态较单一,且多雷同;尚未形成集群化、规模化,零散弱差现象突出;乡村文化挖掘、展演非常不足:如民居大院、家族祠堂不少只剩空壳,无祭祀无乡贤文化,田园无渔樵耕读文化,古代名人如春申君、冉道隆、张森楷连故居都未恢复,巫山神女无庙、八阵图荡然无存,花果竹海缺少文化,黔中道、酉阳石柱土司文化没挖掘;全面开花、一蜂窝上马、甚至搞假古董现象失控……。

最后讲了乡村旅游的文化包装:

1、乡村历史文物的包装:包括某些破坏了的古迹的复建和修复以及乡贤事迹、族谱家训等文化展示;

2、田园生活的文化包装:可建渔樵馆室、农耕馆室、蚕桑馆室、书房馆室、茶艺馆室、中草药馆室、竹艺馆室、酒文化馆室等,收集各类历代生产工具、生活器具,用图文、模型、相关诗词、神话传说等展示;

3、诗情画意的文化包装:配置花木果树、亭台水榭、诗词楹联等视觉形象；景区步道设置暗线微型喇叭，播放当地相关民歌、山歌或轻音乐，没有鸟语的地方，也可播放模拟鸟语，形成轻松悦耳的听觉音响；营造四季花草植物的清香，田野谷物的飘香，各种瓜果的甜香，造成扑人眉宇，沁人心脾的嗅觉刺激；乡村宾馆、农家乐要以本地特色美食待客，为游客留下朵颐之福、令人难忘的味觉印象。

4、游客参与活动的文化包装：包括表演性活动、体验性活动、体育健身活动、游戏类兴趣活动的策划组织等，均分别详细举例作了说明。

此外还特别指出：秀山种了几万亩油菜花，但是听说多数只有观赏价值，而都不长油菜籽，缺乏经济价值，因为都是转基因的种子，这种得不偿失急需认真反思改正；还有的地方大片良田荒芜，没有人种植，浪费很大，这个问题当然不仅是秀山，很多区县都不同程度存在，值得我们反思深省：必须想法统筹规划，走合作社、集约化道路，招商引资建立具有规模的农牧场，把这些荒地利用起来，才是正确的有效道路。看到这么大块平地良田荒芜，实在令人痛心，我们应该居安思危：'民以食为天'，这是天大的事情！我们一方面要向上级政府反映，另一方面我们自己也要大胆改革创新，建立农业合作社，实行抱团发展策略，然后政府主导、全民动员、企业联合招商引资，务必解决这个问题呀……

他的演讲获得了经久不息的掌声，他的忧患也感染了在场所有人为之动容。

次日早餐后，杨昌斌打来电话，说开车前来接老师、师母到豪生大酒店去住。不一会儿，唐副局长也来问今天打算到哪儿去参观？余臬就说要去秀山一中采风，杨校长邀请帮他们学校写赋，一会儿他来车接到学校附近的酒店住，所以不麻烦旅游局安排了。于是将房卡交给他去退房。

这时一中的车到了，一位女教师自我介绍说："本来是杨校长要亲自开车来接，刚出门市委巡视组就召他回去开会，就让我开车来接。我叫姚玉慧，余教授和师母请上车吧！"于是余臬夫妇就告别唐副局长，上车走了。

到了秀山一中下车，又有三位老师在门口等着，两女一男，他们都叫开车的"姚副校长"，余臬方知她是副校长。她介绍说："这位男同志是刘副校长，教外语的；这两位女的，一位是办公室主任雍晓倩，一位是徐小清老师，我们三个都是教语文的。"余臬夫妇一一握手。刘副校长说："我们刚搬来新校区不久，校园还有些扫尾工作没有完成。我一会儿有课，就由姚副校长她们三位陪同参观了。"说完他就点头致意走了。

姚副校长就带着观光校园一圈，介绍说："我们学校创建于 1925 年，当时是秀山县立初级中学，校址在凤鸣书院。曾是川东地下党秘密工作的重点。1947 年升格为完中，已有 93 年历史，四易校名，六迁校址。2007 年评为重庆市重点中学，2015 年新校区建成投入高中部使用，并与老校区的初中部分为两个学校；现在我们只办高中，共有 75 个教学班，学生 3800 人，教职工 277 人。"

他们来到一个小荷花池，池中有一口泉井，涌出泉水溢满小池后，再沿着四十多公分宽的石渠转了一圈再流入地下。池中几丛荷花早已凋谢，小鱼儿在水中穿梭游曳；旁边用石头堆砌的小假山，飞流两叠小瀑布流入池中；一座小巧玲珑的石桥，刻有"状元桥"三个红字，跨过水池通向假山脚下。虽然面积很小，但却有山水、瀑布、泉池、荷莲，小桥，石渠，堪称优美的微缩景观小品。

余臬对此赞不绝口说："这个微缩景观小品设计得好，饶有诗情画意。"姚副校长说："当初只有一口泉井，是我们杨校长出点子设计成这样的，我们也帮助参谋了一些意见。"

余臬说："说明杨校长和你们都很有美学情趣，不愧是学中文的。你看，那高山流水使人联想起俞伯牙弹琴遇知音钟子期；这池中的清水，又让人联想到《老子》名言：'上善若水，水利万物而不争'和'以柔克刚'的哲理；池中的荷莲，则令人联想到周敦颐《爱莲说》'出污泥而不染，濯青涟而不妖'的名句，都是喻君子美好节操的；状元桥不但凸显小桥流水的优美，而且激励学生的'志存高远'。这么多层的寓意，简直就是一幅绝妙的立体图画，一首意境幽深的无言诗！"

三位女教师不约而同地说："经你这么一说，还真是呀！我们事前并没有想到这么多的寓意啊！"余臬说："我再给你们提个补充建议：把那段石渠中的鹅卵石挖出来，让渠中平底，流水更畅通；两旁再增加十几个石凳，沿着渠岸再移栽几颗青松或梧桐树遮阴，不就是绝妙的'流觞曲水'吗？让学生在此聚会，作流觞曲水的的游戏，酒杯或茶杯飘到座位，如果没有及时抓住，就罚他唱歌之类，不是别有一番雅趣吗！"

三位美女拍手笑道："感谢余教授点铁成金，我们一定按你的意思改进，等你下次再来时，我们就在此作流觞曲水之饮为你接风！"说得大家都笑了起来。余臬即兴吟诗道：

　　高山悬瀑觅知音，泉井爱莲上善深。励志状元桥上过，流觞曲水聚诗吟。

　　大家赞道："好诗！我们今后就把这首诗刻在一块木板上树立在池边最好。"这时课间操到了，只见成群学生从教学楼涌出，向运动场上奔跑集中。姚副校长说："我们的两操——早操、课间操也很有特色，咱们过去看看吧。"

　　他们来到运动场边，但见一个个四人一排的长方队，全都穿着校服，每个方队前两人举旗，旁边领队喊着"一二一"口令，沿着塑胶运动场外圈，呈一字长蛇阵转圈跑操，"锻炼身体，为国争光！"等阵阵口号声响彻云霄。余臬问："领操的是老师还是学生？"姚副校长回答："都是学生班长或体育委员，班主任都在主席台上，一个长方阵就是一个班，就是要培养学生自主管理能力！"余臬说："的确很不错！很有军训作风，从中看出了学生朝气蓬勃的精气神，比一般课间操运动强度大得多！"他情不自禁地又以《观课间操》为题吟成七绝赞道：

　　猎猎班旌方阵兵，咔咔步伐练操声。军风体魄兼相训，文武学魂动地生。

　　接着参观了教学楼、食堂和学生宿舍，教学楼外面墙上刻着几条红色大字标语，姚副校长指着"追求人品与学识的同步卓越"说："这是我们的办学理念"；又指着"勤以积学，正以修身"说："这是我们的校训"；复指着"高中教改实验学校，德育教育示范学校，本科升学基地学校，民主治校和谐学校"说："这是我们的发展定位目标。"

　　她领着走进食堂，餐厅一排排长桌，板凳，十分洁净，一尘不染；墙上、柱子上都是条幅，如："勤俭节约光荣，铺张浪费可耻"，"谁知盘中餐，粒粒皆辛苦"，"温良恭俭让，文明礼貌传"，"守秩序，禁喧哗，讲卫生，重文明"等等。学生宿舍走廊里也有很多标语条幅，如"团结、紧张、严肃、活泼"，"一室不扫，何以扫天下"，"按时起居，养成好习惯，保你终身健康"等等；每个寝室住八个人，都有空调、卫生间、热水澡设备。

　　校园大道两旁分别有桃林、李林，象征桃李满天下。教学楼内每层楼都有励志条幅，正中有书吧，桌椅，书架上摆满了书籍报刊杂志，走廊上有古今中外杰出的文学家、科学家、哲学家的头像和小传；有本校杰出的校友照片和简介，还有本校校史简介和历届校长简介。

余杲发现：民国时期的校长，多是北京大学、中央大学、武汉大学、中山大学、四川大学、北师大、法国里昂大学等名校毕业的；校长和教师中有 20 多人都是中共川东地下党员，其中有的解放后任省经委主任，中科院数学物理研究所所长，成都市教育局长，福州大学副校长，著名作家《红岩》作者罗广斌也曾在该校任教。

历届卓越校友有：国务院扶贫办政策法规司司长洪天云、第二代电子邮件发明人、北大天正公司总裁、首席执行官黄斌、美国芝加哥大学癌症研究中心终身教授潘小川、美国哈佛大学终身教授张毅、美国贝勒医学院博士后陈林、惠普斯加坡公司高工、博士赵宇，清华大学材料科学与工程系博士吴静、清华大学电子科学与技术专业博士喻学艺、北大工学院学生白杨等等。

余杲没有料想到：这个僻远的少数民族自治县的中学竟然有如此悠久的红色革命传统，培养出如此众多的优秀卓越人才，自己的学生杨昌斌在该校担任副校长、校长长达二十一年，把学校搞得如此红火，校园文化搞得如此生气蓬勃，荣获重庆市级各类先进单位称号多达 20 来项。一种欣慰、激动的心情，使他诗情勃发，即兴写了一首题为《赞校园文化》的七律：

观墙标语化心声，弥眼格言立学埕。校友名人催步履，桃林李树竞芳英。

掣鲸海底长缨抖，摘桂蟾宫玉兔惊。文化熏陶心浪滚，鹍飙振翮破云征。

他曾为很多中学写过赋，但都没有像现在这样引发诗兴的冲动。他想：如果天下所有的中学都能营造出如此浓厚的校园文化，培养出如此众多优秀的人才，则中华民族的伟大复兴的中国梦，何愁不能实现！可惜不少中学虽然写了不少办学思想、培养目标、校训、校风、师风、学风，一大堆，但都是千篇一律的面子工程，并未真正付诸实践；而且换了校长，就另换一套；而北大、清华的八字校训至今仍是蔡元培和梁启超当初写的，从未变过，并真正付诸实践。秀山一中的校训也很朴实简洁，没有跟风雷同，特别没有像其他学校那样大办高考课外收费补习班，而是狠抓课内教学质量，所以卓有个性成效。以此管窥蠡测，天下基础教育的经验教训、兴衰规律不是一目了然吗……

这时杨校长打来电话，说他开完会已在办公室恭候老师，姚副校长就领着大家上楼到校长办公室，杨校长迎上前来和老师紧紧拥抱握手，说："参观后请老师指导批评！"余枭感慨道："比我预想的要好好几倍！你是怎么做到的呀？"他谦虚地说："都是广大教师的共同努力，我只不过从老师那里继承了一点敬业精神而已。"

接着他简单介绍了这几位语文组的女教师各自如何顽强进取、兢兢业业的奋斗精神，然后邀请余枭下午能否为他们老师开个讲座，余枭说："我优盘上正好有个'传统文化与中学语文教学'的课件，曾为江城师大中文毕业生和两江中学的各科教师讲过，不知是否合适？"

杨说："太好了！就讲这个。让全校语文教师都来，其他各科教师自愿参加。"他吩咐雍主任立刻通知下去。然后就领着大家到教工食堂就餐。雍主任后到食堂，对杨校长说："其他学科的老师听说是杨校长大学的教授讲座，都要求参加。"大家坐下就边吃饭便谈起教改等话题。

下午，报告厅座无虚席，杨校长先简单介绍说："今天有幸请到了我的大学恩师、著名的古文专家、现代辞赋作家、高校名师余枭教授为我们讲座，这是我一生中最难忘的三个恩师之一，一个是小学教师……，一个是中学教师……另一个就是大学教师余枭教授，他们对我一生的成长、发展起到了里程碑的作用和影响，现在大家欢迎余教授为我们开始演讲！"余枭站起来向大家致敬问好，然后讲了三个问题：

一是传统文化与当代社会的关系：他举出了十大共同点：

1、都主张公有制社会：如《礼记·礼运》"大道之行也，天下为公。……故人不独亲其亲，不独子其子，使老有所终，壮有所用，幼有所长，矜寡孤独废疾者皆有所养。"康有为《礼运注》："无贵贱之分，无贫富之等，无人种之殊，无男女之异。人人皆教养于公产而不恃私产。"

2、都讲义利并重：《孟子·告子》提倡"舍生取义"；《墨子·兼爱》提倡"兼相爱，交相利"；南宋叶适、陈亮《习学记言》主张"以利和义"即"谋利而不自私其利，计功而不自居其功"。

3、都讲大公无私、先人后己：《尚书·大禹谟》"克勤于邦，克俭于家"；《论语·卫灵公》："无求生以害仁，有杀生以成仁"；《汉书·贾谊传》："国而忘家""公而忘私"；范仲淹标举"先天下之忧而忧，后天下之乐而乐"；黄宗羲《原君》崇尚"不以一己之利为利，而使天下受其利；不以一己之害为害，而使天下释其害"。

4、都讲助人为乐：《孟子·梁惠王上》说："老吾老，以及人之老；

幼吾幼，以及人之幼"；陈子昂《感遇》："圣人不利己，忧济在元元"；杜甫呼号"安得广厦千万间，大庇天下寒士俱欢颜"；于谦《咏煤炭》："但愿苍生俱饱暖，不辞辛劳出山林"。

5、都讲敬业诚实守信：《学记》首标"敬业乐群"，《论语》强调"言而有信"，司马迁《史记·侠客列传》赞扬"一诺千金"，诸葛亮《出师表》的"鞠躬尽瘁"。

6、都讲爱国主义：屈原《离骚》"恐皇舆之败绩""虽九死其犹未悔"；曹植《白马篇》"捐躯赴国难，誓死忽如归"；李白《塞下曲》"愿将腰下剑，直为斩楼兰"；岳飞《满江红》"壮志饥餐胡虏肉，笑谈渴饮匈奴血"；陆游"一身报国有万死"，文天祥"人生自古谁无死，留取丹心照汗青"；谭嗣同"我自横刀向天笑，去留肝胆两昆仑"；秋瑾"拼将十万头颅血，须把乾坤力挽回"。

7、都讲以民为本：孔子对鲁哀公说"君者，舟也；庶人者，水也。水则载舟，水则覆舟"；《管子·治国》"治国之道，富民为先"；《孟子·尽心》："民为贵，社稷次之，君为轻"；贾谊《新书·大政》："民无不为本也，国以为本，君以为本，吏以为本"；李广"士卒不尽饮，广不近水；士卒不尽食，广不近食"；杜甫"穷年忧黎元，叹息肠内热"；柳宗元《寄许京兆孟容书》"急生民之困，利安元元为务。"

8、都讲民主政治：《尚书·大禹谟》："稽于众，舍己从人。"《国语·召公谏弭谤》："防民之口，甚于防川……故天子听政，使公卿至于列士献诗，瞽献曲，史献书，师箴，瞍赋，矇诵，百工谏，庶人传语，近臣尽规，亲戚补察，瞽史教诲，耆艾修之，而后王斟酌焉。是以事行而不悖。"《毛诗序》"上以风化下，下一风刺上。"

9、都讲廉洁奉公艰苦奋斗：《论语·里仁》："富与贵，是人之所欲也；不以其道得之，不取也。贫与贱，是人之所恶也；不以其道去之，不去也。"《礼记·曲礼》："临财毋苟得，临难毋苟免。"包拯《乞不用赃吏书》："廉者，民之表也；贪者，民之贼也。"欧阳修《五代史伶官传序》："忧劳可以兴国，逸豫可以亡身"。

10、都讲和谐互助：《论语》："礼之用，和为贵"；又说："君子和而不同，小人同而不和"，"夫仁者，己欲立而立人，己欲达而达人"；《孟子·滕文公上》："乡田同井，出入相友，守望相助，疾病相扶持，则百姓亲睦。"最后他强调：总之，传统文化与马克思主义、中国特色社会主义多能相通结合。

二是创新教法，授之以渔：

1、分类求同，举一反三：将古诗词课文分类：如写景、咏物、励志、爱国、理趣、赠答等类，每类为一教学单元。总结课主要讲这一类作品的共性特征，使学生能举一反三、触类旁通。如爱国主题类共性重点：爱国主义是怎样产生的？为什么所有民族、所有国家都要讲爱祖国？咏物类共性重点：有寄托，言在此而意在彼。物我之间保持适当的审美距离：不即不离，不粘不脱，妙在似与不似之间。写景抒情类共性重点：一是比兴手法的涵义和区别；二是"卒章显志"多流露情，循此得知"景"的比兴象征含义。励志类重点：辩证思维，举一反三：如《汉书·陈藩传》薛勤问"孺子何不洒扫以待宾客？"答"大丈夫处世当扫天下，安事一屋乎！"薛曰："一室不扫，何以扫天下？"关键是要讲清正常时应先扫一室，非常时要先扫天下。"有理走遍天下，无理寸步难行"与"两利相权取其重，两害相权取其轻"的矛盾要讲清是非原则与利害原则；"有容乃大"与"无欲则刚"的"容"与"刚"亦然。理趣类重点：在具体鲜明的形象中蕴含哲理的趣味，但忌讳直接的"理语"，如"欲穷千里目，更上一层楼"；"不识庐山真面目，只缘身在此山中"；"春色满园关不住，一枝红杏出墙来"。

2、讨论争鸣，强化思辨：如"欲饮琵琶马上催"，"焜黄华叶衰"，"碧水东流至此回"，"但使龙城飞将在"，"月落乌啼霜满天"与"夜半钟声到客船"等有争议的理解；《三国演义》中对曹操该如何评价？重点让学生掌握悲剧的道德评判与审美评判，前者重在善与恶、正义与邪恶、进步与反动；后者重在崇高与卑下、坚毅与软弱、超人与平庸的意志震撼。

3、强化背诵、组织竞赛：背诵很必要：王粲、曹植、张巡、李白、杜甫、白居易、苏轼、顾炎武、鲁迅、茅以升、马克思均背诵能手。"熟读唐诗三百首，不会吟诗也会吟"；诗乐结合，教唱诗词：《凤求凰》、《胡笳十八拍》、《苏武牧羊》、《春江花月夜》、《渭城曲》、《关山月》、《虞美人》、《念奴娇·赤壁怀古》、岳飞《满江红》、姜夔《白石道人自度曲十八首》、还有昆曲、京剧等都有流传下来的曲谱，语文课与音乐课可以相互配合。戏曲唱段，引入课堂：清华大学素质教育要求"会唱两段皮黄"；北京上海河南等地少儿登台表演戏剧；去年国务院办公室下发文件要求中小学生每年要看一二场戏曲。

三是一专多能，文理互通：如数学与文学：王维诗"大漠孤烟直，长河落日圆"是平面与圆柱相切、线段与圆相切；《刘三姐》对歌："三百条狗交给你，一少三多四下分。不要双数要单数，看你怎么分得均？"与二元一次方程组有何联系？丘成桐教授《数学与文学的比较》："比兴多种含义与勾股定理的多种证明、无我有我之境与流体方程和函数……"如物理与文学："两岸青山相对出，孤帆一片日边来"中参照物是什么？"潭清疑水浅""池水映明月"中有何光的传播方式？《山间铃响马帮来》铃响怎样产生的？"月落乌啼霜满天"，"少小离家老大回，乡音未改鬓毛衰"，"忽如一夜春风来，千树万树梨花开"，"日照香炉生紫烟"等有何物理现象？

再如化学与文学："野火烧不尽，春风吹又生"，"蜡炬成灰泪始干"，"有麝自来香，不用大风扬"，"以曾青涂铁，铁赤色如铜"有何化学反应？如生物与文学：孔子教学诗"多识于鸟兽草木虫鱼之名"。"芙蓉如面柳如眉"，"梨花一支春带雨"，"在天愿做比翼鸟"；"居高声自远，非是借秋风"；"春蚕到死丝方尽"；"无意苦争春，一任群芳妒"；"听取蛙声一片"青蛙为何要叫？项羽兵败乌江，见蚂蚁聚成"霸王死于此"五个大字，大喊"天亡我也"而拔剑自刎。问：大字怎么来的？以上问题都让下面听众回答，以形成互动的效果……

两小时的讲座完毕，全场响起经久不息的掌声。余枭将桌面上的课件留下，让老师们愿意考上优盘的可以留下仔细琢磨。

会后，杨昌斌说："老师，当年毕业典礼上我请你留言，你就即兴赠我一首诗，我现在都珍藏在笔记本上，也烂熟于胸，成为鼓励我前进的动力，今天我们师生再次重逢，还请老师再赠我一首!"他一边背诵当年那首诗，一边拿出笔记本来。

余枭早已忘记当年即兴题赠之作，没想到他却这般珍视。于是略加思索，就提笔写了《秀山重逢赠杨昌斌学弟藏头》："昌兴圣教秀山庠，斌道弛张出栋梁。泽懿万千桃李遍，范垂九土觅根长。"

陪同的三位老师也想让余枭教授赠一首藏头诗。次日余枭分别满足了她们的愿望：

赠姚玉慧老师——玉慧凌云

玉立婷婷司业煌，慧心纨质盖群芳。凌空只待鹍飙起，云破霞飞四海香。

赠雍晓倩老师——雍晓倩可怜

雍容雅步燕声妍，晓日霞光润淑贤。倩盼关怀体贴细，可怜未睹舞翩跹。

赠徐小清老师——小清武文

小家碧玉美妖桃，清水芙蓉韵自高。武举冠军谁料想，文教国学诵风骚。

在返程的火车上，余臬接到市文史馆电话通知：今天下午要举办"改革开放四十年诗书展"并开座谈会，请你赶快写一首诗发来我们请书法家帮书写，并请你下午准备发言。余臬只好在车上赶写了一首七律《清平颂》用微信发去：

改革风雷四秩惊，神州狮醒抖长缨。城乡幸福亿家乐，水陆丝绸一路亨。

填海移山新日月，富民强国换梁衡。昆吾法剑除妖魅，试看鹍飙万里行。

他想：这改革开放四十年的座谈会，不仅是对新时代的总结，也是每个人大半生的总结。至于对比的实例，孔秀丽的来访和此次秀山之行管窥蠡测的观感，不就是好例子吗！不过，在下午的讨论会上，自己发言虽然要充分肯定改革开放四十年的丰功伟绩，但也要一分为二地谈一些缺点：例如中国高校扩招以来的弊端与日俱增，教育质量持续下降滑坡；不断高唱"跨越式发展"，导致高校之间在规模、定位上盲目攀比，自我拔高，造成资源浪费；管理模式上教育部高度集权，高校毫无因地制宜、因材施教的自主空间；开空头支票"不让一个贫困学生失学"，导致高校普遍负债累累；高校两级领导干部几乎垄断了课题立项、科研教学评奖，导致一线教师丧失主人翁精神；跑步（部）前（钱）进现象屡见不鲜……总之我国高教正在堕落，这是事实。虽然这些问题不能掩盖改革开放的主流功绩，但也必须分清是非，勇于面对，立即引起领导重视，才能最终解决这类存在的问题……

他正在深思冥想，火车已到站了。下车后，已经下午一点半了。于是就让老伴先乘轻轨回家，自己迎着日照中天的冬阳，满怀激情，大踏步地向文史馆会议室走去……